한쪽이 너무 유리한 게임

한쪽이 너무 유리한 게임

심너울
유염
이해린
퇴근한PD
GOOSIPAL
권은강
인챌라
진하루
남예진

퇴근 후 작가되기
소설집

위시라이프

들어가는 말

이 책에 담긴 내용은 심너울 작가(앞으로 저라고 하지요)와, 심너울 작가의 클래스를 듣고 처음 단편소설을 쓴 사람들의 소설들입니다.

처음에 사람들을 모으고 클래스를 열 때는 저는 고민이 참 많았습니다. 저 또한 스토리텔링을 좀더 공식적인 루트로 공부하지 않았고, 스스로 시행착오를 통해 습득했습니다. 그런 노하우를 어떻게 전달할 수 있을까? 클래스 사람들이 자기 속의 이야기를 찾아내지 못한다면 미안해서 어떡하지? 뭐 이런 생각들이 저를 괴롭혔지요.

한 명도 빠지지 않고 클래스 전원이 소설을 발표한 지금 저는 압니다. 모든 사람들의 마음 속에는 자기만의 이야기가 있습니다. 그리고 그 이야기에는 개성이라고 불리는 아름다운 각자의 세계관이 있습니다. 많은 사람들이, 약간 부끄러워하지만, 조금의 원동력만 제공한다면 자기 이야기를 세상에 풀어놓을 준비가 되어 있습니다. 모든 분들이 완주해 주셨고, 그 글의 품질도 나쁘지 않아 제 마음이 벅찹니다. 저는 독자분들이 여기 수록된 제 단편보다 다른 단편이 더 낫다고 생각하게 된다면, 그것이야말로 제게 궁극의 성공이라고 생각하게 될 것 같습니다.

독자분들도 이 책에서 각 작가들의 개성과 세계를 엿볼 수 있다면 기쁘겠습니다. 그리고 누구나 이야기를 쓸 수 있다는 생각이 더 널리 퍼지기를 바랍니다. 저는 사람들의 세계를 더 많이 엿보고 싶거든요. 응원합니다.

이런 시간을 누릴 수 있게 후원해주신 한국문화예술교육진흥원과 서울시 강서구에서 지역 문화 커뮤니티 역할을 하고 있는 책방 게으른오후에 감사드리며.
2025년 겨울 초입에서 심너울

| 차례 |

들어가는 말
| **심너울** | 한쪽이 너무 유리한 게임 ········ 9
| **유염** | 탄원서 ········ 35
| **이해린** | 화성으로 간 강아지 ········ 71
| **퇴근한PD** | 선을 넘은 선 ········ 111
| **GOOSIPAL** | 개가 짖어도 기차는 간다 ········ 147
| **권은강** | 타는 호흡으로 ········ 175
| **인챌라** | 변주된 로망스를 위하여 ········ 215
| **진하루** | 노랑의 기억 ········ 243
| **남예진** | 내게 흩날렸던 도시 ········ 277

작가와 작품 소개

한쪽이 너무 유리한 게임

심너울

"…이 게임, 백이 너무 유리해."

이 말을 꺼냈을 때 아내는 신혼여행 동안 본 가장 즐거운 표정을 지었다. 그때 아내는 일주일 정도, 말 그대로 하루종일 내게 체스를 가르치는 중이었다. 한 주간 헤매던 내가 체스의 핵심을 스스로 관통하는 말을 하니, 아내로서는 행복할 수밖에 없는 것이었다.

이렇게 말하면 내가 조금 한심한 남편일 수 있다. 얼마나 엉망인 남편이면 신혼여행 동안 고작 체스 가지고 가장 즐겁니, 행복하니 하는 말을 하냐고. 그건 오해다. 그 오해를 정정하기 위해 우리가 신혼여행 동안 어떤 일을 겪었는지 아주 짧게 설명하겠다.

요즘 사람들이 다들 그러듯, 우리도 다른 행성으로 신혼여행을 떠났다. 지구로부터 약 5천 광년 떨어진 메데이아 항성계의 3번째 행성 이아손이 그렇게 좋다고 했다. 지구보다 중력이 10% 정도 가볍고, 선선한 가을 날씨가 끝없이 유지되는 대륙이 있고, 푸른색과 보라색 이파리를 가진 나무들로 이루어진 숲이 장관이라고. 거기다가 아직 행성이 개발된 지 얼마 안 돼서 잘 알려지지도 않아 관광객들을 등쳐먹는 일도 적다니 최고 아닌가.

다만 이아손 행성이 아직 잘 알려지지 않아 생기는 단점이 하나 있었다. 거기로 향하는 안전한 대형 셔틀 우주선은 1년에 한두 번 정도만 운행할 뿐이었다. 신혼여행을 잠깐 미루거나 아니면 다른 행성을 택할 수도 있었을 테다. 아니 그랬어야 했다. 하지만 결혼 계획을 세울 때 우리는 조금 들떠 있었다. 우리는 결혼식은 남들이 하는 대로 하더라도, 신혼여행만큼은 우리 식대로 하려고 했다. 그래서 우리는 2인용 우주선을 렌탈했다. 마치 무시무시한 음모를 공모하는 악동들의 기분을 공유하며.

독자들은 생각할 것이다. 요즘 세상에 5천 광년 정도 되는 거리 정도면 2인용 우주선으로 충분하잖아? 오토파일럿 안 되는 우주선이 어딨다고? 우리도 그렇게 생각했다. 그런데 그게 모든 비극의 시작이었다.

결혼 직후. 우리 둘이 탄 우주선은 약 750광년 정도를, 표준 시간으로 30분 정도 항해한 다음 완전히 뻗었다. 나중에 보험사로부터 들은 이야기로는 무슨 타키온 탈출 회로가 잘못됐다는데 나는 그런 건 잘 모른다. 중요한 건 우리 부부의 우주선이 주요 항로에서 한창 떨어진 외우주에 고립되었다는 사실이다. 우리가 택한 항로는 1년에 한 번씩 셔틀이 오가는 곳이었다.

우리가 렌탈한 우주선은 무슨 호화 요트 같은 것이 아니었다. 우리 부부에게 우주선은 그냥 이아손 행성까지 가는 방식 정도에 불과했다. 그래서 우리는 최소한의 최소한 옵션만 달려 있는 우주선을 빌렸다. 우주선은 대충 지름이 6m 정도 되는 구였고, 그 안에는 사흘 치의 치약 맛이 나는 우주식량과 낡아서 방사선이 질질 새는 배터리, 그리고 물질 재순환기가 달려 있었다. 그게 끝이었다.

인생에 단 한 번뿐인 신혼 여행이 인생에 딱 한 번뿐인 죽음으로의 여정이 되자 우리는 완전한 공황에 빠졌다. 서로를 탓하기도 하고 우리 스스로의 미련함을 탓하기도 했다. 놀라운 것은 사람의 마음이라는 것이 이런 상황에서도 조금씩 나아진다는 것이었다. 며칠 정도 겨우 잠을 자고 일어나 보니까, 우리의 생존이 아예 불가능한 것은 아니었다. 인간다움을 조금 포기하기만 한다면.

물질 재순환기와 구조 신호기만 켜고, 개인용 컴퓨터 같은 쓸데없는 기계를 모조리 끄면 우리는 1년을 버틸 수 있었다. 우리는 똥을 재활용한 단백질과 우리의 오줌을 거른 물, 그리고 우리가 토해낸 축축한 날숨에서 만들어진 산소를 매일매일 먹고 마시고 호흡했다. 그런데 이런 것은 생각보다 빠르게 적응이 됐다. 나는 오히려 이 사건을 겪고 식성이 조금 관대해졌다. 사실 제일 큰 문제는 놀잇거리였다.

우주선에는 가지고 놀 만한 물건이 하나도 없었다. 밀폐된 공간에서 서로 사랑하는 두 명의 남녀가 있으니 어쩌고저쩌고 하는 말을 하는 사람도 있겠지. 그런데 먹을 물도 아껴야 했던 우리는 제대로 씻지도 않고 살았고, 순식간에 성적 매력과는 한참 거리가 먼 인간들이 되었다. 거기다 만에 하나 아기라도 생기면 둘 다, 아니 셋 다 좆되는 것 아닌가.

불운 중의 다행으로, 아내는 휴양지에서 가지고 놀 물건을 챙겨 왔다. 바로 체스판이었다.

조금 늦게 말하게 되는데 내 아내는 체스 그랜드마스터다. 그녀는 한국에서 체스를 제일 잘 두는 사람이고, 아니, 한국을 넘어서 세계에서도 열 손가락 안에 넉넉히 꼽히는 체스 실력자다. 그리고 나는 고립되기 직전까지, 대부분의 사람들이 그렇듯 체스는 딱 말이 어떻게 움직일 수 있는지 정도만 알았다.

불필요한 오해를 덜하기 위해 설명을 덧붙이겠다. 우리 둘 모두 체스를 가르치고 배울 생각을 하지 못한 것은 아니다. 그런데 그녀는 체스를 잘 두는 사람이지 체스를 잘 가르치는 사람은 아니었다. 연애하던 시절 동안 몇 번 시도를 했는데, 나는 아내가 하는 체스에 관한 말을 이해를 못했고 아내는 너무 빠르게 심화과정으로 나아가려는 문제가 있었다.

신혼여행 때 아내가 체스판을 들고 온 것은, 연애 관계에서 부부 관계로 나아가는 우리의 소통 단계를 한층 올리자는 의미가 있었다. 이제 아마도 평생을 같이 살아가야 할 텐데, 아내의 삶에서 중요한 체스라는 것을 내가 좀 이해를 해야 하지 않겠는가. 또 아내도 나라는 초심자에게 체스를 가르쳐주면서 소통의 문제를 고치고.

솔직히, 나는 이렇게 놀 것 많은 세상에 무슨 체스를 좋아하는지 아내를 이해하지 못했는데, 그 순간에는 아내가 구원자처럼 보였다. 체스판의 반들반들한 상아색, 흑단빛 말들도 너무나 아름답게 보였다.

우리 둘은 매일매일 체스만 뒀다. 원래 신혼여행 중의 가벼운 유흥 목적이었던 체스는 순식간에 우리 삶의 목적이 되어버렸다. 일주일 간의 특훈 끝에, 마침내 나는 이 게임이 백이 유리하다는 사실을 확실히 깨달았다. 그러자 아내가 그 순간 즐거워했다. 우주선 감옥에서 잠시나마 우리는 서로를 이해하는 설렘을 느꼈다.

우리 부부는 게임 회사에서 만났다. 우리 회사에서는 열 명의 사람이 다섯 명씩 팀을 나눠 경쟁하는 타이틀이 잘 나갔는데, 거기서 나는 밸런스 디자이너 일을 했다. 플레이어들은 제각기 캐릭터를 선택하는데, 나는 그 캐릭터들 간에 유불리를 최소한으로 줄이려고 시도했다. 사람들이 흔히 생각하는 것과 다르게, 이 일은 퍽 수학적인 일이었다.

예를 들면 특정 캐릭터의 공격력을 얼마간 깎았을 때 그게 팀 전체 공격력에 어떻게 영향을 미치는지 계산하는 함수를 만드는 일 같은 것들. 아주 간단하게 느껴지지만 사실 꼭 그렇지만은 않다. 한 캐릭터의 공격력이 얼마간 깎이면 그만큼 적이 죽는 속도도 느려지고, 적이 죽는 속도가 느려지면 공격의 집중이 줄어들고… 이 게임이라는 복잡계를 어떻게 다루는지 좀더 자세히 말할 수 있겠지만, 그랬다간 독자가 모두 다 떨어져 나갈 것이다.

그런데 그런 일을 하다 어쩌다 체스 그랜드 마스터를 만나게 되었는가? 그건 한 게임의 밸런스라는 것이 수학적으로 맞추는 것이 사실상 불가능하기 때문이었다. 잠시 복잡계라는 단어를 언급했는데, 말하자면 각자의 변수가 너무 예상치 못한 결과를 불러오는 것이 게임이다. 심지어 이것은 요즘 세상에서 인공지능도 제대로 못하는 일이다. 우리 대표는 어느 순간 이 밸런스라는 것이 수학뿐만 아니라 인간의 감 또한 필요하다고 생각했다.

그래서 대표는 아내를 초빙했다. 일종의 자문 비슷한 역할로 말이다. 대표는 원래 체스를 좋아했다. 실력의 기준점이 되는 ELO가 2000점 정도 된다는데, 이게 바둑으로 치면 아마 5단 정도, 악기로 치면 평생 수련한 사람 정도라고 한다. 대표는 그래서 거의 당연하게도 아내의 팬이었다.

처음 아내가 우리 밸런스 팀에 들어왔을 때는 불만이 많았다. 이것은 편견이지만, 솔직히 말해서, 편견은 때론 잘 들어맞으며, 수학을 잘 하는 사람들은 프라이드가 센 편이다. 수학 자체가 어려운 학문이며, 추상적인 연역 논리의 극한을 다룬다는 것 자체도 자부심을 가질 만 하다. 학계에서는 또 우리를 보고 순수 수학을 하지 않고 응용 수학을 한다면서 놀리곤 하지만. 우리 팀장은 거의 대표 앞에서 졸도하기라도 할 것처럼 굴었다.

나야, 뭐, 팀장처럼 대표 앞에서 난리를 치지는 않았지만은, 또 그렇게 달갑지만도 않았다. 차라리 우리 게임을 플레이하는 프로게이머를 초빙했다면 더 납득이 갔을 것이다. 하지만 체스는 뭐 수천 년 동안 패치 한 번도 없었던 고인 게임 아닌가. 우리 게임이야 한 달에 한 번씩 주기적으로 수많은 수치를 갈아치우는데, 체스는 바뀌는 게 하나도 없지 않은가. 그런 사람과 어떻게 밸런스를 논하지? 이거 그냥 대표의 취미생활 같은 거 아닌가?

그런데 또 하필이면(지금 생각하면 운명 같지만), 내가 아내를 담당하게 되었다. 아내는 출퇴근을 하는 것은 아니고, 매주 한 번씩 나와 미팅을 하면서 문제에 대한 아이디어를 제공하기로 되어 있었다. 팀장은 그냥 대표의 취미생활 같은 것이라 생각하고 그녀를 적당하게 대우하라고 했다. 다른 팀원들도 별달리 기대는 없어 보였다.

우리 둘은 회사 근처의 카페에서 처음 만났다. 선선한 가을날이었지만, 우리 둘 다 첫눈에 서로 사랑에 빠지거나 하는 일은 일어나지 않았다. 나는 회사 로고가 그려진 후드티를 입고 나갔고, 그녀는 남방 위에 조금 두꺼운 가디건을 입은 채로 나타났다. 둘 다 꾸밈이나 그루밍 같은 단어와는 상당히 먼 모습이었다.

의례적인 인사를 나눈 뒤에, 법인카드로 커피와 홍차(아내가 잉글리쉬 브랙퍼스트를 마셨다)를 주문하고, 나는 본론으로 들어갔다.

당시에 우리 게임이 봉착한 문제는 다음과 같았다. 앞서 대충 설명했지만, 우리 게임에서는 열 명의 플레이어가 100개 정도 되는 캐릭터 중 하나를 골라서 5대 5로 싸운다. 사실 그 캐릭터들의 능력과 힘을 모두 정확히 균형을 맞추는 것은 확실히 불가능하다. 그래서 우리는 한 캐릭터가 특별히 강하면, 그 캐릭터를 잘 잡는 캐릭터를 강화해주는 식으로 패치를 진행했다.

반 년 동안, 우리는 세 캐릭터의 문제에 잡혀 있었다. 이 세 캐릭터 모두가 인기도 많고 강한 캐릭터였다. 사람들은 자기가 좋아하는 강한 캐릭터가 대놓고 약해지는 경험을 좋아하지 않기 때문에, 우리는 세 캐릭터들이 각자를 잘 잡도록 만들었다. 일종의 가위바위보 같은 것이라고 할 수 있겠지. 그러면 사람들이 알아서 다른 캐릭터를 잡게 될 것이라고 믿었다.

그런데 그런 물고 물리는 관계를 설정해도 사람들은 자기가 익숙하고 정이 든 캐릭터를 쉽게 놓으려고 하지 않았다. 하지만 캐릭터가 100개가 넘는데 세 개의 캐릭터가 계속 나오는 걸 두고 볼 수는 없지 않은가? 그래서 우리는 반 년 동안 일주일에 한 번씩 그 세 캐릭터들의 능력을 자꾸 바꿨다. 때로는 가위바위보 관계가 완전히 역전되어 가위가 바위를 이기고 바위가 보자기를 이기기도

했다. 그러나 사람들은 여전했다.

　여기까지 설명했을 때, 나는 약간 우쭐한 채였다. 나는 사실 아내가 그 이야기를 이해할 거라고도 기대하지 못했다. 왜, 체스는 둘이서만 하는 게임이지 않은가. 말들도 다 똑같고.

　하지만 아내는 내 기대를 깨고 별 거 아니라는 듯 말했다.

　"스테일메이트네요."

　"스테일메이트요?"

　아내는 고개를 끄덕이면서 말했다.

　"네. 체스에서 어떻게 왕을 움직여도 지게 되는 상태요. 그런데 내가 움직이지 않으면 상대도 게임을 끝낼 수 없는, 그런 교착 상태."

　나는 고개를 끄덕였다. 아내가 말을 이었다.

　"스테일메이트는 무승부로 끝나요. 승부를 더 이어나갈 수 없는 상태니까. 저는 그 게임도 마찬가지 상태라고 생각하는데요. 그 세 캐릭터만을 바꾸는 걸로는 더이상 승부를 이어나갈 수 없죠."

　"그러면 우리가 어떻게 해야 하죠?"

　"패치를 하지 않고 그냥 기다려 보시죠."

　"네?"

　문제를 해결하지 않고 그냥 두란 말에 나는 당황할 수밖에 없었다. 그녀는 미소를 지으면서 말했다.

　"체스에서도 먼저 두는 백이 유리해요. 그래도 사람들은 천 년 동안 체스를 두고 있죠. 흑이 완전히 이기는 수는 없더라도, 반드시 무승부를 이끌어나갈 수 있는 수가, 발견하지는 못했지만 있을 거라고 믿으면서요. 플레이어들을 한 번 믿어보세요. 플레이어들이 새로운 수를 발견할지도 모르니까."

나는 그 이야기를 팀장에게 그대로 전했다. 팀장은 게임을 전혀 모르는 사람이 아무 말이나 한다면서 코웃음을 쳤다. 어쨌든 그녀는 대표가 직접 초빙한 사람이었기 때문에 나는 보고서를 써서 올렸다. 대표는 팀장에게 그녀가 말한 대로 하라고 시켰다. 한 달 동안 밸런스 패치를 중지해 보라고. 팀장은 한 번 더 졸도할 뻔 했다. 팀원들은 우리가 몇 주간 쉬고 나면 우리의 필요성을 깨달을 거라고 말했다.

그런데 시간이 지나자 일이 우리가 예상했던 바와 진짜 다르게 흘러갔다. 첫 2주 간, 사람들은 우리가 만들어 놓은 가위바위보 관계에서 벗어날 생각을 하지 못했다. 그런데 플레이어 중 한 명이 아예 새로운 캐릭터로 판을 뒤엎는 방법을 발견했다. 점차 사람들은 그 캐릭터가 끼어든 조합을 사용하기 시작했고, 또 그 캐릭터의 상성이 다시 발견되었다. 한 달이 지나자 우리가 계속 신경을 쓰던 세 캐릭터들의 활용처는 자연스럽게 줄어들었다.

팀장은 그 결과에 또 한 번 졸도할 뻔 했다. 아내가 옳았던 것이다.

그 이후 팀장은 조금은 편집적으로 느껴질 정도로 아내를 제거하려고 했다. 물론 아내를 담당하고 보고서를 쓰는 내가 팀장이 짜낸 제거 작전의 수행자였다. 문제점은 암살자 역할을 맡은 내가 아내를 사랑하게 되어버렸다는 데 있지만.

뭐, 내가 그렇게 금방 사랑에 빠지는 사람은 아니다. 나도 팀장처럼 편집적이지는 않지만, 우리 팀에 우리 게임도 제대로 모르는 사람이 감 놔라 배 놔라 하는 것은 당연히 마음에 들지 않는 일이었다. 팀원들 모두가 비슷한 감정을 공유했다. 왜, 그들 모두 수학한다는 프라이드가 있는 사람이기도 하고. 그리고, 동시에 우리는 우리 게임에도 프라이드가 있었다.

자부하자면 우리 게임은 꽤 깊이 있는 게임이다. 10년 넘는 역사 동안 수많은 캐릭터들이 쌓였고, 그 캐릭터들이 가상의 전장에서 만들어내는 상호작용의 경우의 수는 가장 강력한 인공지능도 계산할 수 없을 정도다. 이 게임을 잘 하려면 공격을 맞추고 피하는 테크닉에서부터 게임을 이끌어가는 전술과 전략까지 통달해야 한다.

그래서 팀장은 나보고 아내에게 우리 게임을 가르쳐 보라고 시켰다. 적어도 천 년이 넘은 체스보다야 훨씬 복잡하지 않겠는가? 실시간 전략전술 게임을 해보면 알아서 나자빠지게 될 거라고 팀장은 자신만만하게 말했다. 나도 그럴싸하다고 생각했다.

몇 주 뒤에 다시 만났을 때, 나는 그녀에게 말했다. 말씀이 틀리지 않았고, 실제로 효과가 있었다고. 그러고 나서, 나는 질문했다.

"그런데 저희 게임 플레이는 해보셨나요?"

그녀는 고개를 저었다. 그 동안 대회 때문에 바빴다고 했다. 나는 낚싯대에 걸려오는 무게감을 느낀 직후의 강태공처럼 씨익 웃었다. 그녀 쪽으로 내 노트북을 돌리면서 말했다.

"이 기회에 한 번 해보시죠."

몇 분 안에, 나는 그녀가 비디오 게임 자체를 즐기지 않는 사람이라는 걸 깨달았다.

말하자면, 아내는 게임들이 공유하는 기본적인 문법을 몰랐다. 왜, 그런 것 있지 않나. 예를 들면 적은 당연히 죽여야 하는 것이고, 팀은 당연히 보호해야 하는 것이고, 적의 스킬은 피해야 하는 것이고, 캐릭터의 자원을 관리해야 하고, HP가 다 떨어지면 죽었다가 다시 부활하고, 지켜야 하는 오브젝트가 파괴되면 게임이 끝나고, 그런 식의, 비디오 게임을 해본 사람이라면 너무 당연하기 때문에 따로 설명이 필요하지 않은 것들.

첫 판째에 아내 캐릭터는 죽기만 했고, 두 번째 판부터야 아내는 대충 캐릭터를 조작하는 법을 깨달았다. 세 판째까지, 나는 아내 옆에 의기양양한 채로 앉아서 그녀가 게임을 플레이하는 모습을 바라보았다. 넌지시 물었다.

"뭐라도 좀 알려드릴까요?"

그녀는 잠시 화면을 바라보며 골똘히 생각하다가 말했다.

"제가 하는 캐릭터는 스킬 사거리가 짧은데 데미지는 적이랑 같은 것 같네요. 그러면 손해 아닌가요?"

나는 자신만만히 답했다.

"아, 대신에 그 캐릭터는 성장이 빠르거든요. 최종적으로는 조금 약한 대신에…"

"알겠어요. 템포 우위를 가져가서 이니셔티브를 확보하는 거군요. 어떻게 하는지 알겠어요."

그러더니 그녀는 게임 팀원들에게 무언가 이야기하기 시작했다. 대충 다음과 같이 요약할 수 있는 이야기였다. 우리가 주도권을 쥐고 있는 대신 적은 후반에 강하니, 공간을 넓게 쓰고 적들을 압박해서 빠르게 게임을 끝내자. 레이트 게임으로 가면 좋지 않을 것 같다.

게임을 하는 인간들이 팀원이 내리는 명령을 잘 받아들이지 않는 건 이미 잘 알려진 바였지만, 내 아내는 조리 있는 설명으로 그런 팀원들까지 이끌었다. 몇 분이 지나서 아내의 팀은 순식간에 승리를 거뒀다.

나는 그 모습을 보고 약간 얼이 빠져서 말했다.

"진짜로 우리 게임 안 해 보셨다고요?"

그녀가 고개를 끄덕이고는 말했다.

"네, 뭐. 체스랑 비슷하네요."

"우리 게임은 실시간이고, 캐릭터들 수도 엄청나게 많은데…"

"게임의 본질은 똑같아요. 실시간이라고 하면 아주 짧은 속도의 턴이 오가는 거죠. 체스에도 불릿 체스라는 룰이 있어요."

"그래도 이렇게 단번에 익히는 건 쉽지 않은데…"

그녀는 싱긋 웃으면서 노트북 화면을 가리켰다. 거기에는 각 플레이어들의 전적을 알리는 리더보드와 승리라는 커다란 글자가 떠 있었다.

"이겼으니 된 거 아닌가요?"

그 짧은 순간에, 나는 그녀의 눈에서 타오르는 승부욕과 활력을 보았다. 아, 나는 바로 그 순간 그녀에게 흥미 이상의, 관심 이상의 호감이 생겼다. 무언가에서 한 경지에 도달한 사람이 보여주는 능력은 그 자체로 아름답지 않은가.

다시 이야기는 우주선과 백과 흑으로 돌아온다.

우리는 우주선 한쪽의 테이블에 체스판을 자석으로 붙여두고, 서로 고정장치에 묶인 채로 마주하고 있었다. 체스판 위에는 아내가 가르쳐주고 있던 오프닝, 즉 정석적 시작이 한창 진행 중인 채였다. 나는 폰들이 얽히고 있는 체스판을 멍하니 바라보다가, 그녀를 바라보았다. 예상치 못한 우주선 고립 생활 일주일 만에 그녀는 훨씬 더 말라붙었고, 피곤해 보였다. 그러나 체스판을 골똘히 바라보고 있는 그 눈만큼은 빛나고 있었다.

그녀는 중학생 때부터 체스를 시작했다고 말했다. 체스를 만

시간을 넘게는 했겠지. 그런데도, 이미 정해져 있는 이 정석에서도 여전히 그녀는 집중할 수 있는 걸까. 그런 의문을 얼핏 품었다. 나는 며칠 정도 지속된 체스 특훈에도 이미 지쳐 있었다. 나는 말했다.

"있잖아."

내가 말하자 그녀가 시선을 내게 향했다. 나는 말했다.

"…이 게임, 백이 너무 유리해."

그러자 아내가 고개를 들었다. 그녀는 환한 미소를 지었다. 절망적인 고립 상황에서 처음 보는 미소였다. 나도 왠지 기분이 좋아졌다. 아내가 명랑히 물었다.

"왜 그렇게 생각해?"

"아니, 그렇잖아. 항상 백이 먼저 행동하니까 흑이 백에 맞춰가야 하고. 전략에서 언제나 능동적이야."

그녀가 고개를 끄덕였다.

"오, 역시 게임 밸런스 디자이너다운데. 백이 폰 반 개 정도 더 유리해."

나는 신이 난 그녀의 표정을 보고 따라서 웃음을 지었다. 사실, 그때까지 나는 일종의 죄책감과 무기력감에 빠져 있었다. 내가 좀 더 능력이 좋았으면 가성비 신혼여행 루트를 찾다가 우주 한복판에 고립되는 일도 없지 않았을까 같은, 끝이 없는 우울한 생각들. 그때 본 그녀의 웃음이 나를 고양시켰다.

그리고 한 분야의 최고 전문가에게 인정을 받는 것은 역시 기분이 좋은 일이었다. 나는 체스를 도저히 익히지 못했고, 그녀는 우리 회사의 게임을 일 이상으로 여기지 않았다. 그런데 나도, 그녀가 우리 게임을 순식간에 파악한 것처럼, 파악한 것이다. 나는 어깨를 으쓱했다.

"그렇게 분명히 밸런스가 안 맞는 게임인데 어떻게 천 년 넘게 플레이할 수 있었을까?"

그녀가 입술을 잠시 매만지고는 말했다.

"최선의 무승부를 찾아가는 여정이지. 흑이 불리하지만, 어쩌면 반드시 무승부를 할 방법은 있을지도 몰라. 그건 아무도 찾지 못했고."

이전에 들은 이야기였다. 나는 말했다.

"흠, 과연 찾을 수 있는 걸까. 결국 한쪽이 유리한 게임인걸."

"너네 게임도 밸런스 안 맞는 건 어쩔 수 없잖아."

"대신 우리는 계속 패치를 하면서 게임을 순환시키지. 밸런스가 딱 맞는 건 불가능하고, 유저들이 원하지도 않아. 대신에 계속 바꾸면서 새로 적응하도록 하는 거고."

우리는 오랜만에 연애시절처럼 대화하고 있었다. 아내는 말했다.

"그래서 나는 이 스포츠가 체스와 같은 등급의 마인드 스포츠라고 생각하지 않아. 회사가 게임을 원하는 대로 바꿀 수 있는데 그 깊이에도 한계가 있는 거지."

나는 코웃음을 쳤다.

좋다. 여러분들은 이 대화가 과연 신혼부부의 대화가 맞는지 의아할 수 있을 듯도 하다. 어쩌면 이렇게 생각할 수도 있을 것이다. 우리가 우주선에 고립된 끝에 신경이 날카로워져서 무슨 말만 해도 싸웠다고. 그런데 내가 지금 보여주고 있는 것은 우리 둘에게는 깊은 애정이 담긴 대화다. 우린 항상 그랬다.

나는 그녀가 승부욕을 불태우는 그 순간이 좋았다. 체스뿐만 아니라 모든 시련을 이겨내려고 하는 그 모습. 그녀는 전사의 영혼을 가지고 있었고, 나는 그 영혼에 활력이 차오르는 모습을 사랑했다. 세상에 대한 승부욕, 그것을 어떻게 사랑하지 않을 수 있나.

우리가 이런 식으로 말다툼을 하는 것을 보면서 사람들은 우리가 백타 100일을 채우기도 전에 헤어질 것이라고 말했다. 하지만 그들은 어긋남과 갈등 사이에서 빛나는 즐거움을 채 눈여겨보지 못한 사람들이었다.

도전적으로, 나는 선언했다.

"그럼, 잠시 눈 감고 있어봐."

"왜?"

"한 번 감아봐."

그녀는 눈을 꾹 감았다. 그 사이에 나는 체스말들의 배열을 원래대로 한 다음, 조금의 변화를 주었다. 나는 나이트와 비숍, 룩과 퀸의 위치를 최대한 무작위적으로 섞었다.

"이제 눈 떠봐."

아내가 눈을 떴다. 그녀는 체스판을 한 번 보고는 의아한 듯한 표정을 지었다. 나는 의기양양하게 말했다.

"어차피 구조선 올 때까지 아무리 배워도 내가 너만큼 체스를 잘 둘 수는 없어. 대신 나도 내 특기를 한 번 발휘해볼래. 룰을 바꿔서 하자. 그래야 서로 동등하지. 자. 이건 랜덤 체스야. 말들 위치를 섞었어. 어때?"

아내의 얼굴에서, 그 의미를 알 수 없었던, 아주 희미한 미소가 스쳐 지나갔다. 그녀는 말했다.

"좋아, 새롭네. 한 번 해보자."

그 이후 구조되기 전까지, 나는 매일매일 새로운 체스 규칙을 만들었다. 자고 일어나서 내가 궁리한 규칙을 알려주고, 아내와 함께 플레이 하니 고통스러운 고립 생활을 그나마 조금은 버틸 수 있었다.

그 규칙 중 지금 생각해도 썩 괜찮았던 것 몇 개를 소개하겠다. 첫 번째는 바로 랜덤 체스다. 폰과 킹을 제외한 모든 기물들의 위치를 무작위로 섞는다. 나는 이렇게 나보다 훨씬 더 정석을 잘 알고 있는 아내를 견제할 수 있다고 생각했다. 실제로 아내는 조금은 헷갈리는 모습을 보였다. 문제는 결국 오프닝이 끝난 뒤의 미드 게임으로 들어가면 그때부터 아내의 말들이 내 말들을 잔혹하기 그지없이 학살했다는 것이다. 나는 조금 더 급진적인 변화를 줘야겠다고 마음먹었다.

아내가 나이트 하나로 내 전장을 파괴하는 것을 보면서, 오히려 파괴당하는 것은 어색해하지 않을까 싶었다. 그래서 나는 평화 체스라는 규칙을 만들었다. 이 체스에서는 먼저 체크를 당하는 사람이 이기고, 플레이어는 기물로 적을 죽일 수 있다면 반드시 그렇게 움직여야 한다. 지금 생각해보면 평화 체스보다는 자살 체스가 더 어울리는 이름 아닌가 싶은데, 하여튼 이 평화 체스에서도 아내는 나를 손쉽게 압도했다. 이기는 법을 아는 사람은 지는 법도 잘 아는 것이다.

그러다 나는 아내가 폰으로 촘촘히 세우는 방벽을 보고 생각했다. 체스 초보자에게 폰으로 이루어진 사슬을 뚫는 것은 정말 쉽지 않은 일이다. 그렇다면, 방벽을 쉽게 터뜨릴 수 있도록 하는 것은 어떨까? 말을 잡으면, 그 말이 폭파해서 주변 한 칸의 말들이 전부 죽는 것이다. 아내는 이 폭탄 체스 도전도 덤덤히 받아들였다. 그 폭탄 체스에서 내 체스 말들에게 일어난 일은 거의 비인륜적인 수준이라 묘사하지 않는 편이 좋을 것 같다.

그 외에도 잡은 말을 다시 재활용하는 규칙, 체스판의 좌우가 서로 연결되어 이동할 수 있는 원통형 체스 규칙 등등. 나는 꽤 많은 것을 떠올렸다. 나는 내가 그 정도로 많은 변형을 생각해낼 수 있다는 데 나름대로 자부심을 느꼈다.

어쨌거나 저쨌거나 나는 졌다. 무슨 규칙을 생각해내도 지고 지고 또 졌다. 체스를 기반으로 한 게임에서, 아내는 절대로 봐주지 않았다. 나도 둘이 동등하지 않은 규칙, 예를 들면 한 사람이 퀸을 하나 더 가지고 시작한다든가 하는 규칙을 차마 만들지는 못했다. 내가 좋아하는 아내의 승부사적인 모습, 그리고 나의 자부심. 이 둘의 조합의 결과는 항상 내 패배로 똑같았다.

한편 우리의 고립 생활은 다행히 행복한 결말을 맞았다(하긴, 그렇지 않았으면 내가 어떻게 이 글을 쓰고 있겠는가). 왕복선이 오가는 주기를 생각하고 나는 1년을 버틸 각오를 했다. 그런데 다행히도 메데이아 항성계에 이런저런 개발 붐이 불면서, 커다란 우주선들 몇 대가 우리 항로에 들어오기 시작한 것이다. 그 덕에 우리 구조 신호는 두 달 만에 수신되었다.

우리는 기대에 가득 찬 채로 창 밖을 보았다. 깜깜하고 무지막지한 심우주의 공허를 수놓는 수많은 별들 사이로 새파란 섬광이 일었다. 구조선이 차원 도약을 하면서 낸 빛이었다. 눈을 깜빡이자, 저 멀리 은빛 색의 배가 보였다. 아니, 사실, 아마 보이지 않았을 것이다. 차원 도약을 했어도 엄청난 거리에 떨어져 있는데 수 킬로미터밖에 안 되는 물체가 어찌 보이겠나. 아마 내가 은빛 배를 그 순간에 봤다는 생각은, 그 고립에서 빠져나갈 수 있어 너무 행복했기에 만들어진 오기억일 것이다.

도약을 끝낸 구조선은 총알의 수백 배가 되는 속력으로 우리 쪽으로 날아왔다. 물론 우주에서는 이런 속력도 느린 것이다. 구조선에서는 우리와 도킹하기까지 삼십 분 정도 걸린다는 메시지를 보냈다. 구조선의 이름은 케스트렐이라고 했다.

"있잖아."

그때 나는 귓속말을 듣고 살짝 식겁했다. 아내가 속삭이고 있었다.

"그래도 여기 갇혀 있는 게 나쁜 일만은 아닌 것 같지? 체스 많이 뒀잖아."

나는 그녀를 바라보았다. 그녀는 살짝 퀭한 얼굴로 미소짓고 있었다. 나는 피식 웃었다.

"그래. 1년 있었으면 잘 몰랐겠지만. 한 판이라도 이길 수 있으면 더 좋았을 텐데. 이거 너무 한쪽이 유리한 게임이야. 네가 너무 잘하잖아."

"지구로 돌아가면, 가끔씩 여기서 한 규칙으로 다시 게임하자. 안 봐줄 거지만, 언젠가 한 판은 이기겠지. 그 규칙들, 재밌었어."

그렇게 말하면서 아내는 어깨를 으쓱였다. 나는 고개를 끄덕였다.

그러자 이제 그녀는 지구로 돌아간 다음 다시 이아손 행성으로 출발할 것인지 물었다. 승부의 문제도 중요하지만, 그것도 확실히 중요한 문제였다. 일단 우주선을 렌탈한 회사랑 법적 문제도 있을 테고, 아내는 참석하지 못한 대회도 있고, 나도 회사에 이걸 어떻게 설명해야 하는지, 다시 신혼 휴가를 받을 수는 있을는지…

미래를 이야기하고 있을 때, 구조선이 도착했다. 그 은빛 배는 우리의 구질구질한 우주선, 아니 우주 감옥의 도킹부에 정교하게 붙었다. 곧 구조선의 에어락이 열렸다. 저편에 있는 선원이 보였다. 우리는 그 사람이 너무 반가워서 다가갔는데, 그 사람이 찰나의 시간 동안 움찔하는 것을 보았다. 그제서야 우리가 두 달 동안 한 번도 씻지 않았다는 것을 떠올렸다.

따뜻한 물로 씻고 제대로 된 음식물을 섭취한 다음, 마침내 우리는 신선한 공기가 있는 구조선의 객실 하나를 배정받았다. 아내는 두 달 치의 피로가 한꺼번에 몰려온다고 바로 잠에 들었다.

나는 창 밖을 보았다. 구조선은 우리의 우주 감옥을 떨쳐내고 차원 도약 지점을 향해 다시 날아가고 있었다. 그 구체에서 두 달 동안이나 체스만 두면서 살았다는 것이, 몇 시간이 지났는데 벌써 잘 믿기지 않는 과거가 되어 있다.

그때였다. 바깥에서 로봇의 것임이 분명한 목소리가 들렸다.

"잠시 들어가도 되겠습니까?"

나는 새근거리면서 잠들어 있는 아내를 힐끗 보고는 말했다. 로봇이라면 별 상관이 없다.

"아, 네, 들어오세요."

곧 문이 열리고, 액정이 하나 달린 꼬마 로봇 하나가 들어왔다.

그것은 자신을 리포터봇이라고 소개했다. 체스 그랜드마스터의 실종은 지구 한국에서 꽤 재미나는 뉴스거리인 듯했다. 하지만 아내는 자고 있으니, 내가 대신 이야기할 수밖에 없었다. 그 리포터봇은 그 두 달을 어떻게 버텼는지 물었다. 나는 내가 만든 변형 규칙들을 이야기했다.

솔직히 말해서 나는 그때 상당히 들떠 있었다. 내가 체스를 잘 모르지만, 어쨌든 체스 역사에 이름을 남길 만한 무언가를 만들지 않았나 하는 생각이 들었다. 그런데 내 이야기를 다 들은 리포터봇의 액정에 약간 미묘한 표정이 떠올랐다. 나는 그것을 눈치를 못 채고 말했다.

"…그래서 그런 규칙들을 지구에서 다른 사람들도 즐겨보면 재밌지 않을까 하는 생각이 들었어요. 말을 무작위로 둔다든가, 적 기물을 잡아야 하는 게 아니라 먼저 죽어야 한다든가. 그런 것들, 새롭고 재밌지 않나요?"

리포터봇이 잠시 침묵하다가 말했다.

"저기, 선생님."

"네?"

"제가 데이터베이스에 접속해서 찾아보니까, 지금까지 말씀하신 규칙들이 전부 21세기 전에 만들어진 것들인데요."

"예?"

나는 어안이 벙벙해서 리포터봇에게 되물었다. 리포터봇이 자세히 설명했다.

"무작위로 말을 두는 방식은 21세기에 제시되었습니다. 먼저 죽는 체스는 근대에도 이미 많이 플레이됐고요. 사실 체스 퍼즐은 옛날부터 유행했기 때문에, 그런 규칙들은 찾아보면 셀 수 없이 많습니다."

나는 잠시 입을 떡 벌리고 있다가 말했다.

"그럼 제가 생각한 게 전혀 새롭지 않은 거군요?"

"네. 어, 아내분이 그걸 몰랐다고 하셨나요?"

"네."

리포터봇이 활짝 웃는 표정을 전면에 띄우고는 말했다.

"체스 그랜드마스터시면 모를 리가 없습니다."

나는 심장이 떨어지는 듯한 느낌을 받았다. 그 느낌은 충격과 황홀함, 설렘이 뒤섞인 여러 감정의 칵테일이었다. 나는 아내 쪽을 바라보았다. 어느 때보다 날카로워진 감각으로 나는 아내가 새근거리고 있지 않다는 것을 느꼈다. 그녀는 왠지, 약간, 자는 척을 하는 것처럼 뻣뻣해 보였다. 분명한 것은 그녀의 입꼬리가 계속 꿈틀거리면서 위로 올라가고 있었다는 거다.

차마 웃음을 참지 못해 꿈틀거리는 그 입술을 보면서, 나는 똑같이 미소지을 수밖에 없었다. 인정해야지, 어찌하겠나. 나는 그녀가 짠, 너무나 한쪽이 유리한 게임을 플레이하고 있었다는 사실을. 그리고 그건 전혀 나쁜 일이 아니었다는 것도.

탄원서

유염

아빠가 엄마를 죽였다.

현관으로 들어선 순간 눅눅한 공기에 퍼져 있는 것은 평소와 다른 비릿한 냄새였다. 거실바닥에는 더 이상 움직이지 않는 엄마의 몸이 누워 있었다.

그 몸에서는 느릿한 속도로 피가 퍼지고 있었다. 지난 몇 해를 돌아보면 당연한 수순이었다. 의외로 놀랍지도 않았다.

'드디어 올 것이 왔군.'

흔하게 보던 영화나 드라마와는 다르게 비명소리가 나지 않았다.

"일단 자수하자."

당연하지만 자수부터 권했다. 가족은 우리 셋뿐이었고, 친척 간 왕래도 거의 없었기 때문에 도움을 줄 사람이 떠오르지 않았다.

시체를 은폐하고 도망다니는 것은 현실적으로 불가능했다. 그런 건 영화에서나 하는 거지, 서울 한복판 주택가에는 전봇대마다 CCTV가 있고, 노란 팻말에 '안전귀가'라고 쓰여 있으며, 골목마다 경쟁적으로 들어선 편의점들은 24시간 꺼지지 않는 밝은 불빛을 제공했다.

결정적으로 우리 집은 지금 사회초년생인 나의 월급만으로 돌아가고 있었다. 도주도 결국 돈이 있어야 하지 않겠는가.

"그래… 그래야겠지."

잠긴 목소리로 한숨 쉬듯 내뱉은 한마디는 후련해 보이기도 했다. 그는 천천히 전화기를 꺼내 112까지 눌렀지만 한동안 통화 버튼을 누르지 못하고 있었다.

둘의 숨소리가 들릴 정도로 고요한 거실은 이내 결심한 그의 손가락 움직임을 따라 변화하고 있었다.

"네, 112 신고센터입니다. 통화는 녹음됩니다. 어떤 일로 전화 주셨을까요?"

밝고 친절한 안내음이 눈앞의 광경과 대조되었다. 더듬더듬 이어나가는 그의 말에 전화기 너머 목소리는 긴박하게 변해가고 있었다. 곧이어 출동한다는 안내와 움직이지 말라는 날 선 경고가 꽂혔다.

아빠는 곧 도착한 경찰과 구급대원의 다급한 소리와 함께 현행범이 되어 이송되었다.

구급대원은 굳어가는 엄마를 수습하고 있었고 모든 장면이 슬로비디오처럼 천천히 흘러갔다. 현장에 있던 나도 서까지 동행한 것은 당연한 이치였다.

경찰차 뒷좌석에 앉으니 사이렌 소리도 아득해져 가며 소리들이 흩어졌다.

무의식적으로 오늘 하루를 복기하며 오늘을 살아낸 것을 후회하듯 한없이 거슬러 올라갔다.

어디서부터 시작하는 것이 좋을까.

그래, 내가 여섯 살 때였다. 내가 기억하는 가장 어린 시절부터 항상 엄마의 기도원에 따라다녔다. 기도원에서 항상 책을 읽다 방석 두 개를 이어 붙여 새우잠을 청하곤 했다. 그때 그곳이 뭘 하는 곳인지 나에게는 중요하지 않았다. 단지 엄마 곁에 있고 싶었을 뿐.

"진짜 집에 안 갈 거야?"

내게 재차 물어보는 엄마는 밥을 얻어 주는 것까지는 해주었다. 하지만 내심 챙겨야 하는 존재가 있는 것이 귀찮았으리라. 그래도 주변에 다른 아주머니들이 제법 귀여워해 줬던 기억이 있다.

그다음 가장 기억에 선명히 남아 있는 것은 열 살의 어느 날 하교 후, 여느 날과 마찬가지로 집에는 아무도 없었다. 아빠는 당연하게 일하러 갔으며, 엄마는 당연하게 기도원에 나갔다. 나는 늘

하던 대로 계란프라이를 부쳐 간장계란밥을 만들어 먹고 책을 읽다 잠에 들었다.

그날은 나의 생일이었다. 이것이 평범한 생일이 아니라는 것은 나중에 알게 되었다.

둘의 고성이 심해진 것은 그 다음해 부터였다.

"이거 뭐야?"

아빠의 왼손에는 통장이 들려 있었다. 아마 거기에 적힌 내역을 말하는 것 같았다.

"축복금. 오늘 말일이잖아."

퉁명스럽고 당연한 어투였다.

"우리 이번 달 수도세도 못내." 아빠가 짜증내며 상황을 설명하려 했지만 엄마는 곧장 말을 끊었다.

"내가 내일 낼게."

"내일은 돈이 갑자기 생겨나니?"

아빠는 결국 짜증을 넘어 빈정대기 시작했다.

"내가 알아서 해!"

짜증스러운 목소리를 내지른 엄마는 자리를 피했지만 아빠가 방으로 따라 들어갔고 곧이어 큰소리가 나기 시작했다. 둘의 고성은 날이 갈수록 심해져 나는 홀로 방에 숨어있는 날이 늘어 갔다. 서로를 향하는 단어도 점점 거칠어졌다. 마치 내가 세상에 없는 듯이 서로 경쟁적으로 상처 주기를 반복했다.

"자 내리세요."

어느덧 경찰서에 도착했다. 낯선 사람들이 나에게 길을 인도했다. 그것은 결코 친절함이 아닌 연행에 가까웠다.

형사 3팀. 팻말이 보이는 곳으로 들어가니 잿빛 사무실에 책상이 늘어서 있고, 그 위에는 종이와 파일이 마구잡이로 올려져 있었다.

나는 나를 인도해 준 사람 맞은편에 앉았다. 아빠는 책상 두 개 정도 너머에 앉아 있었다. 아마 서로 말을 섞거나 맞추지 못하게 하려는 것이라고 추측할 뿐이었다. 뭐 단순히 저 경찰의 자리였을 수도 있겠지만.

나를 인도한 경찰은 사십대 중년으로 보였다. 경찰 답다고 느껴질 만큼 다부진 체격에 짧은 스포츠머리, 눈썹과 수염은 다듬지 않아 지저분한 인상을 주었다.

"여기 앉으시고요, 성함이랑 나이요."

상냥하다는 듯 말꼬리를 늘렸지만 꽤나 날 선 어투였다. 여기 오기까지의 주변의 시선과 표정. 사람들의 거친 태도가 난생처음 겪는 것들이기에 조금 무서워지기 시작했다.

"박정민… 서른 살 이,입니다."

긴장해서 제대로 대답하지 못했다. 스스로가 바보 같아 눈을 찡그렸다.

"사망자랑 관계요."

"자식입니다."

"어머니시고, 그럼 저분이?"

형사가 머리로 아빠를 가리키며 물었다.

"아빠요."

형사는 얼굴이 한층 더 심각해졌다.

"처음부터 보신 거 순서대로 말해보세요."

"어… 현관에서 문을 열고 들어갔는데 엄마는 이미 바닥에 쓰러져 있었습니다. 아빠가 뭔가 저지른 것 같아서 일단 자수하라고 말했고 전화하는 것을 지켜보았습니다."

형사가 눈을 가느스름하게 뜨고 나를 한참 쳐다보았다.

"지금 말하신 진술 나중에 번복하시면 안 됩니다. 종범이 되실 수도 있고 단순 참고인으로 끝날 수도 있습니다. 틀린 거, 잘못 말한 거 있으면 지금 얘기하세요."

나는 화들짝 놀라 머리를 쥐어짜기 시작했다. 하지만 그 어느 기억을 뒤져봐도 오늘 내가 한 일은 회사 출근했다가 퇴근한 일뿐이었다.

"살해동기 뭐 짐작 가시는 거 있으십니까?"

내가 아무 말도 않자 형사는 또다시 질문해오기 시작했다. 살해동기. 단 하나를 꼽자면 역시 돈이겠지.

어린 시절 단어를 채 이해하기도 전에 알게 된 단어 돈. 그 돈이 무엇이길래 엄마와 아빠를 진창으로 빠트리고 괴롭히는걸까?

어린 시절에야 순진한 호기심이었다. 나중에 이해하게 된 돈은 나에게도 늘 패배감을 안겨 주었다.

그 해는 열 살 즈음이었을 텐데, 현관이 열리는 소리와 동시에 집에 엄마가 있음에 무척 반가운 마음이 들어 곧장 말을 걸었었다. 그날 학교에서 있었던 일들을 마구 쏟아내고 싶었던 듯이.

"엄마! 엄마! 오늘 색칠을 했더니 색연필 다 썼어."

나는 가방을 열고 색연필을 찾으려 뒤적이며 말했다.

"어 그래, 이따가."

엄마는 나에게는 눈길도 주지 않은 채 휴대폰과 통장을 번갈아 보며 뭔가를 확인해 갔다.

"내일 또 친구들이랑 색칠하려면 빨강이 꼭 필요해. 주인공이거든!"

나는 그때까지 상황을 잘 이해하지 못해 계속 신이 나서 말을 이어갔다.

"나중에. 엄마 바쁜 거 안 보이니?"

엄마는 신경질적으로 대답을 한 뒤 식탁 가장자리에 통장과 입금표들을 반듯하게 늘어놓고, 휴대폰으로 뭔가 계산하기 시작했다.

'축복금 109만 원 부족.'

엄마의 메모를 이해하지 못했지만 차가운 목소리 톤에 그제야 잔뜩 위축된 나는 가방에서 조용히 알림장을 꺼냈다. 건네줘야 했지만 손은 계속 망설였다.

"엄마, 내일 선생님이 준비물 검사해."

"그래. 네 아빠한테 말하자."

엄마는 휴대폰 버튼을 길게 눌러 화면을 껐다. 꺼진 화면에 내 얼굴이 거꾸로, 작게 비쳤다.

이후로도 돈과 나의 우선순위 대결에서 나는 항상 패배하기 일쑤였고, 돈은 언제나 이길 수 없는 상대였다.

이따금 엄마와 아빠가 정말 기분이 좋은날 용돈으로 5천 원을 쥐여주면, 칭찬받고 싶은 마음에 당신들 쓰라며 고사하는 날이 늘어갔다. 초등학생에게 돈은 그다지 필요 없기도 했다. 부모가 필요했을 뿐.

모순적인 것은 엄마는 항상 엄마 없는 애처럼 하고 다니지 말라 당부했지만 나는 그것을 이해하지 못했다. 실제로 집에는 엄마가 없었는데, 그것이 무슨 의미인지 당시에는 잘 몰랐다.

시간이 흘러 집은 점차 줄어들었다. 초등학생 때까지는 아파트에서 살았지만, 빌라로 이사를 갔고 고등학생 때는 옥탑으로 옮겨 갔다. 이때만 해도 이게 어떤 의미인지 잘 몰랐다. 아빠는 계속 일을 하셨지만 가세는 꾸준히 기울어 갔다.

나중에 알게 된 것이지만 세 가족을 꾸리기에 적은 돈을 버는 것도 아니었다. 다른 이유가 있었던 것이다. 그것을 정확하게 알게 된 것은 대학 입학 당시였다. 당시에 나는 공부를 제법 잘했지만 아빠는 나의 대학 진학을 반대했다.

"꼭 가야겠냐? 요즘 뭐 대학 간다고 제대로 취직하는 것도 아니더라."

나는 대답할 가치가 없는 말같아 가만히 있었다.

"뉴스 봐라. 백수들 다 고학력자더라."

어처구니가 없어 결국 맞대응하기 시작했다.

"성적도 되고 쌤도 원서 쓰라고 하는데 도대체 뭐가 문제야!"

단박에 짜증이 나서 질러 버렸다.

"네 등록금을 못 내는데, 어쩔 도리는 있냐?"

빈정대는 어투에서 조금 울컥했지만 티 내고 싶지 않았다. 울면 지는 것 같았다.

"내가 알아서 해. 그동안 뭐 해준 거 있는 것처럼 말한다. 해준 것도 없으면서."

나도 빈정이 상해 할 수 있는 최대한으로 상처 주고 싶었다. 이 결투에서 그저 이기고 싶었다. 처음으로 내 고집을 주장한 그날 아빠는 이내 털어놓았다.

"너네 엄마가 사이비에 돈을 다 갖다 바쳤어. 지금도 봐라. 집 구석에 붙어 있나."

너무 오래되어 이제는 빛바랜 고백을 토하듯이 내뱉었다.

그동안 살아오면서 어느 정도 예상을 했던 터라 가만히 듣고

만 있었다.

"네 어렸을 적 살던 그 아파트도 홀랑 거기 갖다 바치더라. 그거 결혼할 때 네 엄마 명의로 해줬던 거거든."

마지막 말을 할 땐 어쩐지 기세가 등등해졌다. 잘났어 정말.

"그러는 동안 집이 어떻게 되는지는 알고 있었고?"

내가 되물었다. 그동안 집엔 아무도 없었다.

"…"

더 이상 할 말은 잃은 아빠를 두고 나는 재차 물었다.

"차라리 이혼을 하지?"

"이혼은 아냐. 그건 실패자야."

고리타분한 옛날 사람 같은 말이었다. 요즘 세상에 이혼이 흠이나 되냐는 말을 했지만.

"그리고 애엄마는 필요하지."

곧이어 한 말이야말로 엄청나게 모순된 상황이었다. 엄마의 역할을 하는 이가 없는 집이었는데 자식에게 엄마가 필요해서 이혼을 하지 않았다니. 앞과 뒤가 맞지 않는다.

전형적인 기성세대의 사고방식을 체험한 것 같아 곧장 이해하기를 포기했다. 그나마 이혼이 쉬운 선택지는 아니겠지 정도가 최선이었다.

아빠는 홀로 가족이라는 형태의 유지비를 납부하고 있었다. 계속 밑 빠진 독에 돈을 부었고 내가 일할 수 있는 나이가 되자 일손을 덜고 싶었던 것이다.

하지만 이때의 나는 태어나서 처음으로 내 의견을 피력했고 대학까지는 가겠다고 고집하여 4년 전액장학금을 받을 수 있는 곳으로 하향 지원하는 것으로 타협했다. 수능이 끝나자마자 학교 생활을 위해 아르바이트를 구했다.

"아마 돈 문제일 겁니다."

나의 대답을 기다리던 형사의 눈을 처음으로 바라보며 이야기를 이어 나갔다. 내가 근무하는 회사 건물과 집으로 귀가하는 동선을 차례대로 고했고, 내가 확인하고 싶은 부분도 물었다.

"저기요… 혹시 제 회사에도 연락이 가나요?"

쉼 없이 키보드로 뭔가 작성하던 형사는 손을 멈추고 의외로 내 물음에 순순히 답을 해줬다.

"CCTV 확인하는 거는 건물만 보면 돼서요. 뭐 연루되어 있지만 않으면 연락 갈 일은 없을 겁니다."

시선은 모니터에 고정된 채 말을 이어갔다.

"구체적으로 부모님 금전 관계에 대해 아시는 거 다 얘기하세요. 본인도 혐의 벗어나시려면 최대한 협조하셔야 합니다."

거의 협박처럼 느껴져 본 것들을 얘기하기 시작했다. 오히려 돈으로 싸운 일은 너무 많아서 무엇을 말해야 할지 몰라 혼란스러웠다.

대학시절에 접어들면서 엄마의 편집증적 증세에 망상, 환청까지 더해져 축복금의 규모나 가족들을 대하는 태도가 급진적으로 변하기 시작했다. 나중에 찾아본 것이지만 산후우울증이 치료되지 않은 상태로 계속 병세가 발전된 모양이었다.

나와 아빠를 항상 의심하기 시작했다. 본인을 죽인다거나 해할 것이라는 망상에 시달렸다. 비록 지금은 현실이 되었지만.

나와 아빠는 딱히 대화를 하며 지내지 않았지만, 항상 우리 둘이 어떤 작전을 짠다고 말했다. 이성적으로 절대 이해할 수 없는 말들을 늘어놓은 엄마는 스스로를 방에 가두고 기도원 사람들을 만날 때만 밖으로 나왔다.

거실에서 슬쩍 보이는 방안 모습은 신문지로 방의 모든 면을 도배하듯 덧붙여놓은 모양새였다. 창문도 모두 가려놓아 대낮이었지만 상당히 어두웠다. 어느 날은 집에 있는 날붙이를 모두 그 방에 가지고 들어가 밥을 해먹을 수 없었던 날도 있었다.

반대로 기도원 사람들을 상당히 신뢰하였다.

엄마가 감기에 걸렸던 유난히 추운 겨울이었다. 신경이 쓰여 약국에서 약을 사두었는데, 내가 사둔 것은 먹지 않고 기도원에서 받아온 약만 먹었다. 병원약도 아니었기에 당연하게 감기는 열흘을 꼬박 다 앓고 나은 듯했다.

"이게 다 뭐야?"

집에 치약과 세제들이 박스째로 잔뜩 들어차 있었다.

"손대지 마."

엄마는 나를 경계하는 눈초리로 박스들을 챙기며 쏘아붙였다. 당시 대학생이었던 나는 얼추 그것들의 소문을 들어 알고 있었다. 다단계에서 가장 많이 사용되는 물품들이었다. 박스에도 익숙한 기도원의 마크가 그려져 있었다. 그리고 그날 바로 또 아빠와의 싸움이 시작되었다. 역시나 이제는 다단계냐는 소리가 밖에 새어 나왔다. 나는 그날따라 지긋지긋한 느낌이 들어 집에서 도망쳐 나왔다.

이때까지 내가 기억하는 것들을 모두 형사에게 쏟아내었다. 남에게 말하는 것은 처음이라 어쩐지 후련한 기분이 들었다.

형사는 처음과 사뭇 다른 눈으로 나를 쳐다보았다. 그때 밖에서 들어온 여자에게 파일을 건네받고 한참을 읽더니.

"더 진술하실 내용 있으십니까?"

형사가 물어본 얘기는 모두 한 터였다. 나는 대답은 하지 않고 머리를 가로저었다.

"건물 CCTV랑 교통카드 사용시간 확인되셨고요. 뭐 생각나는 거 있으시면 아무 때나 전화하세요."

나에게 명함을 한 장 건네며 처음과 다르게 상당히 누그러진 어투로 말했다.

"이제 들어가셔도 됩니다. 저기 피해자 아, 그러니까 어머님은 세운병원으로 이송되셨고요 그쪽 장례식장 사무실 가서 안내받으시면 됩니다. 그리고 이거 가져 가시고요."

작은 종이 팸플릿을 하나 건네주었다. 유광으로 코팅되어 있는 종이에 노랗게 특수청소라는 글씨가 쓰여 있었다.

나는 가라는 소리에 대번 인사도 하는 듯 마는 듯이 도망쳐 나왔다. 꽤 늦은 시간이었고 몰려오는 피로감에 아빠 쪽은 쳐다볼 생각도 하지 못했다.

경찰서 앞 쓰레기통에 받은 명함과 팸플릿을 대충 구겨 넣었다. 잠시 서서 생각에 빠졌지만 역시 갈 곳이 없어 결국 안내받은 병원으로 향했다.

애석하게도 가족이라는 명목 아래 사건에 연루되어버려서 시신을 무연고자로 처리할 수는 없었다. 경찰 조사를 마치고 도착한 장례식장은 늦은 시간인 것이 믿기지 않을 만큼 상당히 붐볐다.

복잡한 도로에 차와 사람들이 쉴 새 없이 오갔다.

이물질인 나는 그 속에서 천천히 접수실로 찾아가 가장 저렴한 공간과 절차를 물었고 가장 빠르게 발인이 가능한 일자를 골랐다. 가장 저렴한 호실은 상당히 여유가 있었다. 마지막 가는 길까지 돈이 빠듯한 삶이라니, 이 정도면 팔자려니 해야 할까.

접수실에는 나와 비슷한 또래의 그룹이 더 있었는데, 형제로 보이는 그들이 곧잘 서로를 의지하며 논의하는 모습에 나도 모르게 계속 눈이 갔다. 우리 집도 가족이 더 있었다면 조금은 달랐을까.

복작거리는 우리 집을 상상해 보았지만 이내 머리를 진저리치듯 휘저었다. 숟가락이 많을수록 더 빠듯한 법이었다.

나는 배정받은 장례식장으로 이동하는 도중에 휴대폰을 꺼내 들고 문자를 작성하였다.

「팀장님. 죄송하지만 어머니가 금일 돌아가셔서 경조휴가를 사용해야 할 것 같습니다. 세운병원 장례식장 319호실입니다.」
「내가 기안 올릴 테니 걱정 말아요. 급한 업무 갖고 있던 게 있나요?」
「넵, 어제 김대리님께 받아서 작업하던 파일이 있는데 저희 팀 공유폴더에 있습니다.」
「그래요. 그건 내가 김대리랑 얘기해서 처리할게요. 연차가 더 필요하면 미리 연락 주고, 잘 보내드리고 복귀하세요.」
「감사합니다.」

간결한 문자로 회사는 사건이라는 느낌 없이 평범하게 마무리되었다.

오히려 친척들이 걱정이었다. 경찰에게 전해받은 엄마의 물품에서 휴대폰을 찾아 연락처를 열었다. 연락처 목록에는 가족과 삼촌, 막내이모를 빼면 전부 모르는 사람들이 즐비했다. 문자와 카카오톡에는 우리 가족들보다 모르는 이름의 사람들과 더 친밀한 느낌으로 연락을 주고받고 있었다. 나는 삼촌과 이모에게만 문자를 돌렸다.

이내 막내이모에게만 답장이 왔다.

「연락하지 말 거라.」

아, 내가 모르는 일이 또 있구나. 나는 차라리 잘 되었다 싶어 이내 휴대폰을 덮었다. 잠시 다른 연락처에도 연락을 해야 할까 싶었지만 그런 생각을 했다는 것에 이내 실소가 나와버렸다.

따지고 보면 원인제공자들인데 연락을 할 생각을 잠깐이라도 했다는것에 스스로가 우스웠다.

319호 장례식장은 믿을 수 없을 만큼 고요했다. 여러 사람이 북적거리며 오가는 보통의 호실과는 거리 자체도 떨어져 있어, 마치 장례식이 진행되지 않는 것처럼 아무런 소리도 나지 않았다. 복도에는 저 멀리 붐비는 장례식장에서 파생된 소리들이 산발적으로 반향되어 웅웅대는 진동뿐이었다. 가족이 셋뿐인데다 친척 간 교류도 거의 없었기 때문이겠지.

적막함을 깨뜨린 것은 수사를 받던 아빠의 연락을 받고 찾아온 고모들이었다. 의외로 연락을 하고 있었던 점. 정상적으로 형제관계를 유지하고 있었다는 사실이 퍽이나 놀라웠다.

텅 비어 있던 함에 첫 조의금이 들어갔다. 상주로서 인사도 나누고 휑하던 영정사진 앞으로 처음으로 꽃도 놓였다. 그래도 장례식장으로써의 기능이 처음으로 돌아가는 순간이었다.

이내 고모들은 하소연하듯 나에게 푸념과 참견을 마구 쏟아냈다. 나는 오래간만에 들리는 대화다운 대화 속에서 쉴 새 없이 쏟아지는 소리들을 맞으며 생경한 안정감을 느꼈다. 적어도 지금만큼은 평범한 가족 같았다.

다음날 회사에서 근조화환이 도착했다. 어디서나 볼 수 있는 무난한 것이었지만, 드디어 평범함을 갖추게 된 것 같아 홀로 감격스러워했다.

319호실은 그제야 밖에서도 장례식을 치르고 있음을 알 수 있게 되었다. 이후 장례식은 회사 동료 몇 분의 방문을 끝으로 소박하게 마무리되었다. 그나마 고모들이 자리에 있을 때 왔던 것이 너무나 다행이었다. 조금은 평범한 가족처럼 보였으리라. 회사에는 최대한 사건임을 알리고 싶지 않았다. 사인도 지병으로 대충 둘러댔다.

발인날 아침 사망진단서를 확인하고 화장장으로 이동하여 접수하고 대기하면서 멍하니 둘러보았다. 화장장에는 모두가 각자의 모습으로 슬퍼하는 가족들과 지인으로 보이는 사람들로 가득했다.

여기저기 들리는 울음소리와 혼잡한 말소리 드문드문 들리는 위로의 말들이 너무나 어색했다. 그것은 나에게 여기 있어서는 안 되는 사람이라고 말하는 듯했다.

저 울부짖는 사람들의 표정과 얼굴이 나를 향해 너는 왜 슬퍼하지 않니?라고 묻는 것만 같았다. 물음에 도저히 답할 수 없었던 나는 장례식장의 접수대에서처럼 또다시 스스로 이물질이 되었다.

화장장에서 마지막 고별의 시간이 주어졌다. 종교가 있으시냐는 물음에 하마터면 실소가 나올 뻔했다.

그걸 종교라고 불러야 하나요? 따지듯이 묻고 싶은 충동이 들었지만 이내 전혀 상관없는 사람임을 깨닫고는 스스로 정신 차리려는 듯 세차게 머리를 가로저었다. 그런 것은 없다는 표시임과 동시에 나에게 하는 경고였다.

저 사람은 아무런 관련도 없다. 미친 사람이 되지 말자고 계속 되뇌었다. 유골함에 옮겨진 그것은 정말 작고 하잘 없었다. 무엇을 위해 그렇게 남에게 헌신했을까. 내가 언젠가는 그것을 이해할 수 있을까. 아니 이해해야 할까.

납골당도 가장 저렴한 구석의 꼭대기층으로 안치되었다. 이것이 우리 가족이 결제할 수 있는 가장 저렴한 죽음이었다.

집으로 돌아온 나는 홀로 사건 현장을 정리해야 했다. 현관에는 노란 폴리스라인이 붙었던 자국이 작게 남아 있었다. 끈적하고 노란색인 그것만이 이곳이 사건 현장이었음을 말해주고 있었다.

문을 열고 들어간 거실은 굳어버린 핏자국과 생전 처음 맡는 악취로 가득했다. 피가 상한 냄새일까? 얼굴을 잔뜩 찡그린 채 창문을 열고 청소하기 시작했다. 경찰서에서 특수청소 안내를 받았지만 장례식을 치르느라 더 이상 돈이 없었다

나는 뜨거운 물을 받아 거실에 부어가며 장판에 눌은 피를 불려 걸레로 닦아내기 시작했다. 우습게도 그것은 사건 현장을 치운다는 느낌보다는 어질러진 집을 청소하는 감각으로 전환되었다. 언제나 어지르는 사람과 치우는 사람이 따로였지. 툴툴거리며 평소처럼 부부 싸움의 흔적을 지워나가기 시작했다.

얼추 보이는 것들은 청소가 되었지만 집 전체에 진동하는 냄새만은 도저히 방법이 없었다. 오묘하고 역한 냄새에 밥 먹을 기분도 나지 않았다. 그래도 드디어 끝냈다는 생각에 깨끗해진 거실에 드러누워 가만히 천장을 바라보았다.

아무도 없이 적막한 집. 그 어떤 말도 들리지 않고 싸움도 없는 집. 고요함. 평화로운 느낌이라는 것이 이런 걸까.

처음 느끼는 알 수 없는 만족감이 몽글몽글 피어올랐다. 이게 사람들이 말하는 집이구나. 이게 쉴 수 있는 공간이라는 것이구나. 더 이상 집에 오면서 불안하거나 걱정하지 않아도 되는구나.

낯설지만 희망적인 기분에 휩싸인 나는 그제야 내가 울고 있다는 사실을 깨달았다. 이제 나도 평화로울 수 있겠구나. 이렇게까지 끝장을 봐야만 얻어낼 수 있었던구나라는 생각에 긴 한숨을 토해내듯 꽤나 오랫동안 울고 말았다.

한차례 감정의 카타르시스를 경험한 나는 홀린 듯이 곧장 일어나 거실뿐만이 아닌 집안 전체의 대청소를 시작하였다. 곧장 냉장고로 가 상해버린 반찬들을 확인했다. 만들어두고 얼마 먹지 못해 아까웠지만 차례차례 버리고 설거지를 해놓았다. 앞으로는 일인분만 하면 되겠구나 하며 자연스럽게 앞으로의 일들에 대해 생각하기 시작했다.

방에서 엄마의 물품과 아빠의 물품을 분류하고 박스에 옮겨 담기 시작했다. 방을 가득 채운 신문지들을 걷어내고 찾아낸 엄마의 물품에는 몇 개의 옷가지와 신과 구원을 찾는 책들이 전부였다. 버리지도 못하고 태울 곳도 없어 우선 두기로 했다. 그중에서 낡은 공책이 하나 눈에 띄었다.

[육아일기 (임지선)]

남의 일기를 궁금해하는 취미는 없었지만 도대체 언제부터 사이비에 빠지게 된 것인지 궁금하기는 했었기에 몇 장 넘겨보기 시작했다. 앞부분은 평범한 기대감과 설레하는 보통의 산모와 다를 것이 없었다. 뒤로 몇 장 더 넘기니 잠을 못 자 힘들고 집에 아무도 없어 외롭다는 문구가 점점 늘어 갔다.

아빠는 흔히 말하는 워커홀릭이다. 빈번하게 야근을 하였고 그걸 당연하게 여겼다. 주말과 공휴일도 가리지 않았다. 딱히 돈을 위해서도 아니었던 것은 확실했다. 내가 지금 회사에 합격한 날 술에 취해 돈을 더 받지도 않으면서 회사에서 얼마나 헌신적으로 일했는지 자랑스레 연설하던 것이 동시에 떠올랐다.

눈으로 일기를 계속 훑어보다 정민엄마라고 부르는 것도 아닌 임지선 씨라고 불러줬다며 좋아하는 문구가 처음으로 눈에 들어왔다. 이거구나.

 이후로는 육아일기보다는 어떻게 해야 나를 나로 다시금 살아갈지. 임지선이라고 불러주는 그 고마운 존재들에게 감사의 표시를 더 할 수 있을지를 고민해 나가는 내용이 줄지어 있었다.

집에서 홀로 외로워하던 엄마에게 너무나 감사한 사람들. 삶의 의미와 나를 다시 찾게 해 주는 감사한 신. 5천만 원을 헌금한 날 총회장님이 나를 직접 만나 주셨고 친히 나만의 자리를 주시고 직함도 직접 내려 주시니 이것이 영광이며 감사하다는 내용이 모두 담겨 있었다.

무한히 맹목적으로 변해가는 문장들은 나에게 제법 신선한 충격적으로 다가왔다. 만약 아빠가 집에 조금만 더 관심을 갖고 산후우울증이었던 엄마를 보듬었다면 여기까지 오진 않았겠구나. 더 앞서가 조금만 서로 솔직하게 심정을 나누었다면 서로를 마냥 무시하고 넘어가지는 않았으리라 이 또한 누구라고 할 것 없이 가해자와 피해자가 뒤섞여 있어 어느 것이 먼저다 쉽게 결론짓기 어려운 사건이 되어 버린 것이다. 혀끝에서 쓴맛이 올라와 더 이상

읽기 힘들어진 나는 이내 내려놓고 나머지 박스들을 정리하기 시작했다.

물건을 버리지 않는 성정의 아빠는 쓰레기인지 사용하는 물건인지 경계가 모호한 것들이 많았다. 어차피 공간만 차지하게 될 것이 자명하여 대부분은 단호하게 쓰레기통으로 향했다. 누렇게 변색된 오래된 고지서와 각종 서류들을 하나하나 버리기 시작했고, 그 속에서 새것으로 보이는 종이가 눈에 띄어 집어들었다.

이번에 엄마가 내 명의로 몰래 받은 대출 문서였다. 역시 아빠도 이걸 보았군. 해결해야 하는 숙제가 눈앞으로 다가온 나는 남겨진 휴가를 확인했다. 회사에서 받은 경조휴가는 5일이다. 오늘로 4일째. 남겨진 하루 안에 그녀가 나에게 남긴 불법 대출을 해결해야 한다. 남겨진 짐들은 차치하고 방법이 있는지 알아보기 시작했다.

다음날 아침부터 가정법원에 방문하여 상속포기부터 신청하였다. 언제나 나에게 돈을 받아내려고만 했던 것을 돌이켜보면 드라마처럼 숨겨진 뭔가는 없을 것이 분명했다. 접수 후 곧장 금감원에 민원을 넣고 이어 경찰에는 명의도용 신고를 접수하고 대출해준 대부업체에 내용증명을 보내는 것까지 정신없이 처리했다.

오후가 되어 편의점에서 첫 끼니인 샌드위치를 한입 베어 물었을 때였다.

아, 집으로 찾아오겠다.

혹여나 대부업체나 돈이 반환된 것을 알게 되었을 때 사이비 사람이 집 주소를 알아내 찾아올 것이 걱정되기 시작했다.

나는 샌드위치의 마지막 조각을 입에 대충 구겨넣고는 빠르게 회사 근처로 새로 집을 알아보기 시작했다. 어차피 계속 같이 살기는 어려울 것 같아 분리할 생각이기도 했다. 그날 오후에는 내내 부동산을 돌며 보증금이 가장 적고 가장 빠르게 이사할 수 있는 집을 찾기 시작했다.

이후, 일상은 예상 외로 빠르게 돌아왔다. 회사에 복귀하여 평소와 같이 업무도 하고 집에 돌아오면 일인분의 식사와 일인분의 집안일만 수행하면 되었다. 하루하루를 나 하나만 생각해도 된다는 것이 예상치 못한 큰 여유가 되어주었다.

그즈음이었다.

「참고인 자격으로 추가 조사를 받으셔야 하니 출석 부탁드립니다. 세운서 형사 3팀 김재준 형사.」

난 문자를 빠르게 눈으로 훑었고 이내 무시하고 말았다. 이전에 받았던 명함의 이름과 달랐고 꼭 가야 하는 것이 아님을 알고 있었기 때문이다.

거기에 난생처음으로 맞이하는 평화로운 일상을 다시 그들에 의해 영향받고 싶지 않았다. 나는 그저 안온한 일상이 갖고 싶었다.

하지만 이런 나의 바람을 묵살하듯 곧이어 모르는 번호로부터 전화가 왔다.

"여보세요?"

의심스러운 기운을 가득 담아 물었다.

"안녕하십니까. 저는 세운서 형사 3팀 김재준입니다. 피의자 박혁구 씨 자녀분 되시죠?"

문자를 보내고 바로 전화를 하다니. 악랄하기 그지없는 타이밍이었다. 이전에 버린 명함의 이름과도 달랐고, 목소리도 조금 더 젊었다.

"아… 네 맞아요."

불편하다는 기색을 표하였는데 전혀 전달되지 않은 것인지, 모르는 척하는 것인지 아무렇게 않게 되물어왔다.

"사건에 대해서 몇 가지 확인하고 싶은 내용이 있는데 출석 가능하십니까?"

이미 조사가 끝났는데 뭘 또 물어본단 말인가. 그 불편하고 부담스러운 느낌을 다시는 느끼고 싶지 않았다. 의심스럽다는 듯이 쳐다보는 얼굴들, 강압적으로 묻는 어투가 아무것도 하지 않았음에도 괜히 위축들게 하고, 다시는 하고 싶지 않은 경험이었다. 사실 그냥 끊고 싶었지만 앞서 보내온 문자도 그렇고 포기할 사람 같지 않았다.

"어… 전화로 해도 될까요?"

"됩니다. 지금 가능하십니까?"

내가 협조할 것 같았는지 아까 보다 누그러진 어투였다. 살짝 친절하게 느껴질 만큼.

"예. 말씀하세요."

"우선 통화는 지금부터 녹음되고요 원하시면 언제든지 중단하실 수 있습니다. 저는 형사 김재준이고요, 피의자 자녀 박정민 씨 맞으십니까? 사건을 목격하신 당일에 부모님 동선이 어떻게 되는지 아시나요?"

녹음도 하고 이런저런 고지도 하는 것이 꽤나 본격적이다. 이전에도 경험했지만 강압적인 목소리는 영 적응이 안 되어 불쾌한 마음이 들었다. 나는 그저 협조하는 사람인데 나한테까지 이럴 필요가 있나 싶은 마음이 한 켠에 있었다. 하지만 형사 입장에서는 단순히 피의자의 가족에 더 가깝겠지.

"네 맞습니다. 동선이요… 그 부분은 조사 때도 말했지만 저는 아는 것이 없습니다. 그날은 제가 평소에 퇴근해서 귀가하던 시간이었고요 특별히 누가 어딜 간다거나 방문한다는 얘기는 못 들었습니다."

"뭔가 기억나시는 건 없으시고요? 사소한 것이라도 좋습니다."

똑같은 말을 몇 번이나 반복하는 것도 꽤나 고역이다. 대답을 하지 않으니 질문이 계속 이어졌다.

"마지막 대화중 기억나시는 게 있으실까요?"

나는 체념하듯 입을 열었다.

"저하고는 거의 대화할 일이 없어서… 부모님은 원래 사이가 안 좋았습니다. 평소에도 서로에게 욕을 하시거나 죽이네 살리네 하는 얘기는 거의 매일 했었습니다."

특별히 기억을 짜낼 필요도 없이 평소의 상태를 설명했다.

"평소와 다르거나 최근에 사이가 더 악화되는데 계기가 된 일이 있었을까요?"

이것도 전에 물어본 내용이다. 그날만 유일하게 달랐던 점을 찾는 거였을까. 당일에는 잘 모르겠다고 했지만 지금 생각해 보면 역시 그것뿐이었다.

"아마 엄마가 몰래 제 명의로 사채 받은 것을 아빠가 알게 되신 것 같습니다."

"그걸 다른 분이 시켰을까요?"

형사의 목소리 톤이 올라갔다. 필시 내가 처음으로 다른 정보를 전달했기 때문일 것이다. 이 한마디로 뭔가 달라지는 것인지 나로서는 전혀 예상할 수 없었다.

"아뇨. 아마 자의로 하셨을 겁니다. 그 무리에 인정받으려고요."

나한테 들키기 전까지도 비밀이었다. 한마디로 명의도용과 불법대출. 나는 어차피 그때에도 불법이니 취소할 방법이 있을 것이라고 생각하여 천천히 해결하려고 했었지만 아빠는 아니었나 보다. 뭔가 원천적인 해결을 바랐거나, 더 이상 감내할 무언가가 끊어진 것일까.

"그 무리라 하심은?"

"으… 전에도 말했지만 상당히 열성적인 사이비교 신자였습니다."

나도 모르게 상당히 진저리치듯 말해 버렸다. 이제는 더 이상 얽히고 싶지 않았다. 그 어떤 경로를 통하든 전혀 상관없는 인물이 되고 싶다.

"이전에도 피의자나 피해자가 흉기로 위협하거나 위협받는 것을 보신 적이 있으신가요?"

형사의 목소리가 아까와 다르게 사뭇 누그러졌다. 더 이상 취조하는 듯한 어투가 아니었다. 평이하게 질문하는 듯이 묻기 시작했다.

"실제로 칼을 들고 협박했던 쪽은 엄마였습니다. 너무 잦아서 나중에는 무시할 정도였어요."

칼을 든 채로 문을 열지 말라고 소리치던 모습. 누군가가 자신을 쫓아온다고 스스로를 방에 가두고 신의 계시가 들린다고 주장하던 망상증 환자가 눈앞에 선연했다.

"주로 거론된 협박 사유도 아십니까?"

"특정 일자에 외출하지 말라 같은 주로 자신의 말을 들어달라는 내용이었어요. 그리고 누군가가 자기를 죽이러 오니 문을 열어

주지 말라거나…"

너무 다양해서 다 나열할 수도 없었다. 내 대학 시절에는 MT도 가지 못하게, 자신을 죽일 작전을 짜러 가는 것이 아니냐며 싸놓은 짐가방을 밖에다 풀고 내 옷가지를 하나하나 즈려밟으며 방해하던 모습마저 스쳐 지나갔다.

"흠… 피의자가 자수한 것도 그렇고 조사도 순순히 받으시던데 혹시 국선 변호사로 연결된 거는 알고 계셨습니까? 따로 사선 의뢰하실 데는 없으신 거죠?"

형사 사건이라 변호사가 무조건 있어야 한다는 것을 처음 알았다. 하지만 이렇게 명확한 자수사건에 사선이라고 뭐가 다를쏘냐.

"네. 없습니다."

"아, 불편하셨다면 죄송합니다."

내가 너무 단호하게 말했는지. 되레 사과하는 것이 어색하게 느껴졌다. 나도 목소리가 많이 누그러졌다.

"아닙니다, 괜찮습니다."

"혹시 저희 서로 출석은 못 하시는 건가요?"

내게서 더 얻어낼 정보가 있다고 판단하였는지 상당히 친절한 어투였다.

"예. 그건 어렵겠네요."

나는 눈을 가느스름하게 뜨고 다시 떨떠름해진 어투로 대응하였다.

"알겠습니다. 나중에 재판에서는 증인으로 소환되시면 그건 출석하셔야 합니다."

"네 알고 있습니다."

"통화 응해주셔서 감사합니다. 나중에 사건 진행에 궁금한 것 있으시면 이 번호로 전화 주시면 됩니다. 녹음도 종료합니다."

이렇게까지 말해줄 줄은 몰랐는데 처음 생각과 다르게 대화하듯이 흘러가 스스로도 의외라고 생각하게 되었다.

"예, 수고하세요."

마지막 인사까지, 장례 후 조용히 지내던 한때, 별안간에 생겨난 이질적인 통화였다. 그 후 다시 나의 생활은 별일 없이 이어졌다. 주간 업무보고와 팀 회의 모두 무난하게 마무리되었고, 아침마다 커피를 사기 위해 들르는 편의점 매대에 놓인 신문에는 한미 정상회담 같은 뉴스가 1면을 장식하고, 매일 관성적으로 SNS의 숏츠를 무표정한 채로 넘기는 나날들이었다.

집은 다행히도 조건이 맞는 곳이 구해져 급하게 이사를 하였다. 원래 살던 집은 어차피 아빠의 마지막 자산이었다. 이사는 간단하게 내 짐만 들고 나오면 되었고, 냉장고도 깨끗이 비워 주었다. 어차피 최소 몇 년 간은 아무도 오지 않을 터였다.

회사 근처로 새로 잡은 월셋집은 작고 언덕에 있었지만 조용한 주택가로 아주 마음에 들었다. 운좋게 집주인은 같은 건물에서 근무하는 어르신으로 오며 가며 얼굴을 서로 익힌 상태라 보증금을 거의 없다시피 해주어서 괜찮은 조건으로 자리를 잡을 수 있었다.

새로운 나의 보금자리에서 홀로 밥을 먹고 설거지를 하는 과정이 너무나 행복했다. 그 어떤 싸움이나 갈등, 서로를 욕하는 언사를 듣지 않아도 된다는 것이 만족스러웠다. 널어둔 빨래마저 빠르게 제자리를 찾아갔다. 항상 거기에 있었던 것처럼.

일상의 궤가 돌아가니 집에서 나의 것이 아닌 짐들이 눈에 들어왔다.

이전 집의 열쇠. 어떻게든 이 이물질을 처리해야 할 터였다. 해결하지 못한 채 남겨진 숙제였던 집 열쇠는 의도치 않은 곳에서 해결되었다.

퇴근길 작은 파출소를 보고 얼마 전 통화했던 형사가 기억 났다. 김재준이라고 했던가. 문자함을 거슬러 올라가 통화버튼을 눌렀다. 짧은 통화음 끝에 익숙한 목소리로 인사말이 들려왔다.

"예 형사 3팀. 김재준입니다."

나는 길게 통화하고 싶지 않아서 바로 용건을 이어갔다.

"박정민입니다. 문의드릴 게 있어서요."

휴대폰 너머 와글와글 소리가 잠시 들려오더니 대답이 들려왔다.

"예예. 바로 말씀하셔도 됩니다."

나는 기다렸다는 듯이 말을 이어갔다.

"저기 혹시 아빠한테 제 소식이나 물건도 전달해 주실 수 있으신 건가요?"

나는 가장 궁금했던 질문부터 꺼냈다. 마치 숙제처럼 느껴져 해치우고 싶은 까닭이었다.

"아, 됩니다. 어떤 것들 전달해드리면 될까요?"

그의 답에 곧장 내가 이사 간 것을 알리고 집 열쇠에 대해 물었다. 물건은 흔쾌히 택배로 받아주겠다는 설명과 함께 세운경찰서 형사 3팀앞으로 보내라고 해주었다.

"전달되면 문자 드릴게요. 그리고 사건이요."

그는 잠시 말을 고르는가 싶더니 설명을 이어갔다.

"부부간 살인 사건이지만 사연을 잘 풀어내면 꽤 감경될 것 같습니다. 여기에 가족들 선처 탄원서가 있으면 판결을 유리하게 풀어갈 수 있거든요."

그는 꽤나 흥분한것 같은 기색의 목소리였다.

"아빠가 그걸 원하던가요?"

나는 궁극적으로 궁금해졌다.

"그건 아니지만… 그래도 사회 나와서 다시 적응하시려면 최대한 빨리 나오시는 게 좋죠."

그가 설명을 덧붙였다.

"지금 결정하기 힘드시면 나중에 제출하셔도 됩니다. 이것도 등기로 보내셔도 되구요. 그게 자필 서명이 필요해서."

어느덧 대화가 제법 익숙해진 그의 안내가 계속 이어졌다.

"어차피 초범이고, 자수하신 데다 우발적인 사건이라 제법 감경되실 거고 탄원서 자체가 결과적으로 판결에 큰 영향을 주지 않을 수도 있습니다. 아주 많아 봐야 3년이겠네요."

"제가 엄벌하고 싶다면요?"

엄마의 일기장이 떠올라 되물었다.

"그래요. 아무래도 가족간이라…"

그는 의외라는 기색의 어투로 꽤 길게 생각하더니 말을 이어갔다.

"둘 다 제출 가능하고요. 그것도 영향은 3년 남짓일 겁니다."

3년.

만약 10년이 선고된다면 선처 탄원서로 7년이 된다. 엄벌 탄원서를 제출한다면 13년이 되겠지. 내가 아무것도 쓰지 않을 때 10년일 것이다. 이 모든 일들이 종이 한 장으로 결정된다.

내 손으로 작성하는 별거 아닌 종이 쪼가리의 무게가 구체화되어 다가온다. 실제로 설명을 듣고 나니 오히려 혼란스러웠다.

이게 그 정도의 일인가? 스스로 계속 되뇌었다. 서로 진짜 연을 끊으려면 그에게 자립할 수 있는 시간이 주어져야 할까? 아니 오히려 감방에서 최대한 쉬게 하는 것이 맞을까? 나는 스스로 갈피를 잡지 못하고 있었다.

"오… 늘은 아닌 것 같네요."

짤막하게 인사를 하고 도망치듯 통화를 끊어 버렸다. 숙제를 처리하고 나니 새로운 숙제가 생겨나 버렸다.

그 날은 집에 들어가지 못하고 계속 걸었다. 계속. 생각이 정리되지 않았다. 결론을 내릴 수 도 없었다. 나에게 조언을 해줄 이도 떠오르지도 않았다. 오롯이 나 혼자 결정해야 했다. 그날은 그렇게 계속 걸었다.

얼마간의 일상을 보내는 동안 탄원서는 방학 동안 미뤄진 그림일기처럼 계속 나에게 매달려 있었다. 그 사이 형사는 나에게 계속 연락을 보내왔고, 종국에는 나의 신상정보만 채우면 되는 빈 양식까지 보내주었다. 모두가 퇴근한 사무실에 홀로 남아 양식을 띄워 보았다. 모니터에는 [탄원서]라는 문서 제목의 끝에 매달려 있는 커서가 나를 계속 재촉하듯이 깜박였다.

공판이 다가오고 있었지만 나는 아직도 결정을 내리지 못하고 있었다. 형사가 설명해 준 탄원서에 대한 안내가 계속 맴돌았다.

내가 바라는 것은 무엇일까? 엄마를 죽인 것이 아빠를 엄벌할 일인가? 그것이 잘된 일인가? 그와의 기억. 그녀와의 기억을 계속 꺼내 보았다.

엄마와의 기억이 아주 진창의 것만 있는 것은 아니었다. 그녀도 나에게 웃어주던 때가 있었다. 비록 흐릿했지만 엄마는 그것으로 충분했다.

결국 그날도 양식을 채우지 못한 채 모니터로부터 도망쳐 버렸다.

어느덧 9월이 되어 버렸다. 지독하게 더웠던 지난 2주의 시간이 벌써 뿌옇게 흐려졌다. 날씨는 화창하고 바람도 제법 선선한 기운을 품고 있었다.
하지만 나는 해결되지 않는 물음 속을 끝없이 헤매고 있었다. 그곳은 밤처럼 어둡고 흐린 미로였다. 누가 더 잘못한 걸까? 누가 먼저 잘못한 걸까?
오늘만큼은 결심 하고 집을 박차고 나와 학창 시절에 살던 동네를 걸어보았다. 모처럼 할애한 시간이었다.
미로를 탈출하듯 계속 걸었다. 하지만 탈출구는 쉬이 나타나지 않았다. 고민에 지쳐 결정을 내릴까 싶다가도 엄마의 일기장이 불쑥 나타나곤 했다. 나는 이 물음에 끝을 낼 수 있을까?
오늘도 그렇게 흘러가고 있다.

화성으로 간 강아지

이해린

"끼잉. 끼잉."

로운은 지은의 다리를 잡았다. 열 살 치와와의 그 작은 발톱이 지은의 바지를 파고들었다.

"안 돼. 회사 일이라서."

지은은 단호하게 말하면서 로운의 시선을 피했다. 지은이 캐리어에 옷을 쑤셔 넣었고, 그 탓에 캐리어가 잠겨지지 않았다. 현관에서 누가 두들기는 듯한 노크 소리가 들리더니, 이어서 삐링하고 벨 소리가 들렸다. 로운은 그 소리에 컹컹 짖어댔다.

"조용히 해. 펫시터분 오셨나 봐."

지은이 문을 열었고, 앞에는 단발 파마한 여성이 보였다.

"안녕하세요? 펫시터 이신비입니다."

신비는 웃음을 띠며 인사했다. 지은은 들어오라고 손짓했다.

"지금 짐 싸고 있어서 조금 더러워요."

거실에 널브러진 옷을 보며, 신비는 어디에 앉아야 할지 고민했다.

"아, 여기 앉으시면 돼요."

지은은 소파에 올려진 옷을 치우고 신비에게 앉으라고 했다. 신비는 앉아서 고개를 돌렸다. 탁 트인 거실에 카펫이 깔려 있어서 대리석 바닥에 강아지가 미끄러지지 않을 것 같았다. 강아지 전용 소파와 장난감들이 있는 걸 보아 주인이 강아지에 관심이 있어 보여서 다행이었다. 로운은 소파로 펄쩍 뛰어가서 신비의 냄새를 맡기 시작했다. 로운은 치와와이었기에, 신비가 일자리를 제안받을 때 까칠하게 굴지 않을지 걱정했다. 지금 보니, 로운은 생각보다 차분하고 많이 짖지도 않는 것 같았다. 로운은 부서질 듯한 마른 다리로 천천히 걸어오고 있었다. 로운의 눈 한쪽이 백내장 때문에 완전히 하얗게 변해 있었다. 신비는 로운이 노견이라는 것을 짐작했다.

"컹컹."

[이름. 의문.]

로운의 목걸이를 보니 어떤 글자가 쓰여 있었다. 신비는 자기 이름을 로운이 묻는 건가 싶어서 고개를 갸우뚱했다.

"로운이 목걸이 보이죠? 이 목걸이로 본인의 의사를 표현해요. 신기하죠?"

"요즘 강아지 머리에 칩을 심어서 스피커로 의사소통하거나 액세서리 위에 문구로 표현하게 한다고 하던데. 목걸이는 처음 보네요. 신기해요!"

신비가 반짝이는 눈으로 로운을 쳐다보자, 로운은 꼬리를 살랑 흔들었다. 지은은 신비에게 집 구조를 설명해 줬다. 유명 VR 게임 회사에 다니는 지은의 집은 넓었다. 로운을 위한 용품도 많았다. 신비는 십 년 가량 펫시터 경력이 있었다. 신비는 집 구조를 한 번에 보고 파악했다. 신비는 로운의 용품을 만져가며, 사용 방법을 익혔다.

"역시 펫시터 경력이 오래 되셔서 그런지 파악하시는 게 빠르시네요. 로운이 믿고 맡길 수 있겠어요. 신비 씨, 괜찮으시면 저랑 저녁 드실래요?"

신비는 혼자 밥 먹으려고 했는데, 잘 됐다고 생각했다. 신비의 돌봄 예약이 한참 뒤라서 시간도 여유가 있었다.

지은과 신비는 집에서 나와 아파트 단지 내에 있는 고급스러운 양식 전문점으로 향했다. 버터 색으로 칠해진 외관을 보니 런던 노팅힐에 있을 법하다는 생각이 들었다. 지은은 미트 피자, 송로버섯 샐러드, 양송이 튀김을 시켰다. 신비는 메뉴판에 적힌 음식의 가격을 보고 깜짝 놀랐다. 한 메뉴당 신비가 평소에 먹던 한 끼 식비의 세 배 정도 비쌌다.

"너무 비싼 음식 시킨 거 아니에요?"

"에이. 이 정도 사줄 수 있죠. 이제 로운이 돌봐주실 분인데."

지은은 씩 하고 웃었고 잔잔한 백열등 아래 그의 피부는 더 광이 돌았다. 지은은 상처 난 손을 비비며 어떤 말을 할지 고민하고 있었다.

"저 화성 가는 것은 아시죠?"

"네. 회사에서 이 일 의뢰 받을 때 들었어요."

"제가 로운에게도 화성에 가는 것과 몇 년 동안 못 볼 거라는 이야기는 했는데 한 가지 말 못 한 게 있어요."

지은은 목을 가다듬었다.

"제가 이제 아예 화성에 정착할 것 같아서요. 혹시 괜찮으시다면 다른 집으로 로운이를 입양 보내주실 수 있으실까요?"

"네?"

신비는 놀라서 큰 소리를 내었다.

"다른 행성으로 발령받고 나서 다른 사람한테 맡기려고 했는데 쉽지 않더라고요. 다들 자기 일도 있어서 로운이를 맡길 수가 없었어요. 로운이도 나이가 들었고, 백내장이 생겨서 점점 시력을 잃고 있어요. 저도 발령받으면 언제 지구로 돌아올지 모르고요."

지은은 입술을 삐쭉 내밀었다. 지은의 눈은 금방이라도 울 듯이 촉촉해졌다. 지은의 표정을 본 신비는 어떻게 해야 하나 싶어서 쩝 소리를 냈다.

"회사에서 파양하려는 반려견의 가족과는 일을 못 하게 되어 있어요. 죄송하지만 파양할 계획이라면 같이 일 못 할 것 같네요."

신비가 단호하게 말했다.

"화성 주거 규정에서 반려동물은 검역소에서 6개월 격리예요. 또 반려동물 출입이 허락된 민간 우주선은 아직 없고요."

지은은 머뭇대더니 가방을 열어, 두꺼운 봉투를 꺼내 신비에게 건넸다. 신비가 봉투 안을 살짝 들여다보니 돈다발이 들어 있었다. 오만 원짜리로만 채워진 거로 보였다. 신비가 여태껏 받은 지폐 봉투 중 가장 두꺼웠다. 신비는 이 돈을 받을 수 없다며 지은에게 건네줬다. 지은은 손을 내저으며 제발 받아달라고 했다.

"만약 신비 님이 로운이를 다른 곳에 입양 못 보내신다면 로운이는 보호소에 맡겨질 거예요. 그 방법밖에 없어요."

보호소라는 말에 신비의 동공이 흔들렸다. 오랫동안 보호소에서 봉사했던 신비는 그곳의 환경이 얼마나 끔찍한지 알았다. 신비는 로운을 입양 보내지 않으면 로운은 낯선 유기견들에 섞여서 좁은 견사에 갇히는 생활을 할 거라는 불안함이 밀려 들어왔다. 신비는 침을 꼴깍 삼켰다. 한참을 뜸 들이고 나서 신비는 말을 이어 나갔다.

"그렇다면 지은 님 가시는 날까지 고민해 볼게요. 이게 걸리면 제가 회사에서 징계받을 수가 있어요. 그리고 돈은 괜찮아요."

돈을 건네는 신비의 손을 지은은 꼭 잡았다.

"만약 신비 님이 로운이 입양 못 보내도 괜찮아요. 화성에 가기 전 마지막 제 선물이에요. 물론 로운이 맡기는 시간 동안 월급도 드릴 거고요."

지은의 말에 신비는 돈봉투를 받을 수밖에 없었다.

"제가 화성에 가 있을 때 태양합이라고 지구, 태양, 화성이 일직선상에 놓여 있을 때 지구와 화성이 통신이 안 될 때가 온대요. 그 현상이 올 때까지만 영상 통화를 하기로 해요. 그 현상이 일어나면 제게 뭔 일이 났다고 생각하고 로운도 저를 포기할 거예요."

신비는 꼼꼼한 지은의 계획에 놀랐지만 덤덤하게 알겠다고 대답했다. 신비는 지은이 우주선을 타러 미국으로 가는 날과 태양합이 일어나는 시기를 메모했다. 지킬 게 많다 보니, 지은은 로운에게 어떤 말을 할 때 조심해야겠다고 생각했다.

신비는 버스에서 돈봉투를 바라보며 고민에 빠졌다. 이 돈을 받은 걸 알면 오래 일한 신비라도 징계받고 몇 달간 일하지 못할 것이었다. 심지어 지은이 파양시키는 것을 도와준다면 다신 펫시터 일을 못 할 수 있었다.

'그냥 이 일은 다른 사람한테 패스해?'

신비는 창밖을 바라봤다. 신비가 다른 집에 입양시키지 않는다면 지은은 로운을 보호소에 맡길 게 뻔했다. 신비의 핸드폰에서 알림이 울렸다. 신비가 팔로잉하고 있는 유기견 보호소의 라이브가 시작됐다는 알림이었다. 신비는 라이브를 틀었고 유기견 보호소에서 미용 봉사하는 모습이 나왔다.

봉사하는 이들의 표정은 밝아 보였지만, 풀 죽어 있는 강아지와 벌벌 떨고 있는 강아지의 모습이 보였다. 유기견 봉사할 때 대부분 강아지는 사람에게 호의적이었다. 반대로 인간에게 상처가 있는 강아지는 신비를 보자마자 숨었다. 파양했던 이들이 줬던 상처 때문에 사람을 무서워하는 유기견이 많았다. 그 장면을 보자, 로운도 신비가 도와주지 않으면 저렇게 사람에게 불신이 생길 것 같았다.

'로운은 나이가 있어서 보호소에 있으면 입양되기 쉽지 않을 텐데.'

보호소에서는 순하고 어린 소형견이 입양이 수월했다. 신비는 라이브 영상을 끄고 앱에 올라온 로운의 사진을 바라봤다.

해가 덜 뜬 어수룩한 새벽, 신비는 세수만 하고 첫차를 탔다. 지은의 집에 도착했을 때도 태양이 아직 뜨지 않아서 쌀쌀했다. 신비는 손을 비비며 문이 열리길 기다렸다.

"벌써 오셨네요."

지은은 새벽인데도 하얗게 분칠한 얼굴로 신비를 반겼다. 거실에는 캐리어 몇 개가 쌓여 있었다.

"몇 분 뒤에 공항 리무진이 올 거예요. 저희만 태우고 갈 거라서 편히 가실 수 있으실 거예요."

신비는 공항 리무진을 지은이 혼자서 대여했다는 게 놀라웠다. 문 두들기는 소리가 들리고 정장을 입은 기사가 캐리어를 끌었고 지하 주차장에 미리 주차해 둔 리무진으로 안내했다. 지은은 로운을 꼭 안은 채 리무진을 탔다.

달리는 차 안에서 창밖을 바라보니, 해가 뜨고 있었다. 올라온 해로 인해 한강은 주황빛으로 물들었다.

"끼잉. 끼잉."

로운은 불안한 듯 낑낑댔다. 신비는 로운이 이별을 직감한 것 같아서 안타까웠다.

"진짜 지구는 몇 년 간 못 보겠네요. 가짜 지구의 모습은 볼 수 있어도⋯ 사실 제가 만드는 VR 게임이 황폐해지기 전 지구의 모습이 배경이거든요."

"화성에 있는 사람들이 지구가 그리워지면 체험할 수 있겠네요."

"네. 그래서 VR 게임이 출시되기도 전에 사전 예약 걸어둔 사람이 많아요. 다들 지구에 갈 생각은 안 하면서 그리워만 하죠. 화성은 주거지와 생활지로 뜨는 행성이고 지구는 이제 지는 행성이니까요. 저 밖에 모습 보세요. 풀도 하나도 없어요. 산소 호흡기 차고 다니지 않으면 돌아다니기도 힘들죠."

신비는 밖을 쳐다봤다. 산책 나온 강아지들도 산소 호흡기를 차고 다녔다. 강아지가 서로의 냄새를 맡는 것은 인공 돔이 있는 강아지 전용 공원에서만 가능했다.

공항에 도착하자 기사는 캐리어를 위탁수하물 맡기는 곳까지 가져다줬다.

"혹시 지은 님, 잠시 저쪽 가서 대화 나눌 수 있을까요?"

신비는 로운이 듣지 않도록, 로운을 공항 의자에 앉히고는 구석에서 지은과 이야기했다.

"로운이 입양시키는 거 하도록 할게요. 돈 때문에 하는 게 아니라, 로운 같이 나이 든 개는 보호소 들어가면 입양이 힘드니까 하는 거예요. 그대신 로운이 입양하는 과정이 오래 걸릴지도 몰라요. 로운이가 나이도 들고 분리불안도 있어서요."

지은은 이 말을 듣자, 고맙다며 신비를 껴안았다. 말하고 난 후에도 신비는 이게 맞았는지 고민했다.

아직 비행기가 이륙하는 시간이 남았지만, 지은은 먼저 출국장으로 들어간다고 했다. 로운은 이를 아는 듯 눈빛이 촉촉해졌다.

"잘 있어. 나 없어도 재밌게 지낼 거야. 신비 님도 있으니, 걱정하지 마."

지은은 싱긋 웃었다. 신비가 보기에 지은은 홀가분해 보였다. 지은은 출국장으로 들어갔고 뒤돌아보지 않았다. 지은이 멀어지자 로운은 발을 허둥대며 움직였다. 로운의 힘에 신비는 몸을 가눌 수가 없었다. 신비는 공항 소파에 앉아서 로운이 진정될 때까지 기다렸다.

　집에 돌아온 로운은 바닥을 기어다니더니 강아지 전용 침대에 늘어져 누웠다. 신비는 짜 먹는 습식 형태의 간식을 줬고, 로운은 입만 움직여서 받아먹었다.
　신비가 로운을 챙기러 갈 때면 로운은 지은의 옷장을 뒤져서 헌 티셔츠를 깔고 자고 있었다. 신비가 다시 옷장에 옷을 넣어도 다음 날 가보면 로운이 꺼내서 깔고 자고 있었다. 지은의 체취를 그리워하는 로운이 걱정됐다.
　로운을 건강한 상태로 다른 집에 입양시키는 게 신비의 일이었다. 로운이 며칠간 사료를 먹지 않자 신비는 좋아하는 습식 간식이라도 주기적으로 챙겨줬다. 로운이 가장 예쁘게 나온 사진을 반려동물 입양 앱에 올리고 로운의 나이와 성별, 특이 사항을 적어 넣었다.
　[지은. 전화. 의문표.]
　로운의 목걸이에 이 문구가 하루에도 몇 번씩 나타났다. 지은과 연락을 언제 할 수 있냐고 물어보는 것이었다. 지은이 신비에게 말했던 대로, 한 달간은 우주선에 적응하느라 전화를 할 수 없다고 했다. 신비는 로운을 위해 화성에 대한 다큐멘터리를 틀어줬다.
　"저기에 지은 님이 가는 거야. 멋지지? 아무것도 없던 행성에 몇십 년 만에 큰 빌딩이 생기다니 말이야."

로운은 신비의 말을 이해하는지 모르겠지만, TV를 멍하니 쳐다봤다. 붉은 사막이던 행성은 대기엔 희미한 물안개가 깔리고, 바람 속엔 먼지 대신 수증기가 섞여 있었다. 도시의 둥근 돔은 투명한 합성유리로 만들어졌다. 돔 안에는 파란 하늘과 인공 태양이 떠 있었다. 돔 안에 있는 사람들은 몇 년 전 대기가 오염되지 않았을 때, 지구에 있던 사람들처럼 자유롭게 생활했다. 로운은 이 영상을 보면서 가고 싶다고 표현했다. 신비도 한 번쯤은 화성을 여행하고 싶다는 호기심이 들기도 했었다.

신비의 휴대폰이 울릴 때면, 입양 앱의 알림일지 싶어서 신비는 휴대폰을 빠르게 확인했다. 대부분의 알림은 배달 음식 앱의 알림이었고 로운을 입양하겠다는 이들은 없었다. 로운은 신비의 핸드폰 알림이 울리면 지은인가 싶어서 신비에게 확인해 보라고 했다. 신비는 지은이 로운을 파양했다는 사실을 알기에 지은이 전화하리라는 기대가 없었다.

한 달이 지나자, 신비가 로운의 점심을 챙겨줄 때쯤 전화 알림음이 울렸다. 신비는 걸려온 전화번호에 놀라서 눈이 휘둥그레졌다. 지은이었다.

"로운아, 지은 님이다."

로운은 지은이라는 이름을 듣자, 꼬리를 흔들었다. 통화 수락 버튼을 누르니, 어두운 곳에서 앉아 있는 지은의 얼굴이 보였다.

"안녕하세요? 로운아. 지은 님이셔. 인사해."

"로운아."

지은이 로운을 나긋이 부르자, 로운의 꼬리는 날아갈 것같이 흔들렸다. 로운은 기분이 좋은 듯 혀를 내밀며, 행복한 웃음을 지었다.

[엄마. 의문.]

로운의 목걸이에 이런 문구가 쓰여 있어서 신비가 지은 님이라고 말했고, 화면을 가리켰다.

"로운아. 밥 잘 먹었지? 신비 님 말 잘 듣고 있었지?"

지은은 로운의 상태를 살피며 요즘 어떻게 지내는지 일상 이야기를 해줬다. 우주선에서 시차 적응을 완료했고, 기내식도 잘 나와서 건강히 지내고 있다고 했다. 신비는 로운이 초반에는 음식을 잘 안 먹다가, 요즘엔 조금씩 먹는다며 로운도 별 탈 없이 지낸다고 전했다.

"로운아. 내일 또 전화 걸게. 신비 씨. 우리 둘끼리 할 얘기가 있는데 잠시 방에서 통화할 수 있을까요?"

신비는 안방에 들어가서 전화받았다.

"로운이 입양한다는 사람은 좀 있어요?"

"아직 없네요. 입양하겠다는 분 중에 괜찮은 분 생기면 신청자 프로필 보낼게요."

지은은 빨리 입양을 보내줘야 로운도 새집에 적응할 거라고 했다. 신비도 최대한 입양자를 적극적으로 구해보겠다고 하고 통화를 끊었다.

그날 이후로 로운은 지은이 전화할 때만 기다렸다. 밥도 지은과 통화를 한 후에야 먹었다. 그런 로운의 마음을 모르는지 지은은 자기가 원할 때만 통화했다. 우주선 안에 전파가 일정하지 않을 때는 일주일에 한 번도 안 할 때도 있었다. 통화할 때도 오 분만 지은의 얼굴을 보여주고 나머지는 신비에게 입양자가 나타났냐고 물어보는 게 다였다.

삼 개월이 지나서 지은은 화성에 도착했다. 화성에 있는 자기 집을 보여줬다. 회사에서 무료로 사용할 수 있도록 제공해 준 집인데도 지구에 있는 집보다 두 배 정도 커 보였다. 지은은 자랑이라도 하듯, 화성에서의 삶을 신비에게 사진으로 보냈다. 화성에 온 후 우주선에서 있을 때보다 영상 통화를 할 때 화질이 좋아졌다. 지은도 화성에서의 삶이 즐거워서인지 자랑할 겸 전화를 더 걸어왔다. 지은은 화성에서도 새로운 반려동물인 화성 도마뱀을 키웠다. 지은이 그 도마뱀을 보여줬을 때, 신비는 지은이 또 그 반려동물을 파양시키지 않을지 걱정했다.

달이 바뀌자, 신비는 달력을 한 장 넘겼다. 태양으로 표시된 날짜가 보였다. 신비는 이제 태양합이 곧 시작될 거라는 떠올랐다.

[지은. 전화.]

로운은 꼬리를 내린 채, 지은에게 전화하고 싶다고 표현했다.

지금은 지구와 화성 탐사선 간의 통신이 불가능한 '태양합 현상'이 있을 때였다. 지은이 신비에게 이 현상이 들어갈 때 자기가 행방불명이 된 것처럼 로운에게 꾸며달라고 했던 말이 떠올랐다. 신비는 고민하다가 입을 열었다.

"지금 말고 점심 먹고 하는 게 어떨까? 화성도 지금 저녁 시간대라서 지은 님도 밥 먹으실 거야."

신비는 로운의 밥그릇에 사료를 담아 줬다. 로운은 밥그릇을 멍하니 바라봤다.

"끼이잉."

[지은. 전화. 못 해. 의문.]

로운은 엎드려서 신비를 올려다봤다. 신비는 로운의 눈치를 살피며 말했다.

"아니야. 곧 볼 수 있어. 내가 너 밥 먹은 후에 전화 걸어줄게."

로운이 사료를 다 먹고 나서, 신비는 지은에게 전화를 걸었지만 받지 않았다. 한동안 지은이 전화받지 않아서 지은이 큰 사고라도 난 건 아닐지 싶었다. 신비가 인터넷 뉴스를 살펴보니, 현재는 태양합 현상 때문에 지구와 화성이 전화되지 않는다고 했다. 이 현상 때문에 전화받지 않다가 지은이 아예 연락받지 않으면 어떡하냐는 걱정이 앞섰다.

며칠째 사료를 전보다 안 먹어서인지 로운의 몸이 갈비뼈가 살짝 보일 정도로 앙상해졌다. 로운의 모습에 안쓰러웠던 신비는 큰 숨을 쉬었다.

"로운아. 지은 님이랑 며칠 지나면 전화할 수 있어. 걱정하지 마. 밥 먹자."

신비의 말과 달리 로운은 창밖을 쳐다보기만 할 뿐이었다. 지은이 전화받지 않을수록 로운의 공복 시간도 늘어나서 신비의 걱정은 배로 늘어났다. 신비는 로운을 먹이기 위해 습식사료를 사서 로운의 입을 억지로 벌려서 먹이기도 했다.

다음 날 로운의 집에 가니, 로운이 눈을 감고 있었다.

"로운아, 자?"

신비가 오면 반겼던 로운이었기에, 움직이지 않는 로운이 걱정됐다. 신비는 로운에게 다가갔다. 로운은 거품 섞인 침을 흘리며 헐떡대고 있었다.

"로운아. 많이 아파?"

로운은 호흡수가 늘어나서 숨이 차 보였다.

지은은 로운을 켄넬에 넣고 가까운 동물병원으로 향했다. 로운은 여전히 헉헉거렸다.

"조금만 버텨봐. 의사 선생님 곧 볼 거야."

수의사에게 상황을 설명하고 로운은 청진하고 흉부 방사선 검사, 심초음파 검사를 했다. 검사 결과가 나와, 수의사는 심각한 표정으로 컴퓨터를 바라보고 있었다.

수의사가 수술 결과가 적혀 있는 컴퓨터 모니터를 바라보며 말을 꺼냈다.

"검사 결과가 나왔습니다. 승모판 폐쇄부전증이네요."

잠시 침묵이 흘렀다. 신비는 숨을 죽이고 수의사의 얼굴을 쳐다보았다.

수의사는 고개를 끄덕이며 조심스럽게 이어갔다.

"치와와에게는 꽤 흔한 심장 질환입니다. 지금 상태로 보면, 앞으로 약 1년 정도는 함께 지낼 수 있을 것으로 예상합니다."

수의사가 신비를 부드럽게 쳐다보며 말을 이어갔다.

"남은 시간 동안은 심장에 무리가 가지 않도록 운동은 과하지 않게 해야 합니다. 기침이 잦거나 호흡이 불편해 보이면 바로 알려주세요."

신비는 눈가가 촉촉해졌다. 신비는 로운의 머리를 쓰다듬었다. 로운에게 남은 시간 최선을 다해야겠다고 다짐했다.

신비가 본가로 향하는 길, 인터넷 알림창에 광고가 떠 있었다.

'4,800만 원이면 화성 왕복 티켓을 구매할 수 있다?'

이 광고에 들어가 보니, 화성 왕복 티켓값이 대부분 5,000만 원 이하였다.

"이 돈이면…"

신비는 집에 가서 지은이 준 봉투를 열어 봤다. 신비가 세어보니, 5,000만 원이 들어 있었다.

"이걸 사, 말아?"

신비는 중얼댔다. 하지만 이미 신비의 손은 예약 버튼 위에 올라가 있었다. 신비의 머릿속에는 수의사가 로운이 살날이 1년밖에 안 남았다고 했던 말이 떠올랐다. 신비는 유의 사항을 읽어 봤다.

※ 유의 사항
티켓은 환불 불가 · 양도 불가
반려견 동행은 시각 장애인 안내견만 허락

유의 사항을 읽은 신비는 한숨을 푹 쉬었다.
"화성 여행 브이로그 보면 반려견을 데려간 유튜버가 없더라니."
신비는 체념하며 창밖을 바라봤다.
다음날, 로운이 터덜거리며 거실로 걸어갔다. 로운은 강아지 소파에 누워서 신비를 쳐다봤다. 신비는 한참 고민하다가 입을 열었다.
"로운아. 내가 며칠간 지은 님께 따로 연락드리는데 전화를 받지 않으셔. 바쁘신 것 같아. 언젠가는 전화가 될 테니 걱정하지 말고. 또 하나 말할 게 있는데."
로운은 신비를 응시하며 주의 깊게 들었다. 신비는 새 주인을 찾아준다고 말해야 하지만 입이 떨어지지 않았다.
"며칠간 밤에 내가 이 집에서 자면서 너를 돌봐줄게."

며칠간 로운의 집에서 신세를 지게 된 신비는 본가에 들러서 짐을 챙기러 갔다. 신비는 버스 창밖을 쳐다봤다. 강아지 전용 돔 공원에서 밤 산책을 나온 강아지와 주인의 모습이 보였다. 한밤중인데도 신나 보였다.

로운은 텅 빈 거실에서 잠을 자고 있었다. 달게 자는 로운을 쳐다보며 신비는 그의 머리를 쓰다듬었다.

신비는 축축함에 눈이 떠졌다. 아침이 되자, 로운은 신비의 볼을 핥으며 깨우고 있었다. 어제보다 기운을 차린 것처럼 보여서 신비도 마음이 놓였다. 신비는 로운의 아침 식사를 차리고 로운이 잘 먹는지 감시하였다. 다만, 로운이 산책 중에 전보다 헐떡대는 증상이 있었다. 그럴 때마다 신비는 로운을 지켜보며 벤치에서 휴식을 취했다.

「너 일 중이니?」

신비가 휴대폰을 확인해 보니, 어머니의 문자였다. 어머니는 신비가 있는 곳 가까운 데 있었고 온 김에 밥을 챙겨주려고 하고 있었다. 신비는 로운을 돌보는 중이라며, 어머니께 로운의 집으로 올라와서 일이 끝날 때까지 기다리라고 했다.

"어머. 집이 이게 뭐야?"

로운이 현관에 오줌을 싼 자국을 보고 어머니는 질색했다. 어머니는 화장실에서 휴지를 가져오더니 그 자국을 닦았다.

"엄마, 내가 닦을게. 앉아서 쉬어."

로운은 앉아 있는 그의 어머니 냄새를 맡았다. 신비 어머니도 신비를 닮아서 강아지를 좋아했다. 어머니는 로운을 쓰다듬었다.

"애가 순하네. 근데 어떡하냐. 얘는 다른 곳에 입양 간다며."

"엄마!"

어머니는 로운에게 비밀로 했던 일들을 로운에게 털어놓았다. 말을 알아들은 로운은 "컹컹" 소리를 내며 짖었다. 그의 목줄에는 [나, 가다, 의문]이라는 글자가 적혀 있었다.

"이 목걸이는 뭐야?"

어머니는 신기한 듯 로운의 목걸이를 가리켰고, 신비는 머리를 감싸고 한숨을 쉬었다.

어머니를 보내고 로운과 신비 사이에는 냉기가 흘렀다. 로운은 아무 말 없이 신비를 째려봤다. 밥도 먹지 않았고 배변 실수도 늘어났다. 그날도 신비는 로운이 배변 실수한 이불을 빨려고 하였다.

"로운아. 원하는 게 있으면 말해."

신비가 신경질적으로 말했다. 로운은 엎드려 있었다.

"오늘 인류의 우주 탐사 역사에 아주 특별한 손님이 등장했습니다. 바로, 화성행 우주선 짐칸에서 몰래 숨어든 한 마리의 고양이가 발견된 건데요. 현재 화성 동물 보호원에서 돌보기 위한 준비가 한창이라고 합니다."

로운이 뉴스를 듣더니 귀가 쫑긋 섰다. 로운이 자리에서 일어나서 TV 앞으로 사뿐히 걸었다.

"화성 기지 착륙 직후, 짐칸 문이 열리자마자 들려온 것은 낯선 울음소리였습니다. 연구진은 처음엔 통신장비 소리로 착각했지만, 이내 그 정체가 한 마리의 고양이라는 사실이 밝혀졌습니다."

관심 없던 신비도 뉴스에 집중하기 시작했다.

"우주에서 온 첫 번째 고양이로 등록될 예정입니다. '마르스'라는 이름을 붙여주었어요. 곧 정식으로 보호 절차를 밟을 겁니다."

푸른 눈의 우주 비행사가 인터뷰했다. 고양이를 해칠 거라는 신비의 걱정과 달리 화성에 있는 이들은 고양이를 품어줬다. 이 장면을 본 신비는 번쩍하고 아이디어가 떠올랐다.

며칠 동안 신비는 SNS에 있는 화성에 간 고양이 영상을 찾아봤다. 사람들이 영상을 만드는 속도가 얼마나 빠른지 그 일이 보도된 지 일주일 만에 미국의 한 방송사에서 그 고양이에 대한 다큐멘터리를 찍었다. CCTV를 보니, 짐칸에 짐을 옮기는 가드가 잠시 한눈파는 사이 고양이는 한 박스에 뛰어 숨어들었다. 고양이는 시각장애인 안내견의 간식과 비스킷을 훔쳐 먹었다고 했다.

"짐칸에 안내견들 간식이랑 사료가 있단 말이지."

신비는 로운을 바라봤다. 며칠 전과 달리 로운의 눈에서는 생기가 넘쳤다.

신비는 로운의 집에 있는 컴퓨터를 켜서 예약할 수 있는 화성 왕복 티켓을 찾았다. 2주 후에 왕복 티켓이 남는 것이 있었다. 지은이 몇 달 전에 준 돈으로 신비는 화성 우주선 티켓을 예약하고 센터가 있는 미국행 비행기 표도 예약했다. 신비의 입가에 미소가 번졌다. 신비는 로운을 끌어안으면서 기쁨을 표현했다.

신비는 로운의 집을 돌아다니며 짐을 쌌다. 신비의 휴대폰에서는 전화 알림이 울렸다.
"어. 엄마."
"너 일 끝나고 집에 와야 할 시간 됐는데, 왜 안 와?"
"나 다음주에 미국 가려고."
"뭐?"
"내가 집에 가서 설명해 줄게. 끊어."
신비는 미국행 비행기표를 끊었고 로운에게 필요한 용품을 여행용 가방에 쌌다.

신비는 비행이 예정된 날 새벽에 로운을 켄넬에 넣고 인천공항으로 향했다. 미국행 비행기를 타기 전, 새벽에 문을 연 공항 안 패스트푸드점에서 끼니를 때웠다. 로운에게도 속이 비어서 멀미하지 않도록 비스킷을 켄넬 안에 넣어줬다.
신비는 비행기를 타니, 화성에 간다는 게 실감이 나서 가슴이 두근댔다. 로운은 캔넬에서 잠을 청하지 않고 눈을 깜빡였다.

"긴장하지 말고, 자."

신비가 이렇게 말해도 로운은 무슨 생각을 하는지 슬픈 눈을 하고 있었다. 미국으로 가는 길은 멀어서 신비가 몇 번을 자다가 깨도 하늘 위였다. 허공에서 본 지구는 황폐해져서 풀이 자란 땅을 볼 수가 없었다. 러시아 상공을 오래 지나갔는데, 러시아 땅은 사막만 있을 뿐 푸른빛은 찾아볼 수도 없었다.

오래 앉아 있어서 다리가 저릴 때쯤 미국에 도착했다. 케네디 우주 센터가 있는 플로리다주에 도착했다. 비행기에서 내리자, 로운도 기운을 되찾은 듯 혀로 코를 핥았다. 입국 절차를 마치고 택시를 타고 반려동물이 출입할 수 있는 카페로 향했다.

반려동물 출입할 수 있는 카페라 널찍했다. 신비가 케이스에 있던 로운을 꺼내 놓자 로운은 돌아다니며 냄새를 맡기 시작했다.

로운은 "킁"하는 소리를 내며 카페 바닥을 돌아다니며 다른 강아지의 체취를 맡았다. 몇 분 뒤, 진정이 된 로운은 가만히 앉아서 신비를 쳐다봤다.

"컹컹."

[집. 가다. 의문.]

로운의 목걸이에 이와 같은 문구가 적혀 있었다. 신비는 고개를 양쪽으로 돌리며 아니라고 대답했다.

"크엉컹."

[빨리]라는 글자가 목걸이에 적혀 있었다.

"셔틀버스 오는 시간도 지켜야 해서 조금 기다려야 해."

신비는 로운을 지그시 쳐다봤다. 로운은 신비의 말을 듣자 시무룩해져서 턱을 괴고 눈을 감았다.

부스럭 소리에 로운은 눈이 떠졌다. 신비는 플라스틱 그릇에 사료를 담고 있었다.

"이제 곧 나갈 거야. 든든히 먹어야 해."

신비의 말을 알아들은 듯 로운은 사료를 허겁지겁 먹기 시작했다. 신비는 로운의 등에 초소형 카메라를 설치했다. 카메라가 작아서 로운의 털에 가려졌다.

밥을 든든히 챙겨 먹고 올랜도 힐튼 호텔 앞 버스 정류장에서 관광버스를 탔다. 한 시간쯤 타니 NASA의 거대한 로고가 보였다.

관광버스는 케네디 스페이스 센터 입구 앞 주차장에 차를 댔고, 관광객들이 안전하게 나오도록 인솔했다. 화성으로 가는 우주선이 있는 곳으로 가니 벌써 VIP석에 타려는 사람들이 줄 서 있었다. 우리는 그들이 들어간 후에 입장했다. 신비는 여권과 미리 인쇄해 놓은 항공권을 왼손에 쥐었고, 오른손에는 로운의 줄을 잡고 있었다. 신비는 긴장이 돼서 로운을 잡은 손에 땀이 축축하게 났다. 로운도 이곳이 어색한지 냄새를 킁킁 맡아댔다. 그들 앞에 있는 VIP 중에는 할리우드 스타로 보이는 늘씬한 이들도 있었고, 해외 유명 유튜버들이 촬영하며 기다리기도 했다.

"이제 슬슬 짐을 실을 때도 됐는데."

신비는 발을 동동 구르며 양옆을 두리번댔다.

뒤에서 드르륵하는 소리가 들렸다. 신비가 뒤를 쳐다보니 탑승 절차를 마친 이들의 짐을 옮기는 수하물 취급원이 보였다. 신비는 로운의 목줄을 풀었다.

"뛰어."

신비의 말을 알아들은 로운은 수하물 취급원이 끄는 카트를 쫓아갔다.

"내가 가르쳐 준 대로만 하면 돼."

신비는 중얼댔다. 미국에 가기 며칠 전부터 로운에게 뛰는 연습과 박스에 들어가는 연습을 시켰다. 로운은 사람 말을 알아듣는 칩을 심기도 했고, 지은과 함께 살며 훈련을 많이 했기에 어렵지 않았다.

로운은 금세 취급원을 따라잡았다. 로운은 쏙 하고 수하물 사이에 들어갔다. 로운이 치와와라서 그런지 숨어도 티가 나지 않았다.

"괜찮겠지."

신비는 걱정스러운 표정을 지었다.

몇 분 뒤 신비는 셀프 체크인 키오스크에 티켓의 QR코드와 여권을 스캔 후 입장했다.

기계에 '안전한 여행 되십시오'라고 한국어로 적혀 있었다. 신비는 우주선에 들어가서 자리에 앉았다. 우주선 내부는 형형색색의 네온바로 장식되어 있었다. 신비는 브이로그에서 봤던 모습이 자기 눈에 펼쳐지니 신기했다. 승객이 착석 후 승무원은 모든 승객이 와 있는지 확인했다. 승무원은 안전벨트를 착용하라고 알렸다. 전 세계에서 온 승객들을 위해 안전벨트를 착용하라는 음성이 다섯 개의 언어로 번역해서 나오고 있었다. 신비도 안전벨트를 맸다. 이륙할 준비를 하는지 카운트다운 음성이 들렸다. 그는 두근거림에 매스꺼워졌다. 신비는 눈을 감고 심호흡했다. 카운트다운이 끝나자 엄청난 굉음과 함께 붕 뜨는 느낌이 들었다. 안전 바를 꽉 잡고 눈을 감았다.

네 시간쯤 지난 후에야 우주선이 안정화가 되었다. 직원과 승무원이 움직여도 다고 하자 말과 사람들은 움직였다. 신비는 배정된 침실과 식당, 강당 등 우주선 안의 시설을 둘러봤다. 유람선 안에 있는 시설만큼이나 깔끔하고 큼직했다. 중력 시스템을 가동해서 원하는 음식도 조리해서 먹을 수 있었다.

신비는 침실에 누워서 태블릿을 켰다. 그가 '스폴 캠'이라는 앱을 켜니 검은 화면만 떴다.

"어. 왜 이러지."

스폴 캠은 연결된 초소형 카메라가 녹화하는 영상을 실시간으로 볼 수 있는 앱이었다. 우주선 짐칸에서도 작동할 수 있어서 짐

분실이 걱정되는 이들이 쓴다고 알려진 초소형 카메라였다.

"로운아."

신비는 초소형 카메라에 음성 지원하는 버전을 비싸게 주고 샀다. 그가 로운을 불러봤지만 대답이 없었다. 화면은 검은색으로만 보일 뿐이었다.

"망가진 건가."

신비는 머리를 싸맸다. 검은 화면이 점차 밝아지더니 한 백인 남성의 얼굴이 보였다. 그 화면을 본 신비의 팔에 소름이 돋았다. 신비가 입에 손을 올리고 놀라자, 화면에 비친 백인 남성은 살짝 웃어 보였다. 백인 남성은 카메라를 돌려서 로운을 비췄다. 로운은 켄넬에 넣어져 있었고 가만히 엎드려 있었다.

"로운아, 괜찮아?"

신비는 걱정된 듯 얼굴에 화면을 가까이 두었다.

"당신 개죠?"

백인 남자는 영어로 물었다. 신비는 영어로 그렇다고 했다. 남자는 다시 카메라를 자기 얼굴 쪽으로 돌렸다. 남자의 얼굴이 붉으락푸르락했다. 그 얼굴에 신비는 남자가 화난 것은 아닌지 걱정되었다.

"저는 수하물 취급원이에요. 짐칸에서 짐을 맡는 역할도 하고 있죠. 이 개가 우주선 안에 들어오는 장면을 센터 CCTV로 봤죠. 잡아서 우주선 밖으로 내보내려고 했는데 이미 이륙한 뒤더라고요. 이 개가 얼마나 빠르고 잘 숨는지… 잡기 어렵더라고요."

취급원이 천천히 말하는 덕에 신비는 영어를 알아들을 수 있었다. 남자의 목소리에 화가 느껴지지 않아서 신비도 조금씩 경계를 풀었다.

"아마 이 강아지가 우주선 안에 들어간 걸 들킨다면, 저는 바로 잘리고 말 거예요. 지금은 일자리를 얻기 힘든 상황이니 재취업도 어려울 거고요."

신비는 남자의 말을 경청하며 고개를 끄덕였다.

"우선 CCTV에 이 개를 봤다는 제보가 들어오지 않은 거로 봐서, 이 개는 저만 본 것 같아요. 오늘 대형 손님이 많아서 그쪽을 경호하느라 인력이 몰렸어요. 다들 바빠서 짐칸 CCTV는 확인 못했나 봐요. 이 개는 제가 화성까지 안전하게 데리고 있을게요."

신비는 안도의 한숨을 쉬었다. 신비는 지구로 돌아갈 때는 로운을 어떻게 해야 하나 싶었다. 신비는 왕복 티켓을 꺼내서 남자에게 돌아가는 날짜를 알려줬다.

"다행히 제가 근무하는 날이네요."

신비는 남자가 그날도 근무한다는 사실에 다행이라고 했다.

"지금이야 괜찮지만, 다른 사람에게 들켰다면 큰일이었을 거예요. 당신은 큰 벌금을 내거나 지구로 돌아갔을 때 교도소에 갈 수 있죠."

남자의 말을 들으니 신비는 마음이 복잡해져서 손을 꼼지락거렸다. 남자는 로운이 나이가 좀 있는 것 같다며 착륙할 때까지 자기가 성심성의껏 보살피겠다고 했다. 신비는 그에게 감사하다고 했다. 전화를 끊자 신비는 축축해진 손을 닦았다. 신비는 긴장하고 나서인지 피로가 몰려왔다.

그 후, 스몰 캠을 통해 로운의 모습을 봤다. 그 남자가 시간대에 맞춰 사료를 줬고, 로운도 사료를 잘 받아먹었다. 로운은 남자가 가져온 헌 인형을 물어뜯으며 놀기도 했다. 낮에는 남자 덕에 평정심을 찾는 듯싶었지만, 아픈 로운은 새벽에는 헐떡댔다. 멀리서 지켜보는 신비는 로운에 대한 걱정으로 밤을 지새웠다.

로운을 밤새워 지켜보느라 한숨도 못 잔 신비는 침실에서 나와 공용 주방으로 향했다. 그곳에는 선글라스를 낀 할머니와 리트리버가 있었다. 할머니가 지팡이로 바닥을 두들기며 걷는 거로 보아, 시각 장애가 있는 것 같았다. 리트리버는 할머니가 냉장고 앞까지 갈 수 있도록 안내했다. 신비는 리트리버를 보며 혼자 켄넬에서 떨면서 자고 있을 로운이 떠올랐다. 신비의 눈시울이 붉어졌다.

"안녕하세요?"

노인은 신비에게 인사했다. 신비도 그에게 인사를 건넸다. 노인은 냉장고에서 더듬거리면서 우유를 찾아 미리 담아뒀던 시리얼 볼에 우유를 따랐다. 강아지는 노인이 시리얼을 완성할 때까지 그의 눈이 되어 주었다. 그 모습을 보니 로운도 이곳에 있었으면 좋았을 걸 싶었다.

"이 개는 릴리예요. 오래전에 죽은 내 딸 이름을 따서 지었죠. 그래서인지 이렇게 총명해요."

할머니는 릴리의 머리를 쓰다듬었다. 할머니의 손길을 받은 릴리는 활짝 웃었다.

"그러게요. 정말 예쁘네요. 제 강아지 생각도 나네요."

"개를 키우셨구나. 보고 싶겠어요."

노인은 신비의 말을 듣더니 안타까운 표정을 지었다.

"만약 강아지가 그리워지면 대신 릴리를 보러 오세요. 워낙 사람을 좋아하는 애라 반길 거예요."

노인은 자기가 묵는 호실을 알려줬고 매일 릴리를 산책하는 시간도 알려줬다. 신비는 노인이 산책하는 시간에 나와서 릴리를 산책시켰다. 할머니가 말한 대로 릴리는 사람을 좋아했다. 릴리는 자기를 반겨주는 이에게는 꼬리를 흔들었지만, 할머니에게 길 안내를 할 때는 한눈팔지 않고 갈 길만 가는 집중력도 가졌다. 밤에는 로운을 관찰했고 낮에는 릴리와 함께 시간을 보내니 우주선에서 시간이 빠르게 흘렀다.

화성 착륙을 앞둔 어느 날이었다. 스폴 캠 앱에서 수하물 취급원의 얼굴이 보였다. 오랜만에 보는 그의 얼굴에 신비는 살짝 웃음을 지으며 인사했다.

"알고 계셨겠지만, 며칠 후면 화성에 착륙할 거예요. 화성에 내리면 로운과 함께 몰래 내려야 할 텐데요. 그걸 대비해서 여러 가지 계획을 짜 왔어요."

남자는 글씨가 쓰인 종이를 카메라 앞으로 가져다 댔다. 계획이 세 가지나 적혀 있어서 남자가 꼼꼼히 준비했다고 신비는 생각했다. 남자가 수하물을 카트에 실어 가져갈 때 로운이 수하물 검사 기계 밑을 기어가게 한다든지, 동면 캡슐로 로운을 잠재운 다음 검사하는 방법이 있었다.

"동면 캡슐은 로운이 심장이 안 좋은 상태라서 안 될 것 같아요. 마지막 방법은 뭘까요?"

"생체 신호 차단 케이스가 있어요. X-ray에 닿으면 안 되는 물건을 담은 가방을 검사할 때 쓰는 것인데요. 로운은 몸집이 작으니까 그 안에 넣어도 괜찮을 것 같아서요."

신비는 그 제안을 들으니, 마지막 방법이 가장 가능성이 있어 보였다. 신비가 마지막 방법이 괜찮을 거 같다고 하자, 남자는 고민에 빠져 보였다.

"그 방법이 저도 좋다고 생각하는데요. 한 가지 문제는 그런 가방은 따로 가방 지퍼를 열어서 직원이 확인하게 되어 있어요."

"그 검사를 당신이 전부 다 할 수는 없나요?"

"네. 저는 수하물을 옮기는 작업만 하고 있어요."

남자의 뒤에서 누군가 다가오는 소리가 들렸다.

"누군가 오는 것 같아요. 다음에 다시 통화하죠."
남자는 카메라를 껐고, 신비는 고민이 깊어져 갔다.

며칠 뒤, 남자가 다시 카메라를 통해 얼굴을 비췄다. 며칠 전에 그는 털이 덥수룩했는데, 면도도 했고, 머리카락도 자른 듯 단정했다. 신비는 남자에게 머리를 잘랐다며 잘 어울린다고 했다. 신비의 칭찬에 그는 활짝 웃었다.
"저한테 좋은 아이디어가 생겼어요."
그는 상기된 얼굴로 말을 이어 나갔다.
"지금 우주선 VIP석에 이 우주선 회사인 '레드 플래그'에 투자하는 회사의 CEO가 타고 있어요. 아마 몰래 탑승해서 모르실 거예요. 또 VIP실은 경비가 삼엄해서 보지도 못하셨겠죠. 어쨌든 그 CEO 경호 인력이 부족해서 시간이 없으면 다른 일을 하는 직원까지 경호 인력으로 쓸 수 있대요. 그걸 이용해서 로운이 든 케이스를 검사할 때, 경호 인력이 부족하다고 직원한테 말하는 거죠."
"좋은 생각이긴 한데 가능할까요?"
"걱정하지 마세요. 보안 검색 요원들을 제가 다 아는데 어린 친구들이라 순진하거든요."
그는 자기만 믿어 보라고 했다.
착륙할 때 쓸 에너지를 아끼려고 우주선은 에너지 절약 모드에 들어갔다. 저녁 식사가 끝난 후 일부 장소는 불을 꺼 놨다. 착륙할 때 안전 교육받으니, 신비는 화성 착륙이 실감 났다. 안전 교육 때 실제 착륙 시 나눠주는 헬멧을 착용했다. 헬멧에는 착용자의 건강 정보가 다 나왔다. 헬멧에 쓰여 있는 자기의 심박수를 보니, 신비는 심장이 약한 로운이 생각이 났다. 로운이 착륙할 때 놀라지 않을지 걱정했다.

착륙이 예정된 시간에 승객들에게 침실에서 나와 안전벨트를 착용하라는 알림음이 스피커에서 들렸다. 신비는 짐을 넣은 캐리어를 안전하게 침대 밑으로 넣고 로비로 향했다. 승객들은 이미 안전벨트와 헬멧을 착용했다. 신비도 자리에 앉아서 이륙 준비를 했다. 헬멧 위에 적혀진 신비의 심박수를 보니, 평소보다 높아져 있었다. 신비는 눈을 감은 채, 몇 시간 있으면 볼 로운의 얼굴을 떠올렸다. 부디 로운이 건강하게 화성에 도착하길 빌었다. 스피커에서는 착륙할 거라고 예고하며 카운트다운했다. 신비의 다리는 긴장감에 덜덜 떨렸다. 착륙한다는 말과 함께 우주선 안이 덜컹거렸다. 신비는 이대로 죽는 게 아닐지 싶었다. 헬멧에서 신비가 지나치게 긴장하고 있다며 심호흡하라고 떴다. 신비는 깊은숨을 쉬었지만, 진정되지 않았다.

"화성에 도착한 것을 축하합니다."

우주선 안에 덜컹거림이 줄어들었다. 스피커에서 헬멧과 안전벨트를 벗어도 된다는 말에 승객들은 하나둘씩 나갈 준비를 했다.

VIP부터 나가기 시작했다. 나가는 승객들을 보며, 로운이 무사한지 얼른 보고 싶다고 생각했다.

처음에 민간 우주선에서 내려서, 화성 센터에 도착할 때까지 신비는 몸이 붕 떴다. 안전 수업 때, 중력 때문에 터널에서 무중력 상태를 경험하게 될 텐데 당황하지 말라고 했다. 그리고 벽에 달린 줄을 잡고 천천히 센터로 가라고 했다. 신비는 줄을 잡고 센터를 향해 다가갔다. 신비는 중력의 힘에 머리가 어지러웠고 메스꺼웠다.

화성 센터는 특별 중력 관리 시스템이 가동되었다. 신비는 지구에 있을 때처럼 걸어 다닐 수 있었다. 신비는 몸 검사와 짐 검사를 마친 후에 정거장을 두리번댔다. 멀리서 익숙한 남자가 신비를 뚫어지게 쳐다보고 있었다. 그의 손에는 갈색의 케이스가 들려 있었다. 신비는 뛰어가서 그에게 인사했다.

"로운은 괜찮아요?"

남자는 가방의 지퍼를 살짝 내렸다. 안에서 로운이 헉헉댔다. 몇 달 전보다 많이 말라 보였지만, 그것 말고는 건강해 보였다.

"정말 감사해요."

"제가 해야 할 일을 한 건데요. 조심히 여행하시고 지구로 갈 때 다시 만나요."

남자는 손 인사를 하고 떠났다.

신비는 로운이 들어 있는 케이스와 캐리어를 들고 정거장과 연결된 기차에 몸을 실었다. 신비는 정거장에서 지은의 집까지 가는 길을 미리 찾아서 인쇄해 왔다. 그는 내려야 하는 정거장에서 제대로 내리기 위해 온 정신을 붙잡았다. 로운이 답답해서 낑낑대었고, 신비는 살짝 가방 지퍼를 내려서 조금만 참으라고 다독였다. 기차를 탄 지 몇 분 뒤, 지구와 비슷하게 고층 빌딩이 즐비한 도시로 들어왔다. 이 도시의 이름은 '마스 시티'였다. 이곳에 지은의 회사와 집이 있었다.

신비는 정류장에 내려서 지은의 집 앞까지 가는 버스를 탔다. 정류장과 버스까지는 인공 돔으로 덮여 있어서 오가기 편했다. 창밖에는 돔과 돔 사이에 붉은 모래 폭풍이 휘몰아치는 게 보였다. 로운이 가방 안에서 킁킁 소리를 내며 냄새를 맡았다. 낯선 곳의 냄새, 낯선 중력들이 로운을 불안하게 하는 듯했다.

지은의 아파트는 황금을 칠한 듯 번쩍거렸다. 노을이 질 때라서 더 현란해 보였다. 지구의 고급 아파트처럼 보안장치가 있었다. 신비는 경비원 호출 버튼을 누르려고 했는데, 뒤에 인기척이 들렸다. 뒤를 돌아보니, 키를 찍으려는 중년 남성이 보였다. 그가 문을 열었고, 신비는 지은이 사는 동의 아파트 내부로 들어갔다. 신비가 엘리베이터에 위로 가는 버튼을 눌렀지만 눌러지지 않았다.

"이게 왜 이래?"

신비는 다시 한번 눌러봤지만 눌러지지 않았다. 자세히 보니 기계에 카드키를 찍으라는 안내문이 쓰여 있었다. 신비는 한숨을 쉬며, 계단을 바라봤다.

"아… 20층인데."

사람이 올 때까지 기다릴까 고민했다. 언제 올지 모르고 혹시 자기 정체가 들킬까봐 걱정했다.

"로운이랑만 먼저 올라가 봐야겠다. 이제 해가 지고 있으니 지은 님도 곧 오겠지."

신비는 캐리어를 1층에 두고 계단을 오르기 시작했다. 지은의 집은 20층에 있었다. 반려동물 산책을 해야 하기에 평소에 체력 관리를 잘하는 신비지만, 계단 오르기는 쉽지 않았다. 로운도 가방 안에서 지친 듯 엎드려 있었다.

20층에 도착했을 때, 신비는 벅찬 숨을 몰아쉬었다. 지은이 산다고 했던 2001호에 멈춰 서서 잠시 벨을 누를지 망설였다. 해가 지고 있었고, 버스에 사람이 많았던 거로 봐서 퇴근 시간인 것 같았다. 신비는 벨을 눌렀다. 안에서 인기척이 들리지 않았다.

"에이. 도착 안 했으면 잠시 기다리지."

신비는 그 앞에 앉아서 로운을 꺼냈다. 로운은 천천히 돌아다니기 시작했다. 화성에서 처음으로 발을 디딘 로운은 구석구석 냄새를 맡기 시작했다. 창밖에는 해가 져서 어두컴컴했다. 신비는 지은이 오지 않자 슬슬 불안해졌다.

"혹시 이사한 거 아니야? 아니면 틀린 주소를 알려줬다거나."

신비는 마른세수했다.

그 순간 엘리베이터가 지층에서 올라오기 시작했다. 엘리베이터가 20층에 멈춰 서더니 문이 열렸다. 지은과 어떤 남자 한 명이 내렸다. 지은의 어깨에는 적색으로 물든 화성 도마뱀이 있었다. 지은은 남자를 보며 영어로 떠들고 있었고 환하게 미소 짓고 있었다. 즐겁게 있는 지은의 모습을 보니, 신비의 피가 거꾸로 솟는 기분이었다. 하지만 로운 앞이기에 참고 웃어 보였다. 로운은 지은을 보자 꼬리를 날아갈 듯 흔들었다. 지은은 로운을 보고 어깨를 들썩이며 놀랐다.

"뭐야?"

지은은 못 볼 것을 본 것처럼 로운과 신비를 쳐다봤다.

"안녕하세요?"

"왜 여기 있어요?"

지은은 격양된 말투로 쏘아붙였다. 지은의 모습에 로운은 꼬리를 내렸다.

"로운이 지금 몸이 많이 안 좋아졌어요. 더 안 좋아지기 전에 지은 님 얼굴 한 번 보여주려고 했죠. 또 로운이 보면 지은 님 마음도 변할 수 있고요."

지은은 콧방귀를 뀌었다.

"뭘 마음이 바뀌어요. 내가 돈은 얼마든지 준다고 했죠. 왜 시키지 않는 일을 해서 일을 벌여요?"

지은은 신비에게 손가락질하며 화를 냈다. 지은의 태도에 신비의 속도 들끓기 시작했다. 로운은 낑낑대며 신비의 다리를 긁기 시작했다.

"그래도 십 년 간 키우셨는데 그렇게 쉽게 떠나보내시면 마음이 편하세요?"

신비의 주먹 쥔 손이 떨리기 시작했다.

"신비 씨도 제 입장이 되면 달라지실걸요. 저는 일이 중요한 사람이에요. 그렇게 로운이 아끼시면 그쪽이 키우시면 되겠네요."

지은은 신비를 째려보더니 비밀번호를 누르고 데려온 남자와 함께 들어가 버렸다. 신비는 문고리를 잡고 더 얘기하고 싶었지만 하지 못하였다. 신비가 옆을 돌아보니 로운은 추위 때문인지 몸을 떨고 있었다.

[지은. 봤다.]

로운의 목걸이에 적힌 문구를 보자 신비는 참던 눈물이 흐르기 시작했다. 로운에게 들키지 않게 조용하게 눈물을 닦았다.

신비는 로운을 안고 계단을 내려갔다. 로운의 등에서 느껴지는 온기가 신비의 차가워진 몸을 데워주고 있었다. 창밖에 빌딩의 네온사인 빛이 빛나고 있었다. 그 모습을 보고 신비는 지구에 온 건지 화성에 온 건지 헷갈렸다. 로운은 신비의 손을 핥았다. 신비는 로운이 힘내라고 하는 것 같아 위로됐다.

"로운아."

"컹컹."

[왜 불러. 의문표.]

로운의 목걸이를 보며 신비는 말을 이어 나갔다.

"내가 너를 마지막까지 지켜줄게."

신비는 로운을 더 세게 끌어안았다. 로운은 그 말을 이해하기라도 한 듯 신비의 품속으로 더 파고들었다.

선을 넘은 선

퇴근한PD

"이번 면접관, 진짜 심드렁하게 본대."
작은 목소리가 옆자리에서 흘러나왔다.
"대충 질문 몇 개 하다가 고개만 끄덕이고 끝낸다더라."
"거의 내정자 있는 분위기래."

소문은 꼬리에 꼬리를 물고 퍼졌다. 누군가 황급히 눈알을 굴리며 입을 다물어도, 다른 누군가의 불안한 시선이 이어받았다. 면접을 기다리는 대기실에는 불필요하리만큼 많은 형광등이 켜져 있었다. 아래로 내리쬐듯 강렬한 빛은 흰 벽을 반사판 삼아 대기실을 더욱 밝게 비췄다.

지현은 네 번째 면접이었다. 상반기 공채가 끝나기 전에 마지막 남은 기회였다. 세 번 떨어지는 동안 점점 말수가 줄어들었다. 어릴 때부터 조목조목 따지는 성격이었던 그녀는 말이 많으면 손해라는 걸 이제야 배웠다. 그러나 이 회사만큼은 달랐다. 대학 시절부터 가고 싶던 곳, 여태까지 자신이 배운 모든 것을 쏟아붓고 싶다고 매일 다짐하게 만드는 회사였다.

서로에게 보이지 않으려는 듯, 띄엄띄엄 떨어져 앉은 사람들의 긴장한 움직임이 잔잔한 호수의 물결처럼 퍼졌다. 한 지원자는 가만히 앉아서 손톱을 연신 뜯었고, 다른 지원자는 연신 스크롤을 밀어 내리며 휴대폰 화면에 띄운 예상 질문을 되뇌었다. 누군가는 속이 답답한 듯 화장실만 벌써 여러 번 오가는 것이었다. 지현은 주먹을 쥐었다가 폈다. 손바닥에 남은 미세한 땀자국이 형광등 아래에서 번들거렸다.

'이번에도 떨어지면… 진짜 끝일지도 몰라. 나이도 그렇고, 또 휴학한 이유나 휴학하고 뭐 했는지나 물어보겠지.' 지현은 깊게 숨을 들이켰다. 마음 한구석에서 '하지만 이번에는 다를지도 몰라' 하는 희미한 기대가 피어올랐다.

양손을 비비며 긴장을 떨쳐내던 지현은 책상에 연결되어 길게 뻗은 그림자를 살핀다. 맞잡은 손 아래로 그림자가 또렷하게 따라붙어 있었다. 형광등 아래의 짙은 윤곽선이 손가락의 미세한 움직임까지 따라하며 꿈틀거렸다. 액셀을 꽉 밟은 자동차처럼 당장이라도 달려 나갈 기세였다. 그녀는 조용히 손을 펴며 속삭였다. '아직은 안 돼.' 그림자는 잠시 파르르 떨더니 아무 일도 없었다는 듯 잠잠해졌다.

지현은 의자에 기대며 시선을 천천히 바닥으로 향한다. 의자 다리 밑으로 이어진 그림자가 바닥의 흰빛 속에 길게 늘어져 있었다. 옆자리 사람들의 그림자와 겹치지 않으려는 듯 자기만의 모양으로 또렷하게 자리하고 있었다. 지현은 아직 아쉬움이 남은 듯, 간간이 떨리는 손끝의 감각을 느끼며 다시 눈을 감았다. 오래된 기억 하나가 천천히 피어올랐다. 대기실의 웅성거림이 희미해지고, 어린 날의 장난기 가득한 웃음소리가 설핏 들리는 것 같았다. 그녀는 오래된 기억 속으로 빠져들었다.

아직 초등학교 저학년이었을 무렵의 여름날. 해가 기울 무렵이면 방 안은 주황빛으로 채워졌다. 커튼 사이로 흘러든 햇살은 벽을 타고 넘어와 장판 한가득 그림을 쏟아냈다. 지현은 벽 앞에 마주 앉아 손그림자 놀이를 하곤 했다. 이미 그려진 그림자에 손을 덧대어 새로운 그림을 만들기도 하고, 훤한 벽에 다양한 동물을 보여주며 놀기도 했다. 특히 지현이 좋아하는 동물은 강아지였는데, 주먹을 쥐고 두 손을 겹쳐 강아지를 만들고, 입으로 '왈왈' 소리를 내며 뛰어다니기 일쑤였다. 가끔은 동요를 틀어놓고 가사에 맞춰 손가락을 움직여 노래하는 강아지를 흉내내기도 했다.

그러던 어느 날이었다. 평소처럼 두 손을 겹쳐 강아지를 만들고, 몸을 살짝 움직이며 그림자를 흔들었다. 그런데 강아지의 귀가 아주 잠깐 손의 움직임보다 늦게 따라오는 것이었다. 지현은 자신이 발견한 순간이 너무 짧고 불분명해서 처음엔 그냥 착각이라고 생각했다. 하지만 다음날도, 그 다음날도 마치 '그림자에 관성이 있는가?' 궁금할 정도로 그림자는 가끔 지현보다 오래 움직였고, 지현의 움직임보다 한발 늦었다.

처음에는 무서웠다. 귀신일까? 괴물일까? 아니면 내가 뭔가 잘못 본 걸까? 하지만 곧 무서움은 호기심으로 바뀌었다. 지현은 매일 같은 시간, 같은 장소에 앉아 그림자를 관찰했다. 빛의 방향을 바꿔보고, 손의 높이를 달리해보고, 말투까지 바꿔가며 자신만의 실험을 이어갔다.

"손가락을 구부려봐."

"발차기!"

"일어나라, 오버."

말로 명령해도 그림자는 반응하지 않았다. 하지만 마음속으로 상상하면 간혹 반응했다. 손을 들기도 전에 그림자가 먼저 반쯤 들려 있거나, 손가락을 다 펴기도 전에 그림자가 이미 모양을 바꾸는 일이 생겼다.

처음 그림자가 자신과 다른 무언가라고 생각한 순간은, 자신의 그림자를 영상으로 몰래카메라를 찍었을 때였다. 무더위가 한창이던 날, 그림자는 침대에 길게 누워 있었다. 지현은 늘어지게 하품하며 기지개를 켜다가 그림자를 보고선 재빨리 그림자 밖으로 다리를 들었다. 그림자는 뒤늦게 들어 올린 발을 발견한 듯 부랴부랴 자기 다리를 들어 올리며 각도를 맞췄다.

"너 딱 걸렸어. 반가워! 친구야."

친구라고 부른 순간, 그림자는 슬며시 자기 손을 떨며 인사를 했다. 지현은 이것은 단순한 그림자가 아니라고 확신했다.

지현은 실험의 폭을 넓혀 밖으로 나갔다. 처음 몇 주는 놀이터에서 친구들의 그림자를 건드려봤다. 교실 안에서 선생님의 그림자를 꼬집어 보기도 했고, 고양이의 꼬리 그림자를 간질이기도 했다. 그리고 고양이의 그림자가 슬쩍 고개를 돌려 자신을 바라보는 것을 목격했다. 화들짝 놀란 지현이 주변을 빠르게 둘러보았을 때, 누구도 그림자의 움직임을 눈치채지 못했다.

지현은 이 능력을 철저하게 감췄다. 이건 자신만의 비밀이자, 장난감이자, 친구였다. 그림자는 늘 곁에 있었고, 말은 없었지만 어쩐지 알아듣는 듯했다. 감정에 따라 그림자의 떨림도 달라졌고, 기분이 좋을 땐 따라오는 속도가 빨랐으며, 불안할 땐 꼭 늦었다.

지현은 그림자와 함께 노는 법을 점점 더 익혔다. 처음엔 그림자 손가락 몇 개를 움직이는 정도였지만, 시간이 지날수록 그림자는 혼자서 더 다양한 움직임을 만들어냈다. 마치 오래된 친구처럼 그녀의 감정을 읽고, 그녀가 웃으면 그림자도 작게 흔들렸다.

그림자와의 놀이가 점점 익숙해지자, 지현에게 뜻밖의 장기가 생겼다. 친구들과 함께 하는 연극 시간이었다. 지현은 언제나 소품이나 배경을 도맡았다. 연극이 펼쳐질 때면 슬며시 그림자를 이용해 배경을 풍성하게 더하곤 했다. 손이 움직일 때마다, 칠판 뒤 벽면엔 작은 인형극처럼 그림자 인물들이 등장했고, 친구들과 선생님은 그저 그녀의 준비성이 매우 투철하다고만 생각했다. 지현은 속으로 웃었다. 자신이 손을 멈춰도 그림자가 한 박자 더 놀다 따라오는 것을 아무도 몰랐다.

'그건 나 혼자가 아니야. 내 친구도 같이했어.'

그림자는 늘 곁에 있었다. 학교에서 혼자 남아 창가에 앉을 때도, 늦은 오후 복도에 길게 늘어진 자신의 발밑을 바라볼 때도. 지현은 그림자에 말을 걸며 자신을 응원했다.

그렇게 십 년에 가까운 시간이 흘렀다. 어릴 적에는 단지 손끝 몇 개만 움직이던 그림자가, 점점 더 큰 행동을 할 수 있게 되었다. 책상 밑의 그림자를 살짝 끌어당기면 떨어뜨린 펜을 다시 책상 위로 올려놓았고, 손을 뻗기 귀찮을 땐 문고리 아래의 그림자를 늘려 문을 미리 열게 했다. 물론 아무도 그걸 눈치채지 못했다. 그럼에도 지현은 점점 조심스러워졌다. 누군가 놀라서 "방금 뭔가 이상하지 않았어?"라고 말할 때마다 심장이 내려앉는 느낌이었다.

다시 시작된 봄학기. 대학교 졸업반이 된 지현은 전공과목의 팀 프로젝트에 배정됐다. 네 명이 연구보고서를 작성하는 필수 수업이었다. 그들 중 둘은 말수가 적었고, 한 명은 유난히 외향적이었다. 그 사람의 이름은 백재훈. 허여멀건 얼굴에 두툼한 살집이 있는 덩치가 큰 사람이었다. 어느 술자리에건 꼭 얼굴이 보여서 사람들은 그를 백돼지라고 불렀다. 사람들과 어울리는 것을 좋아해서 과 사람들은 그를 '입담 좋은 선배', '사람 좋은 오빠'라고 불렀지만, 처음 회의에서부터 그가 주도하는 건 농담뿐이었다.

"지현 씨가 워낙 꼼꼼하니까 맡겨도 되겠네."

그 말은 칭찬 같았지만, 사실상 일의 분배였다. 첫 주엔 참고문헌을 모으고, 둘째 주엔 보고서 틀을 짜야 했지만, 백돼지는 단 한 번도 정해진 시간에 나타나지 않았다. '집에 급한 일 있어서', '동아리 일이 좀 있어서'라며 빠져나갔다. 대신 단체 채팅방엔 '고생 많아. 이번 프로젝트 끝나면 같이 밥 먹자'라는 메시지와 함께 이모티콘만 무성했다.

지현은 처음엔 그냥 웃으며 넘겼다. 어차피 이런 일은 흔하다고 생각했다. 하지만 슬슬 불편함이 쌓였다. '한 명이 빠지면, 남은 사람들이 얼마나 더 고생해야 하는 거야.' 결국 반 학기 동안 보고서 대부분은 지현의 손에서 나왔다. 타자로 손가락이 뻐근해질 때마다 졸업을 생각하며 자신을 달랬다.

한 번은 밤늦게 메신저로 자료 확인을 부탁했다.

「선배, 이 부분 한번 봐주세요.」
「지현 씨가 맞겠지. 나는 걱정 없이 PPT 맡을게.」

하지만 다음날, 그가 올린 건 디자인 템플릿 한 장뿐이었다. '이런 색감 어때?'라는 말과 함께.

그런데 어느 날 SNS의 추천 탭에서 백돼지의 계정이 올라왔다. 술집에서 친구들과 웃는 사진들이 한가득 있었다. 게시한 날짜를 보니 모두 최근의 사진들이었고, 심지어 조 모임을 하기로 했던 날짜의 사진도 빼곡했다. 지현은 믿을 수 없어 사진을 확대해 보니, 옷차림도 조 모임의 날이 맞았다. 그 순간 손끝이 얼어붙는 듯했다. 메신저를 올려 SNS의 사진을 올린 날짜와 비교해 보니 핑계도 다양했다.

며칠 동안 그 게시물이 머릿속에서 떠나지 않았다. 도서관에서 타자를 칠 때마다 키보드 위로 백돼지의 웃는 얼굴이 겹쳤다. '이건 아니잖아…' 처음엔 참고 넘어가려 했다. 하지만 밤이 깊을수록 생각이 꼬였다. 백돼지는 여전히 다양한 핑계로 조 모임에 참석하지 않았고, SNS에는 실시간으로 사진이 올라왔다. '이름도 같이 올라가고, 점수도 똑같이 받고. 그럼 나는 뭐가 돼?' 지현은 이 사실을 알려야겠다고 생각했다.

우선 같은 조의 다른 두 명에게 사진을 공유했다. 그들은 함께

화를 냈지만 한편으로는 조심스러워했다.

"그 선배, 과에서 유명하잖아요. 마당발이라서 아는 사람들도 엄청 많던데."

"괜히 나중에 해코지 당하는 것 아니에요?"

그렇게 마지막 제출일. 결국 지현은 보고서 첫 표지를 묵묵히 바라보며 고민했다. 백돼지 이름 위에 커서가 하염없이 깜빡이고 있었다.

"이건 정의야. 그냥 공평하게 하자는 거야."

그녀는 중얼거리며 백스페이스 눌러 백돼지의 이름을 지웠다. 그날 밤, 유난히 그림자가 길게 드리워져 있었다.

발표 날, 백돼지는 아무렇지 않은 얼굴로 나타났다. 그가 하겠다던 PPT 준비와 발표도 다른 조원이 맡았다. 급하게 집에 일이 생겼다는 이유였다.

"내가 우리 조를 정말 잘 만났네. 고마워. 나중에 밥 꼭 살게!"

그리고 시작한 발표. 백돼지의 이름은 보고서에도 발표와 함께 띄운 PPT에도 없었다. 그는 앞을 바라본 채로 수업이 끝날 때까지 한마디도 하지 않았다. 수업이 끝나고 학생들이 썰물처럼 빠져나가자 그제야 우리 쪽을 돌아보며 조용히 물었다.

"내 이름이 왜 없어?"

그의 목소리가 낮게 떨렸다. 지현은 발표한 조원을 한번 바라본 뒤, 그를 마주보았다.

"선배 이름 뺐어요. 아무것도 안 했잖아요."

백돼지는 웃으며 넘기려 했지만 입가의 근육이 미세하게 떨렸다.

"야, 내가 일부러 빠진 것도 아니고 상황이 있었잖아. 그래도 팀인데. 그냥 이름 하나 넣는 게 뭐가 그…"

"술 먹고 놀러다니는 게 무슨 상황이에요. 참석하지도 돕지도 않았잖아요."

지현은 백돼지의 말을 자르고 단호하게 말했다. 그리고 서둘러 짐을 챙겨 강의실을 벗어났다.

며칠 뒤 결과가 나왔다. 백돼지는 부랴부랴 교수에게 메일을 보냈다고 들었다. 보고서는 팀 전체 통과였지만, 백돼지는 '참여 미비'로 최하점을 받았다. 그러나 그 일 이후 며칠이 지나자, 과 분위기가 묘하게 달라졌다. 복도 끝에서 웅성거리는 목소리가 들렸다.

"성적에 미쳐서 백돼지 이름 뺐다던데."

"독하다, 그 애. 아무리 그래도 이름까지 지운대?"

누군가 작게 끼어들었다.

"근데 백돼지 참석 안 한 것 같긴 하던데."

하지만 그 목소리는 금방 묻혔다.

"백돼지는 상황을 미리 얘기했다던데?"

"심지어 앞에서는 괜찮다, 알겠다 하고 뒤에 가서 뒤통수 친 거라더만."

"그래도 조모임 한 번도 안 나온 건…"

"야, 백돼지 인맥 넓은 거 모르냐? 괜히 찍히지 마라."

옹호하던 목소리가 조용해졌다.

지현은 아무 말도 하지 않았다. 어차피 자신은 곧 졸업이었다. 다른 조원들도 각자 진로가 달라 마주칠 일이 없었다. 하루는 도서관 앞에서 백돼지 무리를 마주쳤다. 그는 아무 말 없이 지나쳤지만 곁에 있던 친구들이 키득거렸다.

"아, 그 이름 뺀 후배?"

그 말이 귀 끝에 남았다. 종강이 한참 지나도 시간이 갈수록 소문은 더 무성해졌다.

지현은 빈 강의실에 앉아 책상을 멍하니 바라봤다. 형광등 불빛 아래 그림자가 또렷했다. 지현은 손가락으로 손끝에 맞닿은 그림자를 톡톡 치며 중얼거렸다.

"내가 틀린 건 아니잖아."

손가락이 그림자에 맞닿을 때마다 그림자는 위로하듯 지현의 손가락을 휘감았다. 하지만 그림자의 위로가 무색하게도 지현의 속은 텅 빈 느낌이었다. 결국 지현은 휴학계를 냈다. 교수는 짧게 말했다.

"졸업 전에는 살짝 예민해지는 편이지. 잠시 쉬는 것도 방법이야. 지나가고 나면 별일 아닐 거야."

그러나 지현은 알고 있었다. 이건 시간이 지나도 사라지지 않을 일이라는걸.

"정지현 님."

목소리가 울렸다. 면접 안내관이 문 쪽에서 부르고 있었다. 지현은 눈을 떴다. 숨을 들이쉬고, 책상 위의 그림자를 한 번 내려다봤다. 그림자가 살짝 흔들렸다. 그녀는 그림자가 연결된 책상 위를 다독이듯 톡톡 두드리고 자리에서 일어섰다.

면접장의 문을 열자 차가운 공기가 먼저 맞았다. 면접실은 대기실보다 훨씬 넓었고 조명이 조금 어두웠다. 방 한가운데 길게 놓인 회의용 테이블 너머로 세 명의 면접관이 앉아 있었다. 가운데 면접관은 정장을 단정히 차려입은 중년 남자였다. 이마에 약간의 주름이 있었고 눈가에는 살짝 피곤이 쌓였지만, 테이블 위의 태블릿에서 시선을 떼지 않았다. 질문 목록이라도 훑는 듯 손가락이 빠르게 움직이고 있었다. 그 오른쪽에는 여자 면접관이 앉아 걸어 들어오는 지현을 보며 따뜻하게 미소를 짓고 있었다. 그리고 마지막 왼쪽. 지현의 걸음이 반 박자 느려졌다. 몸을 약간 눕히듯 기대 앉은 두툼한 턱 아래로 매끈한 셔츠 단추가 팽팽하게 잡혀 있었다. 시선을 타고 올라가자 살짝 한쪽 끝이 올라간 입꼬리와 함께 눈이 마주쳤다. 자리 앞에는 '면접관 백재훈'이라는 명패가 놓여 있었다. '백돼지.' 지현의 뇌가 조용히 이름을 불렀다.

"앉으세요."

오른쪽 면접관이 의자 쪽으로 손을 내밀며 말했다. 지현은 천천히 자리에 앉았다. 그 사이 재훈의 눈길이 계속해서 자신을 가늠하고 있었다. 첫 질문은 무난했다. 지원 동기, 간단한 자기소개, 최근 관심 있는 산업 분야. 지현은 준비한 답을 담담히 말했다. 가끔은 준비하지 않은 문장을 첨가하기도 했지만, 말은 막히지 않았고 호흡도 일정했다.

"그럼, 정지현 씨."

재훈이 처음으로 입을 열었다. 목소리는 변함없었다. 과거 수업에서 들었던 그 어투 그대로였다. 묘하게 비꼬듯 단어의 끝을 질질 끄는 말투.

"이력서에 휴학 공백이 있던데, 특별한 사정이 있었나요?"

예상된 질문이었다. 그 자체로는 문제될 게 없었지만, 말하는 방식이 달랐다. 다른 면접관은 묻지 않았던 것을 굳이 짚어냈다. 지현은 짧게 미소를 지으며 답했다.

"개인적인 사정으로 휴학했지만 그 시간 동안 다양한 사회 경험을 쌓을 수 있었고 결과적으로 지금의 저를 만드는 데 도움이 되었다고 생각합니다."

"흠, 그렇군요."

백돼지는 고개를 천천히 끄덕였다.

"그 '사회 경험'이란 게, 구체적으로 어떤 경험이었나요? 휴학하고 여행 다녀왔다거나 자격증 하나 땄다는 얘기는 많이 듣거든요. 하지만 그런 건 솔직히… 특별하진 않잖아요?"

재훈의 입꼬리가 아주 살짝 올라갔다. 지현은 숨을 고르며 대답했다.

"단순히 여행이나 자격증이 아니라 현장에서 사람들과…"

"사람들과?" 재훈이 말을 끊었다.

"학교에서 사람들과의 관계는 어땠어요? 아무래도 신입이니까 선배들과의 관계도 중요할 텐데요?"

그는 일부러 '선배'라는 단어를 또박또박 눌러 말했다. 그 순간 지현의 손끝이 식었다. 그의 태도는 처음부터 확실했다. 꼬투리를 잡기 위한 질문. 무심히 태블릿을 바라보는 척하지만, 지현의 말투, 표정, 손짓을 관찰하고 있었다. 지현의 속에서 무언가 미세하게 흔들렸다. 재훈은 여전히 태블릿을 내려다보며 지현의 이력을 하나씩 트집 잡는 중이었다. 물론 그녀의 대답은 준비된 문장으로 흘러나왔지만, 목 안쪽이 말라붙는 느낌이었다.

지현은 심호흡하며 시선을 천천히 아래로 떨어뜨렸다. 무릎 위로 손을 내리자 면접장 바닥의 조명이 은은히 떨리며, 재훈이 앉은 의자 밑에서 그림자가 서서히 퍼지기 시작했다. 그녀는 재훈의 다리 쪽 그림자를 가리키며 손끝을 살짝 비볐다. 그러자 재훈의 그림자가 그녀의 손끝을 따라 미세하게 움직였다. 의자 다리에 맞닿은 그의 그림자가 그녀의 손짓에 맞춰 흔들리기 시작했다.

놀란 재훈은 등을 바로 세웠다. 갑자기 자세를 고쳐 앉다 보니 테이블에서 물건들이 떨어지며 잠시 소란이 났다. 백돼지는 떨어진 펜을 주워 들며 눈살을 찌푸렸다. 자신이 어떤 행동을 했는지 기억이 나지 않는 듯 고개를 갸웃거리기도 했다. 그 사이 지현에게 다음 질문이 이어졌다. 지현은 부드럽게 답하며 다시 손끝으로 그림자를 움직이고 있었다. 이번에는 그가 앞에 놓인 물컵을 잡으려다 실수로 바닥에 떨어뜨렸다. 동시에 물이 사방으로 튀었다. 가운데 면접관이 살짝 미간을 찌푸렸다.

"죄송합니다… 제가 좀…"

재훈이 중얼거리듯 말하며 휴지를 급히 뽑아 닦기 시작했다. 움직임은 어색했고 눈빛은 점점 더 초조해졌다. 지현은 그저 무표정한 얼굴로 정면을 응시했다. 손은 여전히 책상 아래에 있었고 그림자는 제자리에 조용히 앉아 있었다.

물기를 대충 정리한 재훈이 이력서를 챙겨 의자에 앉으려는 순간, 의자는 다시금 흔들려 그는 들고 있던 서류를 모두 떨어뜨리고 말았다. 재훈은 결국 손을 들었다.

"죄송합니다. 몸 상태가 좀 안 좋아서, 잠시 실례해도 될까요?"

재훈은 서둘러 자리를 떠났다. 문이 닫히는 소리가 날카롭게 울렸다. 지현은 무릎 위에 놓았던 손을 천천히 올려 머리카락을 쓸어넘겼다. 남은 면접관 둘은 서로 눈을 마주보더니 다시 지현을 바라봤다.

"자, 이어서 이야기 나눌까요?"

"업무 관련 질문 몇 가지만 더 드릴게요."

면접관이 부드럽게 물었다. 면접은 이전보다 훨씬 편안한 분위기에서 진행됐다. 지현은 준비했던 답변을 차분하게 풀어냈고, 면접관들은 고개를 끄덕이며 메모했다.

"준비를 많이 하셨네요. 수고하셨어요."

며칠 후, 합격 통보가 왔다. 나중에 들은 이야기로는, 백재훈이 면접 평가에서 제외당했다고 했다. 몸 상태가 좋지 않아 제대로 평가하지 못했다는 이유였다.

출근 첫날, 회사 앞에 도착한 지현은 가만히 건물을 올려다보았다. 합격 발표가 났던 날은 설레서 잠을 잘 수 없을 정도였는데, 막상 출근일이 정해지고 나니 오히려 차분해지는 느낌이었다. 엘리베이터 천장의 조명이 발밑에 그림자를 드리웠다. 슬쩍 자기 신발을 간질이는 그림자를 따뜻하게 바라보다가 엘리베이터의 문이 열리자 가볍게 허리를 숙여 인사를 했다.

"지현 씨구나. 우리 팀으로 왔네."

열리는 문 앞에서 신입 사원을 기다리는 사람은 백재훈이었다.

면접을 볼 때도 설마 하긴 했지만 이렇게 곧바로 마주할 것이라고는 생각하지 못했다. 지현이 떨떠름한 표정을 갈무리하는 사이 재훈은 심드렁하게 말을 이었다.

"곧 다른 막내도 올 거야. 아주 똘똘하다고 하더라."

말이 끝나기 무섭게 문이 다시 열렸다. 약간 헐거운 검정 정장 재킷에 깔끔하게 정리된 머리를 한 여성이 조심스럽게 고개를 내밀었다.

"여기가 3팀 맞나요?"

"맞아, 들어와."

재훈이 손짓했다.

"안녕하세요, 이수민입니다."

수민은 커다란 백팩을 내려놓고서, 반듯하게 고개를 숙여 인사했다.

"저는 정지현입니다."

지현이 먼저 손을 내밀었다. 수민은 살짝 놀란 표정을 지었지만, 곧 웃으며 악수를 받았다. 둘을 본 재훈은 뒤에서 툭 내뱉듯 말했다.

"이제 두 분이 우리 막내들이네. 막내는 고생 좀 해야지. 그래야 일도 빨리 배워."

회사 생활은 이제부터 시작이었다.

출근 후 첫 주는 빠르게 지나갔다. 그러나 그 속도만큼이나 빠르게 지현의 인내심도 닳아갔다. 처음엔 단순한 심부름이었다. 재훈은 급하게 지현을 자신의 자리로 불러 말했다. 중요한 발표 준비로 점심 먹을 시간이 없으니, 사람들을 위해 간식을 사다 달라는 것이었다. 말은 '파트 간식'이었지만 정작, 목록에는 재훈이 즐겨 먹는 과자와 에너지 음료가 빠짐없이 포함되어 있었다.

"법카는 이거. 영수증은 꼭 챙기고."

재훈은 카드를 던지듯이 넘겨준 뒤 다시 몸을 돌렸다. 시선은 한 번도 모니터에서 뗀 적이 없었다.

지현은 처음엔 크게 개의치 않았다. 업무 외적인 일이라도 신입이 겪는 통과의례 즈음으로 넘겼다. 비록 대학교 때 마찰이 있었지만, 그 이후로 한참의 시간이 지났고, 재훈 선배도 그때보다는 한참 성장했겠다고 생각했다. 더군다나 재훈은 자신이 정말 다니고 싶었던 회사의 상사였고 그와 더 이상 어긋나고 싶지 않았다. 문제는 그 다음날도, 그 다음 주도 이 간식 심부름이 반복되는 것이었다. 그에게 간식 심부름은 당연히 '막내라면 해야 하는 일'이었다.

그러던 어느 날 퇴근 시간 무렵, 백재훈은 지현과 수민을 불렀다. 두툼한 턱 끝으로 가리킨 곳에는 두꺼운 프린트물이 한 뭉치 쌓여 있었다.

"이거, 모레까지 요약 정리해서 PPT 만들어 봐. 내 발표 자료야."

 종이 뭉치에는 재훈의 손 글씨로 수정 메모가 덧붙여져 있었다. 어디까지가 확정된 내용이고, 무엇이 초안인지도 명확하지 않았다. 지현은 질문하려다 그가 자리를 비운 걸 보고 묵묵히 작업을 시작했다. 그날부터 야근은 당연한 일이 되었다.

 키보드 두드리는 소리만 울려 퍼지는 늦은 사무실, 지현이 기지개를 켜며 시간을 보니 벌써 밤 열 시가 지나 있었다. 이제야 조금 출출해진 지현은 윗배를 가볍게 문지르며 수민에게 물었다.

 "배고프지 않아요? 편의점 가서 간단하게 뭐라도 먹을래요?"

 수민이 활짝 웃는 얼른 자리에서 일어섰다. 둘은 서로 팔짱을 끼며 종종걸음으로 사무실을 빠르게 나와 맞은편 편의점으로 향했다.

 수민이 컵라면이 익기를 기다리는 동안, 지현은 참치마요를 한 입 베어 물며 슬쩍 물었다.

 "힘들지 않아요? 백 대리님, 일 시키는 거 보면 좀 심하던데."

 수민은 잠시 생각하다가 고개를 저었다.

 "처음엔 저도 좀 어려웠어요. 근데 아직 제가 많이 부족한 건 사실이니까요. 실수도 잦고요. 이렇게라도 배우면 좋죠."

 "배운다고요?"

 "네. 사실 대리님께 고맙죠. 아직 입사한 지 얼마 되지 않은 신입인데 이렇게 한 부분을 맡아볼 수 있는 것은 흔한 기회가 아니잖아요. 지금은 좀 힘들지만 나중에는 도움이 될 것 같아요."

지현은 그 말을 듣고 조심스럽게 수민의 얼굴을 살폈다. 라면이 익었다며 신나게 젓가락을 뜨는 수민의 표정에는 억울함도 피곤함도 없었다.

'혹시 내가 재훈 선배에게 선입견을 가진 걸까.'

지현은 잠시 생각에 잠겼다. 혹시 자신이 너무 예민한 걸까. 대학 때 일 때문에 선배를 우선 안 좋게 생각한 것은 아닐까. 솔직하게 이야기해 준 수민이 고마웠다. 지현은 바닥을 발로 톡톡 쳤다. 슬며시 일어난 그림자가 힘내라는 듯 지현의 발끝을 토닥이고는 빠르게 사라졌다.

'그래. 한 번 더 지켜보자. 혹시 모르잖아.'

"말해줘서 고마워요. 우리 들어가서 마저 힘내보아요. 앞으로도 잘 부탁해요."

지현은 스스로에게 다짐하듯 웃으며 남은 음료를 마셨다. 수민도 고개를 끄덕이며 라면을 후후 불어 빠르게 입으로 넣었다. 추운 날씨를 잊게 하는 따뜻한 편의점 불빛이 두 사람의 그림자 위로 길게 떨어졌다.

발표 날 아침, 지현과 수민은 평소보다 일찍 출근하여 자료의 준비를 마쳤다. 혹시 같이 회의에 참석할 수 있지 않을까 싶은 기대감에 옷매무새도 한 번 더 돌아보았다.

"자료 이거야? 고생했어."

출근 시간에 딱 맞춰서 도착한 재훈은 단 한 번의 피드백 없이 그 자료를 들고 회의실로 빠르게 사라졌다. 닫힌 문틈 사이로 아무렇지 않게 잠도 못 자고 준비했다며 너스레를 떠는 소리가 회의실 밖으로 들렸다. 팀원들은 수민과 지현을 돌아보며 어색하게 웃었다. 지현은 키보드 위에서 손을 떼지 못한 채 멈췄다.

'역시나 사람은 변하지 않는구나.' 지현은 덤덤하게 손가락으로 키보드를 톡톡 칠 뿐이었다.

발표가 무사히 끝나고 모인 회식 자리. 재훈은 회식할 때 항상 '자율 참석'이라는 단어를 썼지만, 빠지는 사람은 눈치가 보이는 상황이었다. 점차 회식에 대한 불만은 모두의 표정 속에서 나타나기 시작했다. 회식 장소는 늘 예약을 도맡아 하는 재훈의 단골 고깃집이었고, 주문은 항상 '예전처럼' 정해져 있었기 때문이다. 술자리가 시작되면 재훈의 태도도 조금씩 달라졌다.

"야, 수민아. 소주 좀 따라봐."

"지현 씨는 왜 안 마셔? 회식인데."

하지만 과장이 자리를 뜨려 하면 허둥지둥 일어나 문까지 따라갔다.

"과장님, 벌써 가세요? 제가 대리 불러드릴까요?"

"다음에 꼭 제가 한 잔 사겠습니다."

그렇게 위로는 굽실거리고 아래로는 거드름을 피웠다. 그리고 팀원들에게는 갖은 핑계로 늦게까지 술자리를 이어갔다.

가장 피로한 건 회식 다음날이었다. 전날 새벽까지 함께 있었던 사람들이 아무 일 없었다는 듯 정시에 출근해야 하는 상황 속에서 재훈은 항상 오전에 상대를 모를 외근을 다녀왔다. 심지어 '요즘 팀 분위기 좋아지지 않았냐'라고 말하며 자신이 만든 시스템에 만족한 표정이었다.

그 속에서 지현은 점점 굳어졌다. 처음엔 웃으며 넘기던 일들이 시간이 지날수록 무시할 수 없는 감정으로 변해갔다. 수민도 지현도, 그리고 다른 몇몇 동기들까지 모두 각자의 방식으로 피로가 쌓임을 느끼고 있었다. 지현은 문득 책상 위의 그림자를 내려다봤다. 자신도 모르는 사이에 그림자가 파르르 떨리고 있었다. 아무도 보지 못한 작은 울림이었다. 지현은 다른 방법으로 골려주어야겠다고 생각했다.

첫 번째 장난은 간식이었다. 재훈이 단골처럼 시키던 과자와 에너지 음료를 챙겨 들고 사무실로 돌아오는 길. 그림자가 유난히 가깝게 따라붙는 한낮이었다. 바닥에 붙은 그림자가 햇살의 결을 따라 묘하게 흔들렸다. 지현은 아무렇지 않게 그에게 다가가며 손에 든 음료를 살짝 흔들었다.

"어, 드디어 왔네. 그거 내 거 맞지?"

지현은 고개를 끄덕이며 책상 위에 음료를 올려놓았다. 금속 캔이 탁하고 책상에 닿는 소리가 묘하게 울렸다. 재훈은 아무 의심

없이 캔을 잡고 엄지로 뚜껑을 땄다. 안쪽에서 미세한 공기가 '칙' 하고 새어 나오는 순간, 캔이 그의 손 안에서 작게 떨렸다. 눈 깜짝할 사이에 끈적한 하늘색 음료가 얇고 높은 포물선을 그리며 셔츠 앞자락을 타고 천천히 흘러내렸다. 에너지 음료 특유의 달콤한 냄새가 순식간에 사무실에 퍼졌다.

"아, 젠장."

재훈은 황급히 휴지를 찾았다. 음료는 이미 셔츠를 흥건하게 적신 뒤였다. 지현은 서류를 정리하는 척하며 슬쩍 고개를 숙여 그림자의 위치를 확인했다. 그림자는 조용히 제자리로 돌아와 간만의 즐거움에 잘게 떨고 있었다. 그녀는 오래간만에 미소를 지었다. 그건 통쾌함이라기보다 오랜만에 느껴보는 '균형감'에 가까웠다.

며칠 뒤, 팀 정기 회의가 열렸다. 프로젝트 중간 점검이라 모두 긴장한 얼굴이었다. 그리고 발표가 있기 이틀 전부터 수민 씨는 거의 집에 가지 못해 더욱 초췌한 얼굴이었다. 재훈이 단상 앞에 서서 리모컨을 집어들었다. 밤새 야근했다던 그의 목소리는 여전히 부드럽고 여유로웠다.

슬라이드가 한 장, 두 장 넘어가다가 갑자기 화면이 깜빡였다. 갑자기 뒤로 휘리릭 넘어가다가 금세 되돌아오기도 했다. 아무래도 리모컨이 말을 듣지 않는 느낌이었다. 그가 버튼을 재차 눌렀다. 이번에는 레이저 포인터가 켜졌다. 붉은 점이 빈 슬라이드 위를 어지럽게 헤맸다.

지현은 고개를 숙여 노트북 화면을 보는 척했다. 리모컨 아래 흔들리던 그림자가 천천히 움직였다. 리모컨을 이리저리 눌러보느라 재훈의 정신이 팔린 사이 그림자는 슬쩍 마우스 커서를 움직여 문서 정보 메뉴 위에 올려놓았다.

딸깍. 다시 버튼이 눌렸다. 그 순간 화면 정중앙에 작은 창이 떠올랐다.

'만든 이 : 이수민'

순식간에 회의실이 조용해졌다. 누군가 기침을 했다. 재훈의 얼굴 근육이 순간적으로 굳었다. 그는 화면을 내리려 했지만, 당황한 탓인가 손이 자꾸 미끄러지는 바람에 더욱 소란이 일었다.

"아… 수민 씨가 같이 고생했어요."

재훈은 억지로 웃으며 말을 꺼냈다. 하지만 그 웃음은 오래 가지 않았다. 지현은 여전히 노트북에 시선을 둔 채 빠르게 그림자를 불러들였다. 아무 일도 없었다는 듯 노트북에 회의 내용을 받아 적으며 생각했다.

'이건 여전히 장난이야.'

그런데 그 장난의 끝이 어쩐지 조금 더 길게 이어질 것 같았다. 쾌감에 가까운 감정이었다. 그녀와 눈이 마주친 그림자는 부드럽게 떨었다. 재훈은 짜증을 내었지만, 의심은 하지 않았다. 이건 그냥 리모컨의 문제, 혹은 피곤 탓일 뿐이라고 넘겼다.

그리고 다음 수요일, 또 회식이 잡혔다. 단체 채팅방에 올라온 공지글 아래 재훈은 자연스럽게 대화를 이어 나갔다. '이번에도 다 나오는 거지? 장난이에요. 자율 참석이니 편하게 즐겨요.' 팀원들의 반응은 무표정했다. 웃는 말 뒤에는 권유 아닌 강요의 기운이 섞여 있었다.

회식 날 아침, 지현은 유달리 길게 느껴지는 하루에 커피를 사 들고 터덜터덜 사무실로 돌아가는 길이었다. 그때였다. 바닥에 붙어 있던 그림자가 갑자기 움찔하더니 지현보다 빠르게 앞으로 나아가며 지현의 신발 앞으로 살짝 솟아올라 걸음을 막았다. 지현은 균형을 잃을 뻔 하며 깜짝 놀라 발끝을 들었다. 그림자는 지현을 진정시키듯 발등을 톡톡 두드리며 다시 바닥으로 스르르 가라앉았다.

코너의 반대편에서 낮게 웃는 목소리가 들려왔다. 지현은 벽에 몸을 붙이고 살짝 엿보았다. 재훈이 누군가와 통화 중이었다. 그는 지현에게 들릴 정도로 말했다.

"오늘 회식이지. 힘들긴 무슨, 내가 먹고 싶은 거 시키는 건데 어때."

지현은 주머니 속 휴대폰을 조심스럽게 꺼내 녹음 버튼을 눌렀다. 재훈의 목소리가 이어서 울려 퍼졌다.

"요즘은 애들 끌고 나와야 내 평가가 올라가. 팀 분위기 지표도 다 반영되잖아. 이번엔 승진해야지."

지현은 숨을 죽인 채 녹음이 끝날 때까지 기다렸다.

오후 여섯 시가 다가올 무렵, 다른 사람들은 퇴근 준비에 한창이었지만 지현의 팀은 조용했다. 회식이었지만 아직 재훈이 자리로 돌아오지 않아 다른 팀원들은 남은 업무에 한창이었다. 지현의 손이 테이블을 스칠 때 스마트폰이 진동했다. 회사 익명게시판 알림이었다. 올라온 게시글에는 음성 파일만 덩그러니 담겨 있었다. 제목은 '회의준비.m4a' 그 파일에는 평소와 같은 그의 목소리로 "애들 끌고 나와야…"로 시작하는 문장이 담겨 있었다.

잠시 후 팀원 중 한 명이 파티션 위로 빼꼼 고개를 들어 주변을 살핀 후 사무실 중앙으로 사람들을 모았다.

"익명게시판 혹시 보셨어요?"

또 다른 팀원이 물었다.

"이 목소리… 대리님 맞죠?"

팀원들은 서로를 아무 말 없이 마주보았다. 그리고 퇴근 시간이 되자 너나 할 것 없이 가방을 들고 집으로 향했다. 그 뒤로 며칠간, 재훈은 사무실에서 눈에 띄게 말수가 줄었다. 늘 웃던 입꼬리는 내려가 있었고, 사소한 대화에도 쉽게 말을 잇지 못했다. 지현은 여전히 책상 앞에 앉아 있었다. 손목에서 길게 이어진 그림자가 나른하게 웅크리고 있었다. '이제 진짜 정의가 실현되는구나.' 그녀는 자신이 옳다는 확신이 점점 커졌다. 모든 게 올바른 방향으로 흘러가는 것 같았다.

다음 주부터 새로운 프로젝트가 시작되었다. 부서 전체가 연말 평가를 앞두고 예민해지는 시기였고, 이 프로젝트는 실적에 직접적으로 반영되는 항목 중 하나였다. 발표는 세세한 항목까지 모두 점수로 기록될 예정이었다.

재훈은 분주했다. 아침부터 회의실을 예약했고, 팀원들에게 여러 개의 파일을 나눠줬다. 그러나 분주한 것은 어디까지나 말뿐이었다. 중요한 업무는 대부분 수민에게 쏠렸고, 그마저도 일방적인 할당이었다.

"이건 다 매출로 잡아도 돼. 이번만 좀 고생해. 내가 수민 씨 고생하는 거 제일 잘 알지."

재훈은 수민을 토닥이며 말했다. 수민은 당황한 듯 멈칫했지만 결국 고개를 끄덕였다. 수민은 지시대로 수치를 조정했고, 기존 자료에 몇 개의 각주를 덧붙였다. 지현은 그 장면을 떨떠름한 표정으로 지켜보았다.

발표 전날 저녁, 다음날 최종 발표를 위하여 사람들은 일찍 퇴근하였고, 사무실엔 지현만 남아 있었다. 불도 켜지 않은 컴컴한 사무실에서 모니터만 최대로 밝힌 지현은 의자에 기대어 앉아 그림자를 부르기 시작했다. 기다리고 있었다는 듯 재빠르게 책상 아래로 뻗어나간 검은 형체는 책상의 반대편 재훈의 책상 쪽으로 뻗어갔다.

바탕화면에는 '외부 발표용'이라는 제목과 오늘 날짜가 적힌 파일이 놓여 있었다. 파일을 열어보니 내용은 조작에 가까웠다. 수민이 작성한 문서를 기반으로 재훈이 별도로 가공한 내용이 있었다. 팀 전체 성과를 백재훈 중심으로 포장하고 있었고, 지난번 같은 실수를 피하고자 문서 정보도 모두 자신의 이름으로 변경한 상태였다.

'수민이는 어쩌다 백돼지에게 휩쓸려서 이렇게까지… 이번에 백돼지만 제대로 잡으면, 수민이도 더 이상 고생하지 않을 수 있어.'

지현의 심장이 빠르게 뛰었다. 기회였다. 지금까지 당한 수많은 일들과 눈감아 온 불합리한 상황들이 떠올랐다. 아무도 모르게 축적된 피로와 무력감. 이 모든 걸 증명할 수 있다면 이것은 복수가 아니라 바로잡는 일이라고 생각했다. 팀 전체를 구하는 일. 모두가 말하지 못하는 걸 대신 말해주는 사람. 자신이 그 역할을 자처하고 있다는 감각은 묘하게 짜릿했다.

"이건 정의야. 우리는 잘하고 있는 거야."

지현은 그렇게 중얼거렸다. 그림자가 대답하듯 한 번 더 잘게 떨었다. 그녀는 미소를 지었다.

그림자는 이메일 화면을 훑고, 메일 전송대기 목록에서 백재훈의 이름으로 저장된 내부 보고용 파일들을 복사해 내고 있었다.

발표 당일. 회의실은 평소보다 더 조용했고, 긴장감은 의자 틈까지 배어 있었다. 협력사는 물론 다른 팀들도 함께하는 자리였고, 이 프로젝트는 연말 실적에 직접적으로 영향을 주는 핵심 과제였다. 재훈은 늘 그렇듯 겉으로는 여유 있는 표정을 짓고 있었지만, 손끝이 미세하게 떨리는 게 느껴졌다.

슬라이드가 화면에 띄워졌고, 재훈이 앞에 섰다. 첫 몇 문장은 매끄럽게 흘러나왔다. 하지만 그 순간, 화면이 바뀌었다. 원래 순서에는 없던 슬라이드 하나가 끼어들었다.

'실적 조정 내역 - 백재훈 제출 초안.'

그 아래엔 수정 전후의 수치 비교, 재훈이 수민에게 요청한 각주와 동일한 문장, 그리고 개인 이메일 초안으로 저장된 파일 캡처가 그대로 삽입되어 있었다. 회의실에 정적이 흘렀다. 누가 넘긴 건지 아무도 몰랐다. 재훈은 당황해하며 리모컨을 몇 번 눌렀지만, 슬라이드는 바뀌지 않았다.

곧 팀장이 자리에서 일어나 말을 걸었다.

"이건… 최초 공유 자료와 내용이 다릅니다. 이 수치는 감사팀에 보고된 것과 맞지 않는데요."

뒤쪽에 앉아 있던 회계팀 직원과 감사팀 실무자가 서로를 바라보며 메모를 확인했다. 발표는 즉시 중단되었고, 관계자들이 조용히 회의실 밖으로 나갔다. 재훈은 그 자리에 서서 입을 열지 못했다. 그후 상황은 빠르게 정리되었다. 지현은 발표 이후 벌어진 전개를 연극을 보듯 구경했다. 다음날 퇴근 무렵, 사내 게시판에는 짤막한 공지가 올라왔다.

- 직원 징계 조치 공고 -

회사 내 근무 기강 확립 및 조직 문화를 바로 세우기 위해,
다음과 같이 인사 징계 조치를 시행하였음을 공지합니다.
백재훈 (대리, 파트장) - 정직 3개월
김수민 (사원) - 경고
사유 : 실적 보고 관리 소홀

향후 동일 사례 재발 방지를 위해 관련 부서 대상의 추가 교육을 하고, 실적 보고 관리 체계 전반에 대한 점검을 시행할 예정입니다.

재훈은 실적 조작 주도자로 밝혀졌고, 그동안의 회식 강요, 업무 분배 불균형까지도 팀 내부 자료를 통해 문제가 되어 중징계가 결정되었다. 그러나 그와 함께 드러난 수치는 수민이 작성한 문서 일부와도 일치했다. 수민이가 조작을 지시받고 작성한 자료 일부가 그대로 감사 대상이 되었다. 직접 조작한 것은 아니었지만, '알면서도 정정하지 않았다'라는 이유로 '가담자'로 분류되었다. 따라

서 경고와 함께 인사 기록은 남게 되었다.

공고를 읽던 지현의 시선이 수민의 이름에서 잠깐 멈췄다.
'수민이 왜?'
지현의 눈앞은 잠시 멍해졌다. 경고라니… 그래도 재훈이 주범임이 밝혀졌으니 수민에게는 큰 불이익이 없을 것으로 생각했다. 중요한 건 그가 정직 3개월을 받았다는 것. 그래도 앞으로 수민 씨를 괴롭힐 일은 없을 테니까 사무실 분위기도 빠르게 나아질 것이다. 지현은 이 정도면 만족한다는 듯 공지 창을 닫았다.
잠시 후 깜빡이는 메신저, 발신자는 수민이었다.
'언니, 지금 시간 돼요? 잠깐 저랑 복도에서 얘기 좀 해요. 기다릴게요.'
전과 다르게 썰렁한 복도. 수민은 밝게 쏟아지는 유리창을 바라보다 지현을 뒤돌아보며 물었다.
"언니죠? 이번 발표 망친 사람. 혹시 저번에 익명으로 음성파일 올린 사람도 언니예요?"
"어떻게 알았어?"
지현은 어깨를 으쓱이며 수민의 옆으로 다가가 창가에 기대섰다. 수민이 '어떻게 한 거예요?'라고 물을까, 아니면 '감사해요'라고 할까. 어느 쪽이든 담담하게 대답해야겠다고 생각했다. 자신에게는 별일이 아닌데, 너무 추켜세워주면 어떻게 반응해야 할지 고민이었다.

수민은 아무 말 없이 지현을 바라보며 조용히 말했다.

"왜 그러신 거예요? 백 대리님이 과했을 수는 있다고 생각해요. 근데 이건 아닌 것 같아요. 모든 팀원의 노력이 언니 때문에 물거품이 되었잖아요."

수민의 눈은 붉게 충혈되어 있었고 눈물이 그렁그렁 매달려 있었다. 지현은 잠시 멈칫하다 대답했다.

"우리가 한 건 사라지지 않았어. 정확하게 문제가 된 건, 백 대리님이 허위 작성한 부분이야. 그리고 수민 씨가 실적을 부풀려 작성한 것도 백 대리님이 강요한 거잖아. 팀 전체를 위한 거였어. 너도 구해주려고."

"저를 왜 언니가 구해요? 저한테 물어본 적도 없잖아요. 그냥 언니 혼자 판단하고 결정하고, 그게 정의라고 생각한 거잖아요."

"그래서 수민 씨는 여태까지의 상황이 괜찮았다는 거야?"

"힘들 때도 있었죠. 근데 그건 제 문제예요. 어떻게 해결할지도 제가 선택해야 하는 거잖아요. 결국 언니는 백 대리님과 똑같아요."

"뭐?"

"백 대리님이 잘못했다고 해서, 언니가 하는 게 다 맞는 건 아니잖아요."

지현은 입을 열려다가 다시 닫았다. 말이 나오지 않았다. 그 모습을 지켜본 수민은 창밖을 바라보며 눈물을 서둘러 닦은 뒤 천천히 지현을 등지고 돌아섰다. 수민의 발소리는 작고 그림자는 길게 늘어져 있었다.

지현은 멍하니 서 있다가 문득 화가 치밀었다.
'도와준 것인지도 모르고 나한테 그렇게 말한다고?'
지현은 답답한 듯, 발을 굴렀다. 갑자기 그림자가 크게 떨렸다. 지현은 그림자의 떨림을 바라보다 갑자기 생각난 듯, 복도 저편으로 사라지고 있는 수민을 향해 손을 뻗었다.
'수민을 잡아.'
그림자는 미동도 하지 않았다.
'왜? 왜 안 움직여? 잡으라고!'
당황한 지현이 양손을 뻗어 바닥의 그림자를 향해 움켜쥐듯 손가락을 구부렸다 펴며 다시 명령했다. 그림자가 파르르 떨렸다. 하지만 수민을 향하지 않았다. 대신 천천히 지현의 신발을 타고 올라왔다.
"뭐야…"
그림자가 지현의 발목을 감았다. 기존과는 다른 차갑고 섬뜩한 느낌이었다. 마치 '그만하라'고 말하는 것처럼.
지현은 다리를 흔들어 그림자를 털어냈다. 바닥에 미끄러진 그림자가 미동 없이 멈춰 있더니 천천히 지현의 발밑으로 돌아오기 시작했다. 무언가 이상함을 느낀 지현은 바닥에 주저앉아 돌아오는 그림자를 잡으려 했다. 그러나 손은 바닥만 스칠 뿐 그림자는 더 이상 잡히지 않았다.

해가 넘어가는 시간, 복도 유리창으로 붉은 노을이 스며들었다. 지현의 그림자는 조금씩 길게 늘어졌다. 처음 그림자와 만났을 때도 이런 빛이었다. 지현은 조용히 손을 흔들어 보았다. 그림자도 지현의 손을 따라 흔들렸다. 하지만 그뿐이었다. 지현은 오래도록 아무도 없는 복도에 앉아 길게 늘어진 자신의 그림자를 바라보았다.

개가 짖어도 기차는 간다
GOOSIPAL

기이한 날씨였다. 교실 안 창문에서 바라본 하늘에는 눈이 역주행하여 구름을 향해 달리고 있었다. 땅은 말라비틀어지고 구름은 축축이 젖어 있었다. 교실 안은 더욱 기이했다. 반대쪽을 향한 책상과 의자들, 거꾸로 달려 있는 급훈, 개 가면을 쓴 친구들과 선생님이 나를 둘러싸고 있었다. 나 혼자만 의자에 앉아 있었다.

"시연아, 대상 축하한다."

선생님이 상장을 내밀었다. 밝은 노란색 블레이저를 입고 있었다. 박수 소리가 터져 나왔다. 스물다섯 명의 아이들이 일제히 손뼉을 쳤다. 개 가면을 쓴 모습에 표정이 보이지 않았다. 기이했지만, 형광등에 그림자 진 얼굴 중 가면 안의 눈동자만 뚜렷했다.

'제28회 전국 초등학교 미술대회 대상.'

큼지막한 글씨가 상장 중앙에 찍혀 있었다. 금박이 찍힌 상장

테두리가 형광등 불빛을 받아 반짝거렸다. 선생님이 건네는 상장을 받아들었다.

"감사합니다!"

건네받은 상장은 한 손에 들어왔다. 상장을 가슴에 안고 환하게 웃었다. 엄마가 좋아할 거야, 아빠도 자랑스러워하겠지. 교실 뒤편, 게시판에 또 한 장의 상장이 붙게 될 것이다. 아직 초등학생이지만 미래엔 뛰어난 화가가 돼 있을 것이다. 누구보다 앞서 있는 그림을 그릴 것이다. 이 재능을 찬란하게 빛낼 것이다.

"저기, 저기 있잖아."

박수 소리 사이로 오른쪽에서 속삭이는 소리가 들렸다. 고개를 돌리자 다른 개 가면을 쓴 한 아이가 쭈그리고 앉아 나를 바라보고 있었다. 단발머리 여자아이. 회색 스웨터를 입고 어깨에는 눈이 쌓여 있다. 양쪽 손으로 들고 있는 종이에 '금상'이라는 글자가 비쳐 보인다. 눈이 마주치자 얼굴을 가까이 들이밀었다. 놀란 나는 뒤로 주춤했다.

"그거 너 그림 맞아?"

무슨 뜻이지. 당연히 내 그림이지. 무슨 질문인가 싶었다.

"당연하지. 내가 그린 거야."

단발머리 여자아이가 내 어깨에 손을 올렸다. 손에는 힘이 들어가 있었고 아프진 않았지만 무거웠다. 기이한 친구들의 박수 소리는 끝날 기미가 보이지 않았다. 얼굴은 더 가까워졌고, 급기야 눈동자에 내 얼굴이 비치기 시작했다. 그 눈동자 속 내 얼굴도 똑같은 개 가면을 쓰고 있었다. 이상했다. 처음 겪어본 감정이었다.

덜컹거리는 버스 창문이 이마를 툭툭 쳐 꿈을 깨운다. 차가운 유리의 감촉이 생생했다. 거지 같은 꿈을 꾼 탓일까. 모처럼 좋은 날에 이상한 생각 하지 말자. 네 정거장 전에 깨워준 버스 창문에 감사했다. 맑은 하늘, 앙상한 가로수, 패딩을 입은 사람들. 겨울이 왔냐는 머릿속 질문에 지나가는 자동차의 와이퍼가 끄덕였다.

나는 겨울이 좋았다. 추운 날씨를 좋아하는 건 아니었지만, 목도리나 마스크로 얼굴을 가릴 수 있어서 좋았다. 내 얼굴을 보는 게 싫었다. 유일하게 볼 수 있었던 거울은 김이 서려 흐릿했을 때뿐이었다.

오늘은 졸업 전시회 마지막 심사 날이다. 우리 서양화과는 4학년 때 1차, 2차 후 마지막 평가를 진행하고 그 평가를 통과해야 비로소 전시회에 그림을 걸 수 있다. 보통 마지막 심사 전에 떨어질 애들은 떨어져 나가고, 마지막 심사는 작품에 이상이 있지 않은 이상 무난히 통과한다. 내 작품은 어차피 통과될 거라 생각한다. 하지만 머릿속 다락방 안쪽 한편의 그림자는 더욱 짙어져갔고, 그림자가 짙어져갈수록 내 손톱 거스러미는 붉어져 갔다.

어느덧 10분이 지나고 버스는 학교 앞에 도착했다. 오후 2시 47분, 평가는 3시 10분이라 시간은 충분했다. 버스 카드를 찍고 내렸다. 하늘은 눈 내린다는 기후예보와 달리 맑았다. 오늘따라 학교 정문은 높아 보이는지 흐릿한 느낌이다. 정문 아래 시선을 내리자 다양한 사람들이 각자의 길을 걷고 있다. 그 사이로 소현이 지나가고 있다. 소현이는 눈 한번 마주치지 않고 때 맞춰 온 버스에 올라탔다.

　사실 이렇게 인사조차 안 할 사이는 아니었다. 신입생 환영회 때 알게 된 후, 소현이랑 항상 붙어 다녔다. 같은 과목을 수강 신청하고, 같이 전시도 준비했다. 과실에 책상 2개를 붙여 같이 잠을 자기도 했다. 학교에서는 천생연분이라고 불릴 정도였다. 하지만 같이 있을 때면 이름 모를 괴리감이 뒤따라왔다.
　같은 동네에 산다는 걸 알았을 때부터, 항상 같이 집에 돌아갔다. 버스를 타면 빠르게 갈 수 있었지만, 대교를 걷는 걸 좋아했다. 그 대교는 퇴근 시간에도 사람이 많지 않았다. 가끔은 자동차조차 지나가지 않을 때가 있는데 그때가 되면 세상에 단 둘이 있는 것 같은 기분도 들었다.
　대교 중간쯤을 지날 때면 저 멀리 기차를 바라볼 수 있었다. 기차는 정해진 시간과 속도로 앞으로 향해 나갔다. 해가 질 때쯤이면 남색의 밤하늘 사이에서 주황 불빛이 일렁이는 기차가 빠르게 지나갔다. 대교에서 기찻길에 바퀴 소리가 무성해질 때면 크게 소리 질러 말하는 게 쏠쏠한 재미였다.

실기 100%의 정시를 치르고 온 나와 다르게 소현이는 내신을 섞은 수시로 입학했다. 학교마다 다르지만, 수시의 경우 수능을 준비하면서 내신과 비율을 맞춰 실기 시험을 본다. 여러 가지를 한 번에 준비하기에 그림의 퀄리티가 높지 않다. 평가를 하는 교수들조차 그런 비하인드를 알기에 퀄리티보단 독창성을 보는 경우가 많다.

수능이 끝나고 약 두 달 정도의 정시 준비 기간이 생긴다. 그때가 오면 미대 입시생들은 학교에 나가지 않았다. 다들 학원으로 모이고 아침 10시부터 저녁 10시까지 점심 시간을 제외하고 그림을 그렸다. 거진 4시간씩, 3번씩 그림을 그려냈고 하루 3번의 평가는 학생들의 그림 실력을 한껏 끌어올렸다.

그렇게 올라온 우리에게 같은 한 시간을 주면, 스케치를 마무리하던 나와 달리 소현이는 연필을 깎는 데만 30분을 쓸 정도였다. 1학년 때야 소위 말하는 '학원 물빼기' 시간으로 그렇게 차이에 대해서 왈가왈부하는 일은 없었다. 하지만 모두가 같은 눈으로 소현이를 바라보진 않았다. 나는 그런 소현이에게 기초부터 차근히 알려줬다. 하지만 재능의 영역인지 알려준 거는 고사하고 색 구분이나 할 수 있으면 성공일 정도로 실력은 나아지지 않았다.

2학년 때부터 소현이의 태도가 조금 달라지기 시작했다. 작품을 평가받을 때 교수님의 칭찬이 잇따르면 동기들은 박수를 쳤다. 평범한 박수들 사이 소현이의 박수는 불협화음처럼 섞이지 못해 귀를 찔렀다.

"네 그림 진짜 좋다."

남들이 보기엔 별다를 것 없었지만 나이기에 알 수 있는 엉성함이 박수에 섞여 있었다. 소현이의 칭찬은 따뜻했지만 말과 행동은 따로 놀았다. 이때부터 알 수 없는 기시감을 느끼곤 했다.

그렇게 4학년이 되었고, 나는 예민해져 있었다. 졸업 전시회 1차 평가를 가까스로 통과했다. 통과하면 되는 것 아니냐고 물을 수도 있지만, 겉치레일 뿐이다. '2차 때도 이 내용이면 너 졸업 못 한다'를 돌려 말한 것이다.

이제 수면제를 먹지 않으면 잠에 들지 못했고, 깜빡하고 처방을 못 받은 날이면 천장에 햇빛이 비치는 걸 고문당하듯 바라봐야 했다. 소현이와 둘이 남은 새벽 과실, 각자의 작품 준비를 하고 있었다. 보색을 어떻게 쓸지 고민하며 멍하니 색을 조합하고 있었다.

"보색 쓸 거면 이 조합이 더 나은데."

소현이가 제시한 제안은 확실한 색 조합이었다. 어색하지도 않고 거의 정석에 가까웠다. 잠에 취해 생각을 못 했었다. 연필 깎느라 안간힘을 쓰던 소현이는 어느새 보색 조합을 내게 추천하고 있었다. 고개를 돌려 바라본 소현이는 같은 선상에서 내 작품을 바라보고 있었다. 알려줘서 고맙다는 감정보단 구역질이 올라왔다.

"내가 알아서 할게."

따뜻한 말에 나는 까칠하게 답변했다. 소현이는 예상 밖의 내 대답에 눈을 피해 자신의 작품으로 돌아갔다. 그날 새벽은 어느 때보다 길었다.

일이 터진 건 2차 하루 전이였다. 우리가 더 이상 바퀴 소리를 듣지 못하는 시간까지 과실에 남을 때면 둘이 되었다. 부부가 싸워도 같은 집에 돌아오듯, 우리는 아무런 말 없이 각자 자리에 앉아 작품에 색을 칠했다. 2차 막바지엔 예민함은 최고조를 향했고, 수면제 또한 더 이상 잘 들지 않았다. 그래도 2차만 무사히 통과하면 잠을 잘 수 있을 거라 확신했다. 어느 정도 마무리가 되어가고 세필로 작품의 디테일을 정리하고 있었다.

"어? 야. 이거…"

소현이가 말끝을 흘렸다. 작품과 내 얼굴을 번갈아 봤다. 소현이의 말에 잠이 확 깼다. 문제는 나쁜 의미로 깨버렸다. 잡고 있던 세필이 흔들거리며 내 얼굴은 일그러지기 시작했다.

"왜? 문제 있어?"

"응? 아니, 그게 아니라 이 구도 있잖아. 이거…"

"야. 강소현."

그 뒤에 따라올 말이 무엇인지 모르지만, 알 것 같았다. 소현이는 작품에서 내 얼굴로 고개를 돌렸다. 일그러진 내 얼굴을 본 소현이의 표정은 오히려 차분했다. 세필을 물통에 집어 던졌다.

"함부로 이야기하는 거 아니야."

소현이는 중얼거리며 내게 말을 건네려 했지만, 더 이상 듣지 않으려 자리를 박차고 나섰다. 집으로 돌아가는 길, 복잡한 머릿속은 걸을수록 다듬어졌다. 오랜만에 버스를 타고 집에 갔다. 버스에 타서 바라본 대교에서는 기차의 불빛이 유리창의 물때에 가려져 희미하게 보였다.

　머릿속에 소현이가 일렁였다. 뭔가 변명이라도 했어야 했나. 아니다. 마음을 굳게 먹어야 된다. 빨리 졸업하자. 번듯하게 졸업해서 내 작품을 만드는 거야. 내 화실을 꾸미고 작가로서 삶을 사는 거야. 그 뒤로 우리는 기찻길의 바퀴 소리를 듣지 못했다.

　그런 소현이를 뒤로 하고 신호등을 건넜다. 미술대학은 걸어서 5분 정도 거리였다. 정문에서 중앙 광장을 지나, 체육 대학을 끼고, 가지만 남은 엉성한 나무들을 지나 나오는 회색 3층 건물, 이 안에 디자인과, 조소과, 한국화과, 서양화과가 섞여 있다. 그중 우리 과 실은 3층 중앙에 있었고 오늘의 평가장은 그 복도 끝 쪽에 있었다. 1층 로비에는 유화, 수채화, 혼합재료, 각양각색의 그림들과 디자인들이 벽을 채우고 있었다.

　화려한 과제전과 달리 학교는 낡을 대로 낡아있었다. 곳곳에 거미줄은 물론이고 심하면 천장에서 비가 새는 과실도 있었다. '얼른 이 학교를 벗어나야지'라는 마음을 다시 먹고 엘리베이터로 향했다. 하지만 엘리베이터 앞 '점검 중'이라는 안내문이 내 계획을 가로막았다. 한 달째 고장이었다. 그 옆, 낡은 계단을 향해 발을 올리고 난간을 잡았다. 난간의 페인트가 벗겨져 손에 스며들 듯 묻어났다. 계단에 발을 디딜 때마다 숨이 차올랐다.

3층 복도에 도착하자 동기들이 보였다. 점심을 뭐 먹을지, 오늘 분수대 앞에서 봤던 남자가 잘생겼다느니, 이번에 옷을 샀다느니, 별거 없는 대화들로 시끌벅적했다. 졸업하면 보지도 않을 인연에 가면을 쓰고 흔드는 꼴을 보니 우스웠다. 3층 계단에서 벗어나 복도에 발을 뻗었다. 왠지 모르게 대화들은 이내 침묵했고 많은 눈동자 안에는 내 모습이 비춰졌다. 삭막한 분위기는 뭔가 색다른 느낌이었다.

3층 복도 양쪽에는 강의실과 실기실이 늘어서 있다. 심사실은 305호였다. 가장 큰 실기실이며 평소 4학년 전공 수업이 열리는 과실이다. 오늘은 졸업 심사가 진행되고 있었다. 심사실 앞에 도착하니 내 전 순서인 동기 한 명이 서 있었다. 내가 가까이 다가갈수록 대화는 줄어들었고 이내 끊겼다. 두 개의 눈은 나를 힐끗 보고는 핸드폰을 보거나 벽의 포스터를 살피는 척했다. 내 어깨 너머로 웅성거림이 들려왔지만 그렇게 귀 기울이지 않았다. 2차 발표가 코 앞인 시점에서 긴장감이 내게 더 중요했다.

시간은 흘러 내 차례가 다가왔다. 문을 열어 본 심사실의 난색 조명은 복도보다 어두웠다. 긴 테이블 뒤에 네 명의 교수와 학과장이 앉아 있었다. 빔프로젝터를 위한 스크린이 펼쳐져 있었고, 다들 깔끔한 블레이저를 입은 채 노트북 키보드를 투닥거리거나, 종이를 넘기고 있었다. 숨 막힐 정도로 조용한 심사실은 마치 카르텔 소굴 같았다. 손톱 거스러미가 다시 신경 쓰이기 시작했다. 공용 컴퓨터가 들어 있는 단상에 USB를 꽂고 발표 파일을 열었다.

"발표 시작하겠습니다."

발표는 순조롭게 진행됐다. 기존에 발표한 내용에 대해 다시 한번 짚고 넘어가고, 기획 의도를 지나 참고한 레퍼런스를 나열했다. 그다음으로 현재 진행 상황에 대해 자세히 설명했다. 전보다 많은 발전을 이뤘다는 걸 혼자 발표하면서 깨닫자 술술 풀려나가는 기분이었다. 하지만 그와 정반대로 2차 때 따뜻했던 교수들과 학과장 표정이 오늘따라 차가웠다. 왜인지 의아했지만, 일단 마저 발표를 진행했다. 이제 다음 장만 넘어가면 된다. 그러면 발표는 마무리되고 따뜻한 박수와 함께 훈훈한 표정으로 격려의 말이 오갈 것이다.

"잠깐만."

학과장이 손을 들어 내 말을 끊었다. 갑자기 무슨 일이지. 못다 뺄은 말이 입을 우물쭈물하게 만들었다. 학과장은 그런 나를 뒤로하고 고개 숙여 서류랑 노트북을 뒤적거렸다. 다른 교수들은 담담하게 앉아 무거운 시선들을 내리고 있었다. 학과장이 서류 안에서 한 장의 종이를 꺼내 내밀었다.

"이 작품 알지?"

교수 손에 들린 종이에는 내가 카피한 그림이 인쇄되어 있었다. 심장은 빠르게 뛰기 시작했고 다리는 후들거려 단상을 짚지 않으면 서 있기 힘들었다. 왜 저 그림이 교수 손에 들려있는가. 심사실에는 쥐 죽은 듯 침묵이 내려앉았다. 모두의 시선은 내게 향하고 있었고, 다음 대사를 기다리는 영화 촬영장 스태프들 같았다. 창밖에서 툭툭 창문을 두드리는 바람 소리와 히터에서 나는 바람 소리가 공간을 채웠다. 유난히 히터의 모터 소리가 크게 들렸다.

사실 2차 때 애매한 재능에 무너졌었다. 어릴 때부터 그렸던 그림을 믿어왔지만, 끝내 올라온 경지는 생각보다 높지 않았던 것이다. 학년이 한 단계씩 올라갈수록 교수의 입꼬리는 점점 내려가기 시작했다. 내 뒤에서 따라오기 벅차하던 친구들이 어느 순간 더 멀리 앞서 있는 걸 볼 때가 있었다. 그럴 때면 목구멍까지 피가 솟구쳐 올라올 것 같았다.

1차 때 좋지 않은 평가를 받은 후 동기들의 눈빛을 볼 때면, 위에서 내려다보는 것 같았다. 끝없이 추락하는 기분을 느꼈다. 빨리 다시 올라가야 한다, 다시 위에 서서 아래를 내려다봐야 한다는 강박이 머릿속을 차지하고 있었다. 어떻게든 2차 때는 누구보다 좋은 평가를 받아야 했다. 그래야 숨을 쉴 수 있을 것 같았다.

일부러 유명하지 않은 외국 화가를 찾았다. 팔로워도 500명이 채 되지 않았고 작년에 마지막으로 작품을 업로드했었기에 더 이상 화가를 하지 않을 거라고 생각했다. 그런 그녀가 그린 그림은 검색했을 때 11번째 페이지를 넘어갈 정도로 인지도도 없는 그림이었다. 2차가 코앞에 닥친 나에게는 더 이상 선택지는 없었다.

그녀의 그림을 인쇄해서 벽에 걸었다. 인쇄한 그림을 바라봤다. 도화지를 이젤에 올렸다. 연필통을 헤집어 2B를 꺼냈다. 그림을 한번 보고 도화지를 한 번 바라봤다. 거침없게 연필을 휘둘렀다. 흑연은 계획이 있는지 망설임 없이 도화지에 새겨져갔고, 물감은 흑연을 덮으며 색을 뿜었다.

몇 시간이 지났을까, 도화지는 이미 화려하게 빛나고 있었다. 2차를 통과하기엔 문제없을 정도였다. 비슷한가에 대한 의문은 시간이 더 이상 중요하지 않다고 답해줬다. 거침없이 새겨지는 도화지를 바라보자 웃음이 새어 나왔다. 1차에서 2차까지 대략 2달 정도의 시간이 주어지는데 한 1달하고 30일 걸리던 일이 고작 2시간 만에 끝이 났다.

그렇게 만든 기획안과 작품은 싸늘한 교수들의 표정을 180도 바꿨다. 달라진 방향성은 상관없었다. 오히려 더 깔끔하고 정제되었다고 교수들은 연신 칭찬을 멈추지 않았다. 투명인간 취급하던 동기들은 좋은 평가를 받자 언제 그랬냐는 듯 웃으며 다가오기 시작했다. 다시 제자리를 찾은 기분이었다. 역시 좋은 게 좋은 거지. 이대로 쭉 달려가 전시회에서 좋은 경력을 남기고 졸업하면, 작가로서 삶을 시작할 수 있다고 생각했었다.

"이시연?"

학과장은 인내심이 한계에 다다랐는지 다리를 덜덜 떨기 시작했다. 다른 교수들도 헛기침을하고 팔짱을 낀 채 압박해 왔다.

"…비슷하긴 하지만, 제 작품과는 다릅니다."

"어떻게 다른데? 구체적으로 설명해 봐."

빔프로젝터에 비친 내 그림과 종이의 그림을 번갈아 바라봤다. 차이를 찾으려 했다. 헛간의 창문 개수? 같았다. 지평선의 높이? 같았다. 인물들의 표정? 같았다. 가까이서 보던 그림이 멀어지자 별반 다를 게 없었다.

"구도를 참고하긴 했지만, 그 이후에…"

"구도를 참고했다고? 레퍼런스에는 이 그림이 없던데."

"아, 그거는…"

"그리고 참고와 모방의 차이를 모르니?"

내 방어가 허접한 건지, 교수의 공격이 너무 센 건지. 말 몇 마디밖에 하지 않았는데 벌써 코피가 흐르는 느낌이었다. 교수들의 웅성거리는 소리가 들려온다.

"레퍼런스보단 그대로 옮겨 그린 거랑 다른 게 없네."

"구도도 거의 동일하네요."

"붓 터치 방향도 비슷하고요."

웅성거림은 증폭되어 내 머릿속을 울렸다. 어디서부터 꼬인 거지. 분명히 잘 넘어갈 수 있었는데. 도무지 방법이 떠오르지 않았다. 고개를 들어서 교수들의 표정을 바라봤을 땐, 창문 사이로 들어온 햇빛에 포개져 내 눈을 가렸다. 희미하게 보이는 입가에는 주름이 자글자글했다.

"더 이상 발표는 필요 없겠네. 논의하고 말해줄게. 수고했어."

"교수님, 제 말 좀⋯"

"나가렴."

학과장의 목소리에 힘이 실려 있었다. 더 이상 할 수 있는 게 없었다. 교수들과 학과장에게 둘러싸인 채 단상에서 빔프로젝터에 얼굴이 반쯤 가려져 있는 내 모습은 사형 선고를 받고 단두대에 목을 올린 느낌이었다. 교수들과 학과장은 1차 때보다 더 싸늘하게 나를 바라봤다. 더 이상 견디기 힘든 시선에 USB를 뽑았다. 가방에 넣고 문 쪽으로 걸어갔다. 문손잡이를 잡고 돌릴 때 뒤에서 목소리가 들렸다.

"어휴, 큰일 날 뻔했네. 신고 안 들어왔으면 어쩔 뻔했어?"

강소현. 이 그림이 저렇게 적나라하게 까발려진다는 게 말이 안 됐어. 그래, 강소현밖에 없다. 이 짓거리를 벌려놓고 뻔뻔하게 먼저 간 건가? 괘씸한 년, 지금 당장 찾아가자. 찾아가서 어떻게든 해야 분이 식을 것 같았다.

복도의 시선은 심사실보다 더 많았다. 심사실에 들어가기 전 나를 바라보던 동기들의 시선이 이해가 가기 시작했다. 다들 알고 있었구나. 동기들의 수군거림이 복도를 울리기 시작했다. 교수들은 서로 눈치 보느라 조심히 이야기라도 했지, 동기들은 그런 것조차 없었다. SNS에 익명으로 글을 남기듯 거리낌 없이 내뱉었다.

"벌써 끝났어?"

"들어간 지 10분도 안 됐는데."

"진짜였나 봐."

어제까지만 해도 친한 척하고 달라붙던 놈들은 이제 사형대에 목을 걸려고 한다. 욕이 목구멍까지 올라왔지만 고개를 숙이고 걸었다. 어차피 몇 달 뒤 안 볼 놈들이랑 시간 싸움하기 싫었다. 지금은 강소현이 먼저다.

복도를 걸어나갔다. 복도는 너무나도 길었고, 바닥은 너무나 더러웠다. 입학할 때 1학년이 입구 쪽 과실을 쓴다는 것에 투덜대던 선배들의 불평이 이해가 갔다. 복도 양쪽에 서 있는 동기들의 얼굴을 바라보지 않았다. 좋은 눈빛은 아닐 걸 알았다.

"야."

누가 내 어깨를 잡고 돌려 다시 복도를 바라보게 했다. 내 어깨를 잡은 건 졸업준비위원장이었다. 키도 커 고개를 들고 바라봐야 했다. 이미 화난 표정에 그림자까지 더하니 꼴 보기 싫었다.

"이시연. 진짜야?"

"뭐가."

"카피했다며."

"누가 그래?"

"야, 이미 소문 다 났어. 미대 좁은 거 몰라?"

헛웃음이 나왔다. 전엔 말도 제대로 못 하던 애가 기세등등하게 이러고 있는 걸 보니 어이가 없었다.

"…"

"왜 말이 없어. 꼴에 그림 좀 그렸다고 자존심 부리는 거야? 근데 그것도 카피인 거 아냐?"

"더 할 말 없으면 간다."

"가긴 어딜 가. 우리 도록은 어떡할 거야? 이미 인쇄 다 끝났는데, 다시 만들어야 되잖아."

졸업 전시회 도록 같은 경우 인쇄하는 데 시간이 꽤 소요되기 때문에 마지막 평가 전 교수들의 판단하에 도록을 미리 제작한다. 이미 도록에는 내 이름이 인쇄된 상황인 거고 내가 빠지게 되면 그 부분이라도 다시 인쇄해야 하는데 이 비용도 만만치 않다.

졸준위원장이 이렇게 기세등등해진 이유는 이거였다. 부족한 실력에 항상 무시당했었는데, 겨우 위원장으로 올라온 친구였다. 항상 앞서 나가던 나에게 불평불만이 있었던 걸 알지만 기회가 없었을 것이다. 하지만 드디어 꼬투리 하나 잡을 게 생긴 것이다.

"확실하지도 않은 걸로 시비 걸지 마. 아직 확정 아니야."

"뭘 아니야. 이제 와서 작품 새로 다시 하게? 1년 동안 준비한 애들은 뭐가 되냐?"

손톱 거스러미를 슬슬 긁었다. 빨갛게 부어올랐다. 짜증이 치솟았다. 내가 왜 이런 애한테 잡혀서 시간을 낭비해야 하는가. 빨리 강소현을 보러 가야 한다는 생각밖에 없었다.

"졸전비 다들 냈잖아? 그 돈은 어쨌는데?"

"야, 인쇄만 하냐? 장소비도 하고 이것저것 해야 될 거 아냐."

"그렇게 많이 걷어갔는데 그 정도 돈이 없다는 게 말이 된다고 생각해?"

졸준위원장의 표정이 구겨졌다. 우리 과는 특이하게도 졸전비에 대한 내용 증명을 따로 하지 않았다. 수고한 졸준위들을 믿어야 한다나 뭐라나. 나중에 환급 금액에 대해 공지할 때도 그러려니 하고 받았었다. 그렇기에 중간에서 얼마나 썼는지, 빼돌렸는지 문제 제기를 하지 않는 한 모르는 일이다.

이런 잔잔한 호수에 루머라는 조그마한 돌덩이를 던지면 파장이 생기기 마련이다. 그 파장은 물결을 이루어 호수 전체를 일렁이게 한다. 그렇게 되면 아무리 졸준위원장이라도 해명하느라 진을 뺄 것이다. 혹시라도 정말로 돈을 빼돌렸다면 더 곤란해질 것이다.

"너가 중간에서 빼돌린 거 아니고?"

내 말이 끝나자마자 졸준위원장의 오른쪽 손이 내 뺨을 향했다. 짝 소리가 복도의 벽에 부딪혀 증폭되어 미대 건물을 울렸다. 지켜보던 관객들도 갑작스러운 상황에 당황해 눈이 커졌다. 어안이 벙벙했다. 중학교 이후로 맞아본 건 처음이었다.

"아…"

이미 그때부턴 생각보다 몸이 먼저 움직였다. 옆에 있던 쓰레기통을 집어 던졌다. 다행히 쓰레기가 많이 들어있지 않아 가벼웠다. 졸준위원장은 쓰레기통과 부딪혀 넘어졌다. 철제로 된 쓰레기통이 바닥에 부딪히며 나는 소리는 이 학교에 다니면서 들은 제일 큰 소리였다. 동기들한테 얼마나 큰 도파민 선물일까. 좀 있다 입방아 찧을 생각에 신난 눈빛들을 하고 있었다.

"씨발…그딴 식으로 쳐다보지 마!"

포효하듯이 소리를 질렀다. 동기들은 쓰러진 졸준위원장을 챙기기 시작했다. 따뜻해 보이는 졸준위원장과 달리 쓸쓸한 바람은 나에게만 부는 것 같았다.

"지금 뭐 하는 짓거리야!"

학과장이 소리쳤다. 시끄러운 소리에 밖으로 나온 것이다. 광경은 처참했을 것이다. 쓰레기통은 복도에 나뒹굴고 있었고, 졸준위원장은 바닥에 누워 있으며, 카피해서 쫓겨난 학생은 씩씩대며 중앙에 서 있다. 쪽팔려 하는 게 눈에 훤했다. 학과장 얼굴은 붉게 달아올랐고, 목에 핏줄이 불끈거렸다. 심사실에서 힘이 실렸던 목소리는 이내 복도를 울렸다.

"이시연! 너 지금 뭐하는거야? 당장 이리 와."

가면 안 될 것 같았다. 가면 더 이상 돌아갈 수 없을 것 같았다. 머릿속 다락방 한편의 그림자처럼 복도 끝으로 마주하러 갈 자신이 없었다. 그 많은 시선들이 모여 헛구역질을 일으켰다. 몰려오는 시선을 피해 계단으로 몸을 돌렸다. 계단 하나하나 내려올 때마다 학과장의 목소리는 멀어져 갔고, 점점 더 아래로 향했다. 손톱 거스러미는 찢어져 피를 한 방울씩 떨어트렸다.

미대를 빠져나와 바라본 정문은 단두대처럼 금방이라도 떨어질 것 같이 내 목을 노리고 있었다. 학교 앞 사거리를 지나 목적지도 없이 길에게 발걸음을 맡겼다. 얼마나 걸었을까. 높은 건물들의 사이를 빠져나와 점차 층고가 낮아져 그 사이 숨어 있던 노을이 모습을 드러냈다. 노을은 이제 추워지니 경고하는 듯 마지막 난색을 표출해 냈다. 바라볼 수 없었다. 조금이라도 남은 내 따뜻함을 뺏어갈 것 같아 바라보지 않고 고개는 정면만을 향했다.

어디서부터 잘못된 거였을까. 카피를 하면 안 됐던 건가. 아예 이 대학교를 오면 안 되는 거였을까. 아니지, 미술을 시작하는 게 맞았던 걸까. 내게 재능이 있었나? 재능이 빛날 거면 존나게 빛나던가 아예 없을 것이지, 왜 이렇게 애매한 재능이었던 것인가. 내게 색을 뺏어간 노을이 진 자리에 멀리 층고 사이로 불빛들이 일렁인다. '무엇 때문에 이러고 있는 건가.' 머리속에 일렁이던 질문은 이내 '강소현'을 겨냥하였다.

대교에 발을 딛으며 핸드폰을 꺼내 전화를 걸었다. '강소현'이라는 이름이 뜨고 신호음이 울린다.

[고객님이 전화를 받을 수 없어…]

끊고 다시 걸었다. 네 번째 전화를 걸 때 눈이 내리기 시작했다. 손에 슬며시 녹아내리는 눈은 내 마지막 남은 따뜻함을 뺏어가고 있었다. 일곱 번째 전화를 걸었을 때 덜컥 소리와 함께 신호음이 끊겼다. 연결됐다. 잠시 정적이 흘렀다. 서로의 귓가에 같은 바람 소리만 스쳐 갔다. 분을 삭이며 입을 열었다.

"강소현, 너 어디야."

"너 뒤."

고개를 돌리자, 저 멀리 소현의 모습이 보였다. 휴대폰을 든 채 발걸음을 돌렸다. 소복이 쌓인 눈을 짓밟던 발걸음은 탄력받아 점점 속도를 붙였다. 이내 소현이 앞에 섰다. 웃기게도 반가웠다. 물론 부정적으로. 이미 내 손은 소현이의 머리채를 붙잡고 있었다.

"악! 이 미친년이 뭐 하는 거야!"

"씨발년아, 꼰지르니까 좋냐? 좋냐고!"

주먹을 더욱 꽉 쥔다. 서로 욕을 주고받았다. 입에 담지도 못할 말들을 서로에게 뱉어댔다. 각자의 머리채를 잡고 허둥지둥거리며 몸을 비틀었다. 밟은 발자국은 먼지와 함께 더러워졌지만 금세 눈이 내려 다시 새하얗게 덮어버렸다.

"병신같은 게, 베끼는 거밖에 못 하면서 뭘 우쭐대!"

누구보다 심각하게 싸웠다. 대교 한가운데서 지나다니는 사람들 사이로 대치하고 있었다. 지나가는 사람들은 이상한 표정으로 우리를 바라보며 조금씩 피해서 지나갔다. 남들이 보기엔 한심해 보일 것이다. 다 큰 여자 둘이서 머리채 잡고 싸우고 있는 꼴을 본다면 말이다.

몇 십 분 동안 치고받자 서로 지쳐 숨을 헐떡였다. 그래도 주먹을 뻗었다. 힘은 들어가지도 않았다. 내 주먹이 닿아 소현이의 뺨이 붉게 달아오른다. 더 이상 상대를 아프게 하려고 때리는 게 아니었다. 그냥 대화였다. 마치 눈싸움을 하며 추억을 만들 듯.

속에 있던 말들을 전부 토해냈다. 서로를 헐뜯는 말밖에 없었다. 들으면 인상을 찌푸릴 것 같은 말들만 내뱉었다. 처음으로 진실되게 말하는 것 같았다. 순수하게 질문하고 답했다. 같은 기찻길 옆에서 우리는 다른 이야기를 하고 있었다.

싸우면서도 많은 생각이 들었다. 왜 이제야 소현이랑 대화를 하고 있는 건가. 진작에 마주볼 수 있지 않았을까. 힘이 다 빠지고, 최악이 되어서야 드디어 마주보고 있었다. 아니, 최악이 돼서야 마지막 선택지를 찾은 걸까? 소현이의 눈동자 안, 그 안에 나는 어떤지 묻고 싶었다. 시간이 느리게 흐르는 것 같았다. 빠르게 내리는 눈은 내 앞에서만 천천히 자태를 남긴다.

지칠 대로 지친 다리는 힘이 풀렸고 우리는 난간에 몸을 기댔다. 얼굴은 하도 긁어대서 자국이 남았고, 눈물이 고여 있었다. 머리는 헝클어졌고, 옷매무새는 난장판이었다. 다 내려놓고 나서야 소현이의 얼굴을 제대로 바라봤고, 그 눈동자 안에 비친 내 모습을 온전히 바라볼 수 있었다. 꼼꼼하게 얼굴을 가렸던 이유도, 거울을 보기 싫어하던 이유를 알 것 같았다.

포근하게 내리는 눈을 멍하니 바라봐도 좋을 정도였다. 서로 아무 말 없이 하늘만 바라봤다. 30초쯤 지났을까, 소현이 먼저 입을 열었다. 작은 목소리였다.

"1학년 크로키 수업 때부터, 교수가 네 그림 칭찬할 때마다 내 그림은 그냥 지나갔어. '소현이는 성실하긴 한데'라는 말만 붙여주고. '한데'라는 말 뒤에는 항상 안 좋은 말이 따라오더라."

소현이가 담배를 꺼내 불을 붙였다. 담뱃갑과 라이터를 내게 건넸다. 하나 꺼내 불을 붙였다. 멀리서 기차 소리가 들렸다. 아직 멀었다.

"3학년 때 프로젝트 했던 거 있잖아. 넌 밤새워서 그렸다고 했는데, 난 일주일 내내 그렸어. 교수는 네 그림만 좋아했고, 내 그림은 '무난하다'였지. 그게 칭찬인지 욕인지도 모르겠더라."

"…"

"그때 생각했어. 난 평생 못 따라가겠구나. 넘지 못할 산이구나. 재능도 없고 감각도 없으니까. 지금도 팔레트 보면 어떻게 해야 할지 감도 안 와."

소현이 필터까지 타들어 간 담배를 대교 뒤로 던졌다. 강으로 떨어진 담배의 불꽃은 인기척도 없이 사그라들었다.

"참고 레퍼런스를 많이 모았었어. 이리저리 모아뒀었는데, 새벽에 본 니 그림에 똑같이 그려져 있더라고. 그때 네 반응을 보고 확신했지."

소현을 바라봤다. 소현의 뺨은 추위에 붉게 물들어 있었다.

"그래서 신고했어. 교수들한테 원본 그림이랑 니 그림이랑 비교해서 메일로 보냈어."

화낼 기운도 없었다. 다 끝난 마당에 더 말해 뭐 할까. 이미 응어리는 뱉을 대로 뱉어버렸다.

"네가 죽는 상상을 했어. 영원히 못 이길까봐. 그래서 떨어지길 바랐고. 들켰을 때 반응도 궁금했어."

"고작 그딴 거 때문이였어?"

"응. 고작 그딴 거였어."

"진짜 하찮았네."

"그러게."

소현이 고개를 돌려 나를 바라봤다. 꿈에서 봤던 눈동자였다. 그 안에 비친 나를 바라봤다.

"시연아. 나도 심사 떨어졌어. 내년에 다시 하래."

몰랐던 내용이다. 기차 소리가 더 가까워졌다. 이제 진동이 슬슬 느껴졌다.

"너는 좋겠다. 순수 실력으로 떨어진 건 아니잖아? 난 이제 완전히 실력으로 떨어졌어. 이제 어때? 기쁘냐?"

담담하고 자그마한 소현이의 목소리에 형언할 수 없는 감정이 치솟았다. 그 끝에 쏟아지는 건 허탈한 웃음이었다. 소현이도 같은 감정인지 같이 웃었다. 기차가 코앞까지 왔다. 노란 불빛이 어둠을 가르며 다가왔다. 헤드라이트가 눈송이들을 비쳤다. 눈송이들이 빛 속에서 반짝였다. 쿵쾅거리는 소리가 울렸고, 진동이 몸 전체로 전해졌다.

"소현아. 나는 내가 사람일 거라고 생각했어. 나머지는 알 빠도 아니고 그냥 개새끼 정도로밖에 안 여겼지. 왈왈 짖어댈 뿐이었다고 생각하고 살았어."

기차가 우리 앞을 지나갔다. 바람이 휘몰아쳤다. 눈송이들이 빠르게 흩날리고 객차들이 빠르게 스쳐 지나갔다. 하나, 둘, 셋, 넷. 셀 수 없이 많은 객차. 창문 안의 사람들. 책을 읽는 사람, 핸드폰을 보는 사람, 졸고 있는 사람. 이어폰 선이 없어진 시대의 흐름에 따라 서로 끊어져 있는 사람들의 모습이 보였다. 더욱 커진 바퀴 소리에 목소리가 같이 묻혔다.

"근데 오늘 너를 보고 나를 보니까, 나 또한 개새끼였던 거야. 짖는 개. 아무도 듣지 않지만 짖어대는 개인 거야."

소현이도 과연 내 눈 속에 비친 자신을 보고 있었을까. 아니면 다른 무언가를 보고 있었을까. 이 바퀴 소리에 묻혀 내 목소리를 듣긴 한 걸까. 하지만 이제 더 이상 중요하지 않은 것 같다.

기차가 멀리 지나갔다. 빨간 후미등은 점점 멀어졌다. 우리는 말 한마디 없이 대교를 건넜다. 발자국이 하나씩 찍혔다. 하얀 눈 위에 검은 발자국. 뒤를 돌아보면 발자국이 길게 이어져 있을 것이다. 하지만 곧 눈에 덮여 사라질 흔적이었다. 눈 내리는 소리만 자작하게 들려왔다. 아니, 눈은 소리가 없었다. 완벽한 침묵이었다.

앞으로 어떻게 살아야 할지 모르겠다. 힘들어서 그런 건지, 다 쏟아내서 그런 건지, 마음속은 오히려 고요했다. 대교를 무사히 건너왔다. 다시 도심 속 앞에 서 있다. 지겨워진 서울, 조용한 밤하늘 아래로 시끄러운 경쟁 소리가 들려왔다. 먼지와 피가 묻은 얼굴을 쓱 닦아냈다. 먼저 발걸음을 내디뎠다.

"간다."

"그래."

짧은 단어만 내뱉었다. 각자의 방향대로 걸어 나갔다. 앞으로 소현이를 볼 수 있을지도 모르겠지만 뒤를 돌아보진 않았다. 알아서 걷겠거니 했고, 나도 그래야 했다. 퍼석거리는 눈을 밟아나갔다. 두꺼워진 눈 위를 걷는 건 생각보다 힘겨웠다. 저 멀리 대교 쪽에서 다시 기차 소리가 울린다. 정해진 시간에, 정해진 속도로, 정해진 길을 걷고 있었다. 그 소리에 맞춰 다시 발을 뻗는다.

개가 짖어도 기차는 간다.

타는 호흡으로

권은강

시뻘겋게 달아오른 쇳덩이가 양손에 들려 있었다. 고기 익는 냄새와 타들어 가는 열감이 생생했다. 묵직한 쇳덩이의 무게로 손가락과 손바닥이 녹아 엉겼다.

어디선가 여자의 비명이 들렸다. 찢어지는 소리, 그것은 현지의 목구멍에서 나오고 있었다.

손을 놓아야 해. 그러나 마음과는 달리 몸은 말을 듣지 않았다.

꿈에서 눈 뜨는 순간까지, 현지는 그녀가 쇳덩이를 붙잡은 것인지 쇳덩이가 그녀를 붙잡은 것인지 알 수 없었다.

현지가 어릴 적 엄마 손에 끌려 들어간 곳은 낯선 가정집이었다. 으레 가던 엄마 친구의 집도, 자신의 친구 집도 아닌 곳에 현지는 들어가고 싶지 않았다.

구멍 난 연등이 걸린 대문 페인트는 벗겨져 있었다. 초인종은 눌러도 소리가 나지 않았다. 할 수 없이 엄마는 문을 두들겨야 했다. 집 안은 어둡고 비좁고 매캐했다. 현지는 엄마의 치맛자락을 틀어쥐었다. 엄마는 손을 뿌리쳤다.

방 가운데, 중년의 여자가 앉아 있었다. 빨강, 노랑, 초록, 눈이 아프게 화려한 한복이 현지를 어지럽혔다.

"조상 대대로 쌓인 업병이 폐 뿌리에 내려앉았구나. 숨길이 막히는 팔자를 피하려거든 천벌이 내릴 것이야."

무슨 말인지 알아들을 수 없는 단어들이 공중에 떠다녔다. 숨길이 막히는 팔자, 그럼에도 그 말만은 현지의 기억 속에 새겨졌다.

엄마에게서 우는 소리가 나오자 현지는 더 불안해졌다. 엄마는 현지를 방학 숙제를 하나도 안 해 간 아이처럼 부끄러워했다.

"아이고, 이 어린 것까지, 저는 이제 어쩜 좋아요. 한 번만 도와주세요. 보살님."

보살님이라는 여자는 엄마의 태도가 마음에 든 모양이었다. 그녀는 현지를 금줄 같은 끈으로 때렸다. 현지의 등이며 종아리에 금이 가는 것 같았다. 종이 태운 물을 입에 들이붓기도 했다. 쓴 맛이 나서 헛구역질하자 손이 현지의 입을 틀어막았다. 현지가 몸부림치며 괴로워할수록 보살님과 엄마는 기뻐했다. 둘은 같은 편이었고, 현지는 혼자였다. 현지가 참지 못하고 피하면 엄마는 팔 위쪽을 비틀어 꼬집었다.

집에 돌아온 현지는 몸살이 났다. 열이 펄펄 끓었다. 온 세상이 혼미했다.

"엄마, 나 너무 아파. 죽을 것 같아."

"명현현상이 시작된 거야."

엄마는 그녀의 고통을 진심으로 반겼다. 그날 처음으로 현지는 쇳덩이 꿈을 꿨다.

처음 꾼 꿈에서 쇳덩이는 미지근한 모래알 같았다. 그러나 꿈은 반복되었다. 꿈을 꿀수록 미지근한 모래알은 따뜻한 자갈로, 자갈은 뜨거운 돌덩이로 변해갔다.

"네 언니도, 외할머니도, 증조할머니도 폐병에 걸렸어. 그나마 네가 지금까지 멀쩡한 건 좋은 보살님들이 눈속임해 주셨기 때문이야."

멋대로 부적을 꿰매 놓아 입지 못하게 된 속옷을 내던졌을 때, 엄마는 그렇게 말했다. 그놈의 가족력. 현지는 지긋지긋했다.

스무 살이 되자마자 그녀는 인생에서 미신을 모조리 쫓아냈다. 대신 해외 직구한 영양제와 1:1 필라테스, 유기농 식단과 정기 건강검진을 믿었다.

현지의 인생은 평범했다. 대부분 지루하고 가끔 흥미롭고 때론 화나기도 했지만 그럭저럭 굴러가는 중이었다. 현지는 오늘 저녁은 뭘 해먹을까 고민 중이었다. 어떤 여자가 퇴근길에 그녀를 향해 일직선으로 걸어오기 전까지는.

여자는 인파를 거슬러오고 있었다. 그 모습은 조화롭게 흘러가는 세상 속에 끼어든 소음 같았다. 눈은 풀렸지만 눈동자에서 쏘아져 나오는 시선은 강렬했다. 현지가 아닌 그 너머를 보는 눈이었다.

"숨이 잘 안 쉬어지지?"

그리고 그 말투, 확신에 가까운, 예언과도 같은 단정이란. 현지의 얼굴이 일그러졌다.

"뭔 소리야. 미쳤어요?"

"평생을 피해 갈 줄 알았겠지."

현지는 덜컥 겁을 집어먹었다. 십 년 넘게 땅속 깊이 묻어두었던 기억들이 여름날 매미처럼 튀어나와 머릿속에서 울어댔다. 금줄에 맞는 통증, 부적 태운 물의 쓴맛, 엄마가 비틀어 꼬집던 감각. 스무 살이 되자마자 쫓아낸 그 모든 것들이 눈앞의 여자를 통해 되살아났다. 애써 쌓아올린 삶이 한순간에 무너지는 것 같았다. 현지가 소리를 버럭 질렀다.

"당신이 무슨 상관이야! 닥치고 꺼지지 못해!"

지나가던 사람들 몇몇이 그들을 뒤돌아봤다. 무당은 잠시 침묵했다. 잠시 후 정신이 든 듯한 얼굴로 조용하지만 단호하게 말했다.

"미안해요. 병원 가보라고 말해주고 싶었어요. 힘들면 나 찾아와요. 저기 골목 꺾으면 나오는 집에 있어요."

현지는 일부러 무당의 어깨를 세게 치고 갔다. 심장이 벌렁거리는 나머지 그 형태가 만져질 것 같았다. 현지는 숨을 몰아쉬었다. 단숨에 십 년 전으로 시간이 돌아가는 것 같았다.

현지가 고개를 도리질쳤다. 아니다. 그때와는 달랐다. 무력하고 가진 것 없고 아무 말 못하던 그때와는 반드시 다를 터였다.

다음날 아침 현지는 반차를 내고 급히 동네 병원에 갔다. 무당의 말을 믿어서가 아니었다. 미신적인 말이 틀렸다는 것을 증명받기 위해 현대 의학의 힘이 필요했다.

그렇기에 건강검진 결과지에서 폐 이상 소견이라는 글자를 봤을 때 숨이 멎는 것 같았다.

"특발성 폐섬유화증입니다. 3기고요. 진행 속도가 빠른데 혹시 가족력이나 생활 습관 중 짐작 가는 데 있으십니까?"

현지는 귀를 의심했다. 겨울에 그 흔한 감기조차 걸리지 않고, 신체 나이는 열 살이나 어리게 나오던 그녀였다. 그녀는 눈을 부릅뜨고 목을 앞으로 쭉 내밀었다.

"뭐라고요?"

"특발성 폐섬유화증 3기요."

의사는 대본을 읽듯 담담하게 말했다.

현지의 얼굴이 울긋불긋 달아올랐다. 떨리는 아랫입술을 앙 다물었다. 커지려는 목소리를 억누르고 말했다.

"…가족력은 있는데요. 뭔가 착오가 있는 거 아닐까요. 저번 건강 검진 때는 분명히…"

"이 병은 초기에 엑스레이로는 잘 안 보입니다. 고해상도 CT를 찍어야 알 수 있어서요."

현지는 시선을 돌리며 이를 악물고 말했다.

"됐으니까 소견서나 써주세요."

돌팔이 같으니라고. 병원을 나선 현지는 쓸데없이 높기만 한 건물 입구에 침을 뱉었다. 최대한 빨리 S대병원에 갈 예정이었다. 최신식 의료 장비와 최고의 의료진이 있는 병원이라면 제대로 된 결과를 보여줄 터였다. 물론 제대로 된 결과란 현지의 건강에 아무 이상 없다는 말과 동일했다. 요즘 계단을 오를 때 숨이 차고 이유 없이 마른 기침이 나긴 하지만 그건 전혀 관련 없는 문제였다.

불현듯 연을 끊자는 선언에 어머니가 내린 저주같은 말들이 떠올랐다.

내 정성을 이따위로 업신여겨. 그러고도 니가 제대로 살 수 있을 거 같아. 어디 두고 보자.

어린 시절 받은 학대가 정당한 것이라고는 상상할 수 없었다. 세상이 어머니의 손을 들어올리는 꼴은 절대 볼 일 없어야 했다.

S대병원의 호흡기내과 의사는 유명인이었다. 약력은 스크롤을 내려도 내려도 끝없이 나왔다. 다수의 TV 출연 및 저명한 논문 출간에 수상 이력은 시대와 국가를 막론하고 다양했다. 그가 주도적으로 진행한 임상시험 약이 성공적으로 출시됐다는 인터넷 뉴스

도 있었다.

"잘 왔어요. 아직 나이도 젊으니까 충분히 해볼만해요. 임상시험 들어갈 준비합시다."

자신만만하게 말하자 현지의 걱정은 눈 녹듯 사라졌다. 가지고 간 고가의 선물 세트가 아깝지 않았다.

"대신 3개월 간 먹어야 하는 약이 있어요. 이 약을 먹어야 임상 들어갈 수 있으니까 꼭 먹도록 해요."

현지는 연신 감사하다고 하고 기쁜 마음으로 병원을 나섰다.

약을 먹는 건 힘든 일이었다. 부작용으로 인해 머리가 어지럽고 손발이 저렸다. 몸이 무거워져 자꾸만 눕고 싶은 와중에 업무에서는 자꾸 실수를 했다. 더블체크를 마친 보고서에서 어이없는 수치 오류를 지적당할 때는 수치심을 넘어 어안이 벙벙했다. 대체 뭘 잘못했다고 내게 이런 일이 벌어질까. 문득문득 억하심정이 들었다. 그때마다 어머니의 목소리로 대답이 들렸다.

'다 보살님을 안 찾아뵈서 그래.'

사람이 탄 금속체가 하늘과 바다를 떠다니고 지구 반대편 소식을 이웃집처럼 알 수 있는 21세기에 미신이라니. 현지는 자신의 선택이 잘못되지 않았다는 것을 확인받아야 했다.

억겁 같은 3개월이 지났다. 현지는 S대병원의 기나긴 대기줄에서 부푼 마음으로 기다렸다.

그러나 3개월 만에 만난 호흡기내과 의사는 얼굴만 같을 뿐 완전히 다른 사람처럼 행동했다.

"임상시험은 어려울 것 같아."

퉁명스러운 반말부터 그 안에 담긴 내용까지, 현지는 머리를 맞은 듯 정신이 얼얼해졌다.

"예? 하지만 3개월 전에는 분명히…"

"폐활량이 정상의 50% 이하야. CT에서는 하엽 말단의 벌집 모양 변화가 너무 빠르고. 이래서는 임상 못 들어가."

"그럼 어떻게 해요? 계속 나빠지는 수밖에 없나요?"

"임상을 한다고 해서 나빠지지 않는 건 아니야. 나빠지는 속도가 더뎌지는 거지."

침묵 속에 키보드 치는 소리만 이어졌다. 확연히 느껴지는 의사의 불쾌감에 어처구니가 없었다. 뒤에서 가만히 노려보고 있는 간호사도 마찬가지였다. 현지에게 화낼 틈을 주지 않겠다는 어떤 거대한 의지 같았다. 현지의 뒤에는 35명의 사람들이 대기하고 있었다. 그녀에게는 하나의 선택지만이 남아있었다. 창백하고 거대한 병원 전체가 그 한 가지의 선택지만 코 앞에 들이대고 있었다.

알겠다는, 받아들이겠다는, 뭐 그런 내용을, 약에 취한 사람처럼 현지가 내뱉은 듯했다. 의사는 갑자기 따뜻한 어조로 말했다.

"병을 받아들이고 그거에 맞춰서 치료하세요."

그 이후로 의사에게서 뭐가 더 듣긴 했지만 기억나는 것은 없었다. 머릿속이 텅 빈 것 같았다. 진료실 문을 나서서 주차장에서 시동을 걸기까지의 과정이 희미했다.

　혹시 지금 아주 현실적인 꿈을 꾸고 있는 건 아닐까. 현지는 자동차 핸들을 만져봤다. 맨들한 검은 가죽과 차가운 은색 금속 부분은 진짜였다.

　신호등을 기다리는 동안 옆 차선의 가족을 봤다. 아이가 뒷좌석에서 웃으며 종알대고 있었다. 어머니로 보이는 여자가 뒤를 돌아보며 답했다. 아빠는 운전대를 잡고 앞을 향해 있었지만 은은한 미소가 입가에 걸려 있었다.

　현지는 창문을 올렸다. 그들의 웃음소리가 들리지 않는데도 귀가 먹먹했다. 신호가 바뀌었다. 옆 차는 유유히 가버렸다. 제때 액셀을 밟지 못했다. 뒤에서 경적이 울렸다.

　집에 돌아오는 길, 현지는 전봇대에 차를 들이박고 싶은 충동에 휩싸였다. 그저 무언가를 부수고 누군가를 탓하고 싶었다. 시야가 붉어져서 양손을 핸들에 내리쳤다. 클랙슨이 울렸다. 개를 산책시키던 노인이 얼굴을 찡그리고 이쪽을 봤다. 현지와 눈이 마주치자 조용히 시선을 피했다.

　이대로면 폐가 끊어지기 전에 심장이 터질 것 같았다. 횡단보도의 녹색 불에 걸려 정수리가 유리창에 닿을 듯이 브레이크를 밟았을 때였다.

　현지는 자신이 길을 가다 무당을 만났을 때의 그 장소에 와있다는 것을 깨달았다.

'힘들면 나 찾아와요. 저기 골목 꺾으면 나오는 집에 있어요.'

반신반의하는 마음으로 골목을 꺾어들어가자 눈에 띄는 집 하나가 시야에 들어왔다.

문 보살당.

붉은 글씨로 불교 만자가 달린 간판이었다. 그녀의 눈앞에 주마등처럼 어릴 적 기억이 스쳐 지나갔다. 고막이 터질 듯한 방울 소리, 어지럽게 흔들리는 오방색 천, 탑처럼 쌓인 음식이 상해가는 가운데 놓여있던 죽은 돼지머리.

토기가 치미는 이유가 난폭 운전 탓인지 당시의 기억 탓인지는 알 수 없었다. 현지는 무턱대고 차를 세웠다. 딱지를 끊든 말든, 갓길에 차를 버려두고 문 보살당으로 향했다.

십 년 만에 온 무당집은 생각보다 단출했다. 밝은 벽지의 현관 한편에는 가지런히 놓인 슬리퍼가 있었다. 현지가 고개를 들었다. 정수기 위에 노란 커피믹스와 황금색 티스푼이 보였다. 안쪽으로 더 들어가자, 초가 켜진 신당과 벽에 걸린 무신도가 보였다. 무당집 구색은 맞춘 듯했다.

방 가운데 놓인 금방석 위에 무당이 앉아 있었다. 편해 보이는 생활 한복 차림에 대충 쪽진 머리였다.

현지는 숨을 몰아쉬었다. 무당과 눈이 마주쳤다. 기이하게 맑은 눈이었다.

"다리 아프다. 이리 와 앉아요."

누군가에게 이끌리듯 현지는 앞에 놓인 방석에 앉았다. 두툼하고 푹신했다. 그리고 현지는, 평소에 그 많은 문장이 어디 다 숨어 있었는지 신기하게도 말을 토해냈다. 어릴 적 얘기, 폐병과 집을 나온 얘기, 그리고 어머니 얘기. 문 보살은 단 한 번도 말을 끊지 않았다. 고개를 주억거리고 가슴을 때리고 무릎을 치는 그 모든 몸짓에 기이할 정도로 진심이 담겨 있었다.

"엄마가 그때 다 괜찮을 거라고 한 마디만 해줬다면 나 지금 이러고 안 살았어요."

"다 괜찮을 거야."

문 보살의 눈에서 굵은 눈물이 툭툭 떨어졌다.

"지금부터는 다 괜찮을 거야."

현지는 놀랐다. 타인이 자신을 위해 울어주는 것은 생애 처음 겪는 일이었다. 가족에게서도 받아본 적 없는 공감은 생경하고 이상했다.

"그동안 얼마나 한이 많았을까."

문 보살이 손을 뻗어 현지의 양손을 그러쥐었다.

"더 말해줘요. 다 듣고 있어."

그리고 중독적이었다.

한참 후 집에 돌아가 밥숟갈을 뜰 때, 뒤척이는 잠자리에서 눈 뜰 때, 사무실에서 목이 타 물을 뜨러 갈 때에도 그 순간은 퍼뜩퍼

뜩 떠올랐다.

다 괜찮을 거야.

"다 괜찮을 거야."

현지는 문 보살의 말투를 따라 내뱉어봤다. 갑자기 축원받은 것처럼 편해졌다. 그후 숨쉬기 힘들어지거나 밭은기침이 멈추지 않을 때 현지는 기도처럼 그 말을 따라했다. 그러자 웬걸, 호흡이 편해졌다.

문 보살당을 다시 찾은 건 채 사흘도 지나지 않아서였다. 문 보살은 뭔가 달랐다. 그녀에게는 신비한 힘이 있었다.

"너는 사주에 수 기운이 없어."

문 보살이 딱하다는 듯 말했다.

"나무에 물이 흐르질 않으니 숨도 흐르지 않는 거야. 요새도 숨쉴 때 쇳가루 먹는 것 같고 그러지?"

정확히 맞는 말이었다. 현지는 비장하게 고개를 끄덕였다.

"신령님이 말하신다. 새벽에 뒷산 꼭대기에 올라서 물그릇 떠놓고 치성을 드려라. 그러면 막혔던 기운이 돌 거야."

문 보살은 숨겨진 진리를 꺼내놓듯이 엄숙했다. 마치 이 세상의 것이 아닌 듯한 경건함에 현지는 눈물이 났다. 그녀를 따라가면 모든 것이 좋아질 거라는 느낌이 들었다.

"3개월 간 그렇게 하면 몸이 나아질 거야."

다음날 새벽부터 현지는 뒷산에 올랐다. 어둠 속에서 가파른 등산로를 헤집고 올라가는 일은 생각보다 고됐다. 숨이 차올랐다. 멈춰 서서 헐떡이면 새벽 공기가 차서 멈출 수도 없었다. 산꼭대기에 도착했다. 해는 아직 떠 있지 않았다. 현지는 가져온 물그릇을 놓고 절을 했다. 처음엔 어색했다. 누가 볼까 두리번거렸다.

한 주가 지나자 몸이 익숙해졌다. 두 주가 지나자 새벽 산행이 일상이 됐다. 한 달이 지날 무렵 현지는 이상한 평온함을 느꼈다. 푸른 새벽 공기 아래 잠든 도시를 내려다보며 절을 하는 시간. 그 시간만큼은 아무 생각도 들지 않았다.

그렇게 2개월이 지나자 숨쉬기가 나아졌다. 처음엔 착각인가 싶었다. 하지만 계단을 오를 때 멈춰 서는 횟수가 줄었다. 밤에 기침으로 깨는 일도 덜했다.

현지는 문 보살을 찾아갔다.

"정말 나아졌어요."

문 보살은 제 일처럼 기뻐했다.

"알고 있었어. 잘하고 있어. 신령님이 안 보는 것 같아도 다 보고 계신대."

현지는 눈물이 핑 돌았다. 아무도 지켜보지도 칭찬하지도 않았다. 이제는 달랐다. 혼자만의 노력들은 빠짐없이 인정받고 있었다.

3개월이 다 되어갈 무렵이었다.

어느 날 아침 일어났을 때 숨이 막혔다. 어제까지만 해도 괜찮았는데. 현지는 당황해서 심호흡을 시도했다. 공기가 들어오지 않았다. 마치 빨대로 숨을 쉬는 것 같았다.

그날 새벽 산에 오르는 길은 지옥이었다. 현지는 몇 걸음을 채 못 걷고 계속해서 멈춰섰다. 헐떡이며 나무에 기대고 숨을 고르려 했다. 하지만 아무리 해도 공기가 폐 깊숙이까지 닿지 못하는 느낌이었다. 입안이 바짝 타들어갔다. 비틀거리며 앞으로 걸어갔다. 무릎이 꺾였다. 바닥에 손을 짚었다. 축축한 흙과 낙엽이 손에 잡혔다.

심장이 쿵쿵 울려서 귓전이 저렸다. 온몸에서 식은땀이 흘렀다. 등줄기를 타고 내려오는 땀방울이 서늘했다. 겨우 산꼭대기에 도착했을 때 현지는 그대로 쓰러져 땅바닥에 엎어졌다.

다음날은 더 심해졌다. 가만히 앉아 있어도 숨이 찼다.

현지는 떨리는 손으로 문 보살에게 전화를 걸었다.

"보살님, 갑자기 몸이 너무 안 좋아졌어요."

전화기 너머로 한숨 소리가 들렸다. 문 보살은 말을 하다 말다 했다.

"왔구나. 이제 곧 올 줄 알았어."

"네? 무슨 말씀이세요?"

현지는 목소리에 힘을 주며 다그치듯 물었다.

"아니야, 그게 아니라… 너무 위험해서 안 돼."

"전 다 준비됐으니까 뭐든 괜찮다고 말했죠."

"비단 네게만 위험한 게 아니야. 신령님이 노할지도 몰라. 하지만 수가 없으니 원…"

문 보살은 혀를 차며 뜸을 들였다. 현지는 애가 탔다. 척척 다음 행로를 제시해 주는 문 보살이 말을 흐리는 것은 처음 있는 일이었다.

"보살님, 그러지 마시고요. 돈이라면 제가 어떻게든 준비해 볼게요."

"누가 돈이 문제래? 효과는 확실한 방도가 있긴 해. 절대 강요하는 거 아니니까 듣다가 아니다 싶으면 말해."

전화기 너머 목소리가 속삭이듯 낮아졌다. 현지는 한 마디도 놓치기 싫어 전화기를 귓가에 바싹 붙였다.

"대수대명에 대해 알아?"

"그게 뭔데요."

"남의 명을 갖고 와서 자기 명을 잇는 거야."

현지의 머리끝이 쭈뼛 섰다.

"보통 말 못하는 짐승한테 하는 굿이야. 허나 네게 내려오는 업병은 고작 그걸로는 택도 없다 하시니. 아이고, 이를 어째."

짐승보다 더 나은 존재라면 사람밖에 없지 않은가. 현지의 전신에 소름이 달렸다. 두려움 때문이 아니었다. 문 보살의 말을 듣자마자 운명처럼 스쳐 지나가는 얼굴이 있었기 때문이었다.

"내가 큰일날 소리를 한 거 같다. 그냥 잊어."

"보살님, 그런 말씀 마시고 좀만 기다려주세요. 제가 그 굿할 사람 알아요."

현지는 카페 테이블을 검지손톱으로 톡톡 내리쳤다. 여선이 도착하는 시간은 만날 때마다 조금씩 뒤로 밀려났다. 예상했던 일이지만 기다림은 여전히 고통이었다. 특히 현지의 시간이 얼마 남지 않았다고 생각하면 더더욱 그랬다. 그랬기에 현지에겐 이 순간이 중요했다. 카페 유리창에 비친 자신의 얼굴을 보고 굳은 근육을 풀어 보였다.

"현지야, 미안해. 내가 또 늦었지."

여선이 숨을 몰아쉬며 들어왔다. 보풀이 인 가디건, 낡았지만 깨끗한 흰 운동화. 여선은 이번에도 같은 옷차림이었다.

여선이 현지를 보고 멈칫했다.

"현지야, 너 안색이 좀 안 좋아 보여. 괜찮은 거지?"

현지는 손으로 얼굴을 만졌다. 이제는 두꺼운 화장도 소용없는 모양이었다.

"뭐… 곧 알게 될 거야. 넌 이번에는 무슨 일 있었던 거니."

"내가 진짜 진짜 빨리 오려 했는데 요양보호사 일하던 중에 담당한 어르신이 갑자기 넘어지셔서… 보호자분께 연락드리고 하다 보니까 늦게 됐어."

이번에도 진심으로 미안해하는 말투였다. 현지는 화를 낼 수도 없었다. 여선은 시간을 철저히 지키는 사람이었으나 세상이 그녀를 지각하게 만드는 것을 알고 있었기 때문이었다.

요양보호사, 마트 점원, 택배 상하차. 자는 시간을 제외하면 일만 하는 것 같았다.

"괜찮아. 너 바쁜 건 누구나 다 아는 사실인데."

여선에게서 희미한 파스 냄새가 났다.

"아, 근데 저번에 빌린 돈 있잖아. 월세 빠져나가서 아직… 나중에 꼭 갚을게."

현지는 자신도 모르게 피식 웃고 말았다. 만날 때마다 그 말도 듣고 있었다. 그러니 문득 생각하게 되어버리는 것이었다. 언제부턴가 꿈 많고 노는 걸 좋아하던 학창시절의 여선 대신, 고장나서 똑같은 말만 반복하는 로봇을 만나고 있는 건 아닐까.

"우리 돈 얘기 말고 좀 다른 얘기하자. 요새 무슨 일 없어?"

얼굴이 상기된 여선은 아이스 아메리카노를 훌쩍 마셨다. 잠시 둘 사이에 침묵이 있었다. 그러다가 여선은 종교 얘기를 하기 시작했다. 이것도 뻔하지. 현지는 눈썹을 으쓱했다.

"요즘 성당에서 목욕 봉사 시작했거든. 신부님은 쉬라고 하는데 나 아직 팔팔하고 평소에 꼭 해보고 싶던 거라. 그런데 어떤 아흔 살 할머니하고 얘기하는데 그 할머니 인생사가 너무 기구한 거야. 머리 감겨드리다가 한참을 울었다니까."

여선은 뭔가가 울컥 올라왔는지 커피잔을 들어올렸다. 뜨거운 감정을 차가운 커피와 함께 도로 삼켜버리는 것 같다.

"한참을 얘기하고 그 할머니 하시는 말이, 하느님이 자기를 꼭 천국을 보내줘야 한다는 거야. 그래서 내가 먼저 가면 꼭 제자리 맡아주세요 하니까 깔깔 웃으시는 것 있지."

벅차오른 눈동자가 이상하게 맑았다. 언젠가 올 칭찬을 경건하게 기다리는 아이 같아서 현지는 신경질이 일었다. 여선에게 따지고 타이르고 윽박지르고 싶었다.

왜 그 빚을 네가 갚아. 그 집에서 그냥 나오면 안 돼? 언제까지 바보 천치처럼 그러고 살 거니.

이미 한바탕 나눴던 대화들이었다. 그때마다 여선은 굳건한 바위처럼 말했다.

'불쌍한 사람이야. 한 번도 제대로 사랑받은 적이 없어서 그래. 나 떠나면 그 사람은 영영 혼자야.'

땅처럼 묵묵하고, 짓밟혀도 짓밟힌지 모르는 채 살아갈 수 있는 사람. 현지는 문 보살에게서 대수대명에 대해 들었을 때 여선밖에 생각나지 않았다.

"내가 만나자 한 건 너한테 좋은 기회가 왔기 때문이야. 아니, 우리 모두에게 좋은 기회라고 해야 하나."

"너 또 무당집 다녀온 건 아니지?"

현지는 뜨끔했다. 어떻게 알았냐고 표정으로 말한 모양이었다.

여선의 눈이 가늘어졌다.

"그쪽 관련해서 얘기할 때 나오는 특이한 말투가 있어."

"아무튼 부탁하고 싶은 게 있어. 난 시간이 필요한 상황이거든. 근데 넌 돈이 필요한 상황이잖아."

"내가 돈이 필요한 건 맞긴 한데…"

"그래서 생각한 건데 내가 너한테 돈을 주면, 넌 나한테 시간을 주는 거야."

여선은 어색한 웃음을 지었다.

"시간을 어떻게 줘. 아르바이트 같은 거야?"

"비슷해."

현지는 숨을 고르고 말했다.

"수명을 파는 거야."

여선의 얼굴에서 웃음기가 빠져나갔다.

"현지야. 무슨 소리하는 거야."

"문 보살님이 그랬어. 대수대명이라고 수명을 받는 굿을 하는 거야. 너는 내게 수명을 7년 팔아. 나는 그걸로 7년만 시간을 벌게."

현지는 여선의 상태를 알고 있었다. 여기저기 돈을 빌려 이제 빌릴 곳도 없고, 발목 인대는 아직 낫지 않아 미세하게 절뚝거렸다. 여선의 처지에서는 구미가 당기는 제안일 터였다.

"안 돼."

그러나 여선은 화가 나있었다.

"하느님이 주신 생명을 주고받는 것 자체가 말도 안 돼. 어떻게 그 무당이란 사람은 그런 제안을 할 수가 있어. 게다가 그걸 어떻게 나한테… 너 내가 저번에 죽고 싶다 했다고 이러는 거야?"

일이 꼬여갔다. 현지는 최대한 불쌍한 표정을 지어보였다.

"아냐, 여선아. 그런 거 진짜 아냐. 오히려 널 생각하니까 이러는 거지. 원금 갚으면 너 일 좀 쉬고 병원도 마음 놓고 다닐 수 있을 거 아냐. 지금도 아픈 거 티나."

"믿기지도 않는다. 그거 진짜로 믿는 거야? 내 수명이 정말 옮겨진다고?"

"넌 안 믿어도 돼! 괜찮아. 그리고 내 상황 잘 알잖아. 나 진짜 죽기 무서워. 남는 수명 좀 내게 주면 하나님이 잘했다고 하시지 벌을 주시겠어?"

현지는 여선 쪽으로 몸을 기울였다. 여선의 양손을 잡아채서 구명보트를 잡듯이 절박하게 붙들었다.

"여선아, 나 폐섬유화증 4기인데 너무 진행이 빨라. 시간이 필요해. 그때면 임상시험 끝난 약도 출시돼. 나 그거 먹으면서 버틸 수 있어."

여선의 눈이 크게 흔들렸다. 현지는 마지막으로 준비한 문장을 한 자 한 자 씹듯이 내뱉었다.

"나한테 이거 해줄 사람 너밖에 없어."

여선이 뜨거운 것이라도 만진 듯 손을 뺐다. 그러나 그녀의 눈동자는 불안감과 뿌듯함으로 흔들리고 있었다. 잠시간 둘 사이에 의도된 침묵이 존재했다.

"시간을 좀 줄래?"

그게 그녀의 마지막 답변이었다. 현지는 여선이 결국 받아들일 것이라고 직감했다. 모든 것이 순리대로 돌아가는 듯 했다. 문 보살 역시 말했다. 땅의 사주를 가진 여선에게 목 기운이 강한 현지가 뿌리내려야 한다고, 그리고 얼마 안 남은 양분을 쪽쪽 빨아먹어야 한다고. 그런 팔자라고.

"절대 먼저 연락하면 안 돼. 기다려."

문 보살의 말대로 현지는 기다렸다. 아무리 먼저 연락하고 싶어도 기다렸다.

"걔도 지켜주는 큰 분이 있잖아. 그래서 시간이 좀 걸릴 거야. 진득하게 기다려. 연락이 올 거야."

현지는 침대에 누워 있었다. 숨을 쉴 때마다 폐가 갈기갈기 찢어지는 것 같았다. 폐섬유화증이 기어코 4기 중반에 접어든 모양이었다. 폐조직이 돌처럼 굳어져 폐활량이 30퍼센트 이하일 것이었다.

저주같은 기침이 터져 나왔다. 현지는 절망에 차 신음했다. 기침이 시작되면 쉽게 멈출 수가 없었다. 목구멍에서 무언가 올라와 휴지를 입에 갖다댔다. 흰 휴지 위로 붉은 점들이 찍혀 나왔다. 현지는 휴지를 구겨서 내던졌다. 그렇게 구겨진 붉은 휴지들이 방구석에 작은 산을 이뤘다.

서러움이 차올랐다. 숨을 쉬는 게 한 번 신경 쓰이기 시작하면 온 신경이 거기에 쏠렸다. 들이마시고, 내뱉고. 들이마시고, 내뱉고. 이 단순한 행위가 이제는 거슬려서 어쩔 줄 몰랐다.

할 수 있는 게 없어 베개라도 더 높이 쌓아보았다. 누워 있으면 더 숨쉬기 힘들었다. 상체를 세워야 조금이라도 나았다.

그때 인터폰이 울렸다. 심장이 두근거렸다. 자정이 넘어 찾아올 사람은 없었다.

"누구세요."

현지는 어지러움에 벽을 짚어가며 현관으로 향했다.

꺼진 인터폰이 두 번째 울리며 손님의 얼굴을 비쳤다. 여선이었다.

"여선아."

현지는 문을 열고 나서 할 말을 잃어버렸다. 문 밖에 있는 여선은 서 있다기보다는 겨우 버티고 있는 모습이었다. 왼쪽 눈두덩이는 퍼렇게 멍들고 입술은 터져서 피가 맺혀 있었다. 구겨진 윗옷 위로 흐트러진 머리는 산발이었다.

"들어갈게."

여선의 목소리는 건조했다. 감정이 빠져나간 것 같았다. 대답을 기다리지 않고 여선은 안으로 들어왔다. 그리고는 자기 집 안방인 듯 소파 가운데에 주저앉았다.

"물 좀 줘."

현지는 부엌으로 가서 물을 따랐다. 컵을 들고 돌아왔을 때 여선은 소파에 기대어 눈을 감고 있었다.

"물 가져왔어."

컵을 건네자 여선은 두 손으로 받아들었다. 손등에도 멍이 들어 있었다. 물을 마시는 여선의 목구멍이 달게 움직였다.

"더 줄까?"

여선은 고개를 저었다. 그리고 빈 컵을 테이블에 내려놓으며 말했다.

"나 그 굿 할래."

현지의 심장이 내려앉았다.

"진짜?"

"근데 조건이 있어."

여선이 현지를 똑바로 봤다.

"뭔데?"

"나 좀 재워줘."

예상보다 별 것 아닌 말이었다. 현지는 고개만 주억거렸다. 기다렸던 일인데 기쁘지가 않았다. 여선은 더 이상 말하지 않고, 소파에 모로 웅크리더니 그대로 곯아떨어졌다.

다음날 아침에도 여선은 여전히 자고 있었다. 현지가 일어나 거실로 나갔을 때 여선은 소파에서 미동도 하지 않았다. 덮어줬던 담요는 바닥에 떨어져 있었다. 현지는 조심스럽게 다가가 담요를 다시 덮어주었다. 얼굴을 가까이서 보니 여선은 더 처참했다. 멍은 보라색에서 금색으로 누렇게 변해 있었다.

오후가 되어도 여선은 일어나지 않았다. 현지는 재택근무를 한다고 회사에 연락했다. 사실 이제 회사 일은 거의 하지 못하고 있었다. 언제 잘리든 이상하지 않을 상황이었다.

현지는 휴대폰을 꺼내 습관처럼 문 보살에게 전화상담을 했다.

"보살님, 저예요. 보살님 말씀대로 잘 됐어요."

전화기 너머로 짧은 침묵이 흘렀다. 문 보살이 길게 숨을 내쉬는 소리가 들렸다.

"그래. 잘 됐다. 이제 날 잡자."

문 보살은 길일을 잡아 아주 큰 굿판을 벌여야 한다고 했다. 악사와 보조무 등 사람도 구해야 하고 서낭당이 있는 좋은 장소도 찾아야 했다. 현지는 그 말이 귓바퀴를 타고 흘러내릴 뿐 들어오지를 않았다. 뭔가 중요한 것을 놓치고 있는데 그게 뭔지 모르는 것 같은 직감이 들었다.

"보살님."

"그래. 하고 싶은 말 있어?"

"…아니에요."

현지의 손이 통화 종료 버튼을 꾹 눌렀다.

여선은 죽은 사람처럼 잤다. 그러다 가끔 일어나 화장실에 가거나 뭔가를 먹고 다시 잠들었다. 자연스레 현지는 호기심인지 걱정인지 모를 궁금증이 들었다. 저렇게 계속 잠만 자도 되는 걸까. 그 많던 일자리는 다 그만둔 걸까. 일 말고 그만둬버린 다른 중요한 무언가가 있는 듯했다. 하지만 현지에게는 그걸 물어볼 자격이 없었다.

어느 날 아침, 현지가 일어났을 때 거실에서 소리가 들렸다. 여선이 청소기를 돌리고 있었다.

"여선아?"

"아, 깼어? 미안, 시끄러웠지."

여선은 멀쩡한 척 웃었지만 멍은 여전히 눈에 띄었다.

"신세지는 중이잖아. 청소라도 좀 하려고."

"안 해도 돼. 손님인데 뭘."

"무슨, 우리 사이에 손님이니?"

여선은 청소를 끝내고 부엌으로 갔다. 냉장고를 열어 재료를 꺼냈다.

"뭐 해?"

"내가 맛있는 밥 만들어줄게. 너 요즘 제대로 못 먹는 것 같던데, 사람이 뭐라도 먹어야 살지."

"안 해도 된다니까."

"야. 내가 하고 싶어서 하는 거니까 냅둬."

여선의 손이 바쁘게 움직였다. 재료를 씻고, 썰고, 끓이고, 차려냈다. 냄비에서 포근한 김이 올라 집 안 전체가 훈훈해졌다.

오랜만에 먹는 따뜻한 밥이었다. 김이 모락모락 나는 미역국과 쌀밥. 현지는 숟가락을 들었다. 밥알이 입안에서 뜨끈한 국물과 함께 풀어져 내렸다. 그때 목구멍에서 기침이 용솟음쳤다. 현지는 급히 손으로 입을 막았지만 음식물이 무릎 위로 속절없이 쏟아졌다. 현지의 얼굴이 서러움에 화끈거렸다.

"괜찮아?"

여선이 다가와 등을 쓸어주었다. 그녀는 행주를 가져와 현지의 무릎을 훔쳐냈다. 현지는 말없이 건네진 티슈로 입가를 닦았다.

"천천히 먹어. 급할 거 없어."

여선은 태연하게 제 밥을 먹었다. 현지는 다시 숟가락을 들었지만 손이 떨렸다. 또 기침이 나올까 봐 겁이 났다. 그후로도 현지는 고통스러웠다. 낮에는 잠깐 나아졌다가도 밤만 되면 기침이 터져 나왔다.

어느 날 오밤중, 기침 발작에 잠에서 깼다. 현지는 최대한 소리를 죽이려 이불로 입을 막았다. 멀리서 여선이 뒤척이는 소리가 들렸다. 잠을 설친 여선의 짜증난 모습이 눈에 선했다. 발소리가 들렸다. 여선이 벌떡 일어나 나가는 소리였다. 현지는 이불을 머리까지 뒤집어썼지만 기침은 멈추지 않았다. 작은 면도날들이 폐에서 춤을 추는 것 같았다.

"현지야."

여선이 현지를 불렀다. 그녀는 따끈한 머그잔을 건넸다.

"꿀물이야. 나도 예전에 기침 나면 꿀물 마시고 그랬거든. 꿀이 또 폐에 그렇게 좋대."

현지는 컵을 받아 들었다. 달콤하고 따뜻한 물이 목을 타고 내려갔다. 기침이 조금 잠잠해졌다.

"시끄럽게 해서 미안해. 잠 다 깼지."

"뭘, 그럴 수 있지. 그보다 침대가 아니라서 그럴 거야. 침대도 넓은데 그냥 같이 자."

현지는 여선을 따라가서 침대에 누웠다. 여선이 누웠던 자리가 따뜻했다.

"이렇게 누우니까 우리 경주에 수학여행 갔을 때 생각난다. 그때 게임에서 이겨서 제일 좋은 침대 우리 둘이 썼잖아."

"맞다, 그랬던 적도, 있었지."

현지는 중간중간 기침을 하며 대답했다. 시끄러울 텐데도 여선은 기침 소리가 안 들리는 것처럼 행동했다.

"그때 네가 일러스트레이터 되고 싶다고 했던 거 기억나?"

전혀 기억에 없는 말이었다. 꼭 다른 사람 얘기를 하는 것 같아 현지는 의아해졌다.

"내가? 내가 진짜, 그렇게 말했다고?"

"응. 나는 시인이 되고, 너는 일러스트레이터 되자고 했잖아.

그래서 같이 동화책 같이 만들기로 했었는데 그렇구나. 기억 안 나는구나…"

현지는 침묵했다.

"정말, 기억이, 안 나."

여선이 어둠 속에서 한숨짓듯 웃었다.

"기억 못 하는 게 나을 수도 있지."

"아직 눈 뜨면 안 돼요."

보조무가 현지의 눈에 두른 천이 까슬거렸다. 현지는 억지로 심호흡했다. 가슴이 들썩였지만 몸의 긴장은 풀리지 않았다.

문 보살의 쇳소리 나는 부정경이 신당 앞마당을 가로질렀다.

"천상부정 지하부정 원가부정 근가부정 멀고 가까운 부정 물러가라. 동방청제 남방적제 서방백제 북방흑제 중앙황제 살펴 주소서. 문밖 부정 들안 부정 들밖 부정 골목 부정 허공 부정 물러가라."

뒤이어 칼 부딪치는 소리가 났다. 금속이 부딪치며 현지의 머리 위에서 한 번, 귀를 지나 명치에서 한 번, 오금에서 한 번 울렸다. 칼 소리는 저 멀리로 가더니 다시 세 번의 울림이 들렸다.

여선이 거기에 있다. 현지는 깨달았다.

몸이 저절로 움직였는지 보조무가 현지 양팔을 꽉 눌러붙잡았다. 손톱이 피부를 파고들었는데 어쩐지 그 아린 감각이 익숙했다.

문 보살이 우루루루 하고 새가 우짖는 듯한 소리를 냈다. 칼방울 소리가 고막을 터질 듯이 메웠다. 곧이어 눈가에 매인 천이 풀어지더니 한낮의 뙤약볕이 현지의 눈동자에 쏟아졌다.

현지는 눈물을 줄줄 흘리며 앞을 봤다. 오른편에 악사 넷이 신들린 듯 악기를 연주하고 있었다. 왼편에는 돼지머리를 중심으로 전, 과일, 시루떡이 탑처럼 쌓인 진설상이 보였다. 가운데에서는 문 보살이 굿판을 장악하고 있었다. 붉은 장삼과 오방색 띠를 두른 채, 허리를 꺾고 팔을 비틀며, 무언가를 불러내듯 무언가를 내쫓듯 몸을 흔들었다.

버드나무처럼 흐느적거리다가 다음 순간 용수철처럼 튀어오르는 자유분방한 움직임이었다. 마치 신이 몸속에서 뛰놀고 있는 것 같았다.

그 너머에 여선이 있었다.

붉고 푸르고 노란 천이 축 늘어진 서낭당 기둥에 여선이 묶여 있었다. 삼베옷 차림에 끈으로 팔이 고정되어 있었고, 고깔 아래로는 입만 겨우 드러났다. 가슴에는 노란 종이 한 장이 붙어 있었다.

金賢智
一九九六年 七月 八日生
午時生
甲木 日干
無水四柱
火剋木

현지는 자신의 생년월일과 사주가 적힌 종이가 덜덜 떨리는 것을 보았다. 멀리서 봐도 여선은 사시나무처럼 떨고 있었다. 현지 역시 다리가 떨렸지만 멈출 수는 없었다. 돌아갈 곳이 이제 없었다.

"허허이야!"

문 보살이 소리쳤다.

"살릴 명 줄을 불러오고, 거둘 명 줄을 걷어오니!"

현지의 등허리를 누군가 탁 쳤다. 보조무인지 바람인지 알 수 없었다.

"숨 한 올로 명을 잇고, 피 한 방울로 생을 묶소!"

발이 저절로 움직였다. 현지는 여선을 향해 걸어갔다.

"이 몸이 대신 앓고, 저 몸이 대신 살게 하옵소서!"

신기하게도 속이 편했다. 며칠을 달라붙어 떨어지지 않던 기침이 단 한 번도 나지 않았다.

"살숨을 옮기고 죽숨을 거둬, 새로이 이어진 명줄을 허락하소서!"

현지는 여선 앞에 섰다.

"하나!"

북이 땅을 울렸다. 현지는 제물의 관자놀이부터 뺨까지를 양손으로 움켜잡았다. 고깔 아래의 입에서 나오는 숨을 온 힘을 다해서 들이켰다.

"둘!"

꽹과리가 하늘을 찢었다. 자신의 숨에 모든 병마와 탁기를 담아, 현지는 제물에게 불어넣었다. 다 가져가라, 다 가져가라 하고 현지는 감사와 저주를 담아 기원했다.

"서이!"

장구가 사람을 뒤흔들었다. 제물은 덜덜 떨면서 숨을 헐떡였다. 호흡이 불안정했다. 현지는 떨리는 제물의 머리를 더 세게 움켜쥐었다. 느낄 수 있었다. 제물에게서 뭔가가 흘러들어오고 있었다. 그것은 형태를 확실히 잡을 수 있는 따뜻하고 완전한 무언가, 현지에게는 이제 더 없는 무언가였다.

"너이!"

징이 천지신명에 닿을 듯 울어제꼈다. 현지는 속 깊숙한 데서 온갖 나쁜 기운이 뽑혀나가는 것을 느낄 수 있었다. 그것을 한데 모아 호흡을 통해 넘겼다. 현지와 제물의 명이 한데 섞이고 어우러져 뒤바뀌고 있었다.

"다섯!"

그때 현지는 양손이 축축해지는 것을 느꼈다.

여선이 울고 있었다.

고깔 밑으로 짧은 훌쩍임이 새어 나왔다. 그때 현지의 가슴께에서 오래 묵은 기침이 올라왔다. 현지는 토하듯 기침을 내뱉었다. 기침에는 여선이 만든 미역국 같은 비릿한 향이, 밤마다 데워주던 꿀물 같은 단내가 났다.
 여섯.
 기침 끝에 뜨거운 응어리가 따라붙었다. 피였다. 시뻘겋게 달아오른 핏덩이가 현지의 입에서 줄줄 흘러내리고 있었다. 여선의 삼베 옷과, 사주가 적힌 대수대명대신이 푹 젖었다.
 일곱.
 악기 소리가 우레처럼 뒤엉켜 들렸다. 그 뒤를 삼키는 어둠 속에서 현지는 정신을 잃었다.

 현지가 눈을 떴을 때는 병원이었다. 근육이 빠진 팔에 링거 바늘이 꽂혀 있었다. 투명한 액체가 뚝, 뚝, 뚝, 일정한 간격으로 떨어졌다.
 그녀는 무심코 크게 심호흡을 했다. 들이마시고, 내쉬었다. 기침이 나오지 않았다. 현지는 다시 한 번 깊게 숨을 들이켰다. 공기가 막힘없이 폐 안을 채웠다. 쇳가루 같은 이물감도, 면도날이 긁는 듯한 예리함도 없었다.
 간호사가 들어왔다. 밝은 목소리로 말했다.
 "깨어나셨네요. 일주일이나 누워 계셨어요."
 일주일. 현지는 탄식했다. 일주일은 너무 길었다. 그동안 무슨 일이 있었을까. 굿판은 제대로 끝난 건가. 문 보살은 뭐라고 했나. 여선은 괜찮은 건가.

그녀는 핸드폰을 찾았다. 침대 옆 사물함에 놓여 있었다. 부재중 전화가 여러 통 도착해 있었다. 회사, 회사, 모르는 번호, 회사. 여선이나 문 보살에게서 온 전화는 없었다.

현지는 손가락을 움직여 익숙한 번호를 눌렀다. 문 보살이라는 글자가 액정에 떴다.

"전화를 받을 수 없어 소리샘으로 연결합니다."

현지는 전화를 끊고, 다시 걸었다.

"전화를 받을 수 없어 소리샘으로…"

한 번도 이런 경우가 없었다. 문 보살은 항상 신호음이 세 번 울리기 전에 전화를 받았다. 휴일에도 새벽에도 예외는 없었다.

"다 괜찮을 거야."

현지는 두근대는 심장에 손을 얹었다. 토닥토닥 두들기면서 문 보살의 어투로 주문처럼 읊조렸다. 다 괜찮을 거야.

잠시 후 현지는 여선에게 전화를 걸었다. 입으로 손톱을 뜯으면서 전화를 받기만을 기다렸다.

"전화를 받을 수 없어…"

손톱에 피가 맺힐 만큼 전화를 걸었다. 돌아오는 대답은 없었다.

여선이 다니는 요양보호원 전화번호를 눌렀다. 다행히 원장이 전화를 받았다.

"저 여선이 친구인데요. 혹시 여선이랑 연락되시나요?"

침묵이 흘렀다.

"지여선 씨 말하는 거죠? 여기 일한 지 1년 차 되는."

"네, 맞아요."

"그분 며칠 전에 사고로 돌아가셨어요."

현지는 아무 말도 하지 못했다.

"여보세요?"

원장의 목소리가 들렸지만 대답할 수 없었다.

"정말 좋은 분이었는데 갑자기 교통사고를 당하셔서는…"

현지는 천천히 고개를 끄덕였다. 전화 너머로는 보이지 않는데도 고개를 끄덕였다.

"장례식장 아직 하고 있을 거예요."

"어디… 어디서요?"

목소리 끝이 갈라졌다.

"J대병원 지하 1층일 거예요."

현지는 택시를 탔다.

기사가 뭐라 말을 걸었지만 대답하지 않았다. 창밖 풍경이 흘러갔다. 신호등, 건물, 사람들. 모든 게 비현실적으로 느껴졌다.

택시에서 내린 현지는 병원 장례식장으로 들어갔다. 지하로 내려가는 문을 열자 계단이 나왔다. 형광등 불빛이 차갑게 빛났다. 한 층, 두 층, 계단을 따라 내려갔다. 장례식장, 흐느적거리는 걸음으로 1호실, 2호실의 모르는 이름들을 지나쳤다.

3호실, 지여선.

검은 글씨가 하얀 팻말에 붙어 있었다. 현지는 그 앞에서 멈춰 섰다. 팻말을 오래 바라봤다. 글자들이 흐릿해졌다. 눈을 깜빡였다. 다시 선명해졌다. 여선의 이름은 여전히 거기에 있었다.

문을 밀었다. 빈소는 조용했다.

조문객이 거의 없었다. 의자들만 덩그러니 놓여 있는 와중에 몇 없는 조문객들의 속삭임이 들렸다.

"그렇게 착한 애가…"

"아직 한참 젊은데 참…"

현지는 분향소로 다가갔다. 영정 사진 속에서 여선이 그녀를 반겨줬다. 익숙한 가디건을 입고, 수줍게 웃고 있는 모습은, 살아 있을 때와 그대로였다.

반쯤 무의식적으로 현지는 향을 집어 들었다. 손이 떨렸다. 라이터를 켜려 했지만 힘이 들어가지 않았다. 마지막 시도에 겨우 불이 붙었다. 향 끝에 불을 댔다. 연기가 피어올랐다. 향로에 향을 꽂았다. 헛구역질이 올라왔다. 굿할 때 맡았던 향과 똑같은 냄새였다.

"당신이 어떻게 여길 와!"

목소리가 날아왔다. 여선의 어머니였다. 현지는 자신이 지목된 건 줄 알고 심장이 떨어졌다. 하지만 여선의 어머니는 어떤 남자를 향해 있었다.

"죄송합니다. 정말 드릴 말씀이 없습니다…"

남자는 연신 허리를 숙였다.

"죄송하다고 해서 우리 딸이 살아 돌아와? 죄송하다고!"

여선의 어머니가 남자의 가슴을 떠밀었다. 남자는 비틀거렸지만 피하지 않았다.

"정말… 정말 죄송합니다."

남자의 목소리가 떨렸다.

"근데…"

남자가 고개를 들었다. 눈물 맺힌 눈이 억울함으로 충혈되어 있었다.

"근데 정말… 피할 수 있었는데 그분이 안 피한 거 맞다고요. 브레이크 밟았는데… 그분이 그냥 저를 똑바로 보면서…"

집으로 돌아오는 길은 잘 기억나지 않았다. 택시를 탔던 것 같기도 하고 걸어왔던 것 같기도 했다. 골목 어귀에서 현지는 갑자기 기침을 했다.

어째서.

한 번 시작한 기침은 멈추지 않았다. 가슴이 조였다. 폐 속 어딘가가 찢어진 것 같았다. 현지는 벽을 짚었다. 공기를 들이마시려 했지만 폐가 부풀지 않았다. 기침이 터져 나왔다. 현지는 그대로 무릎이 꺾여 길바닥에 주저앉았다. 시야가 흐려지고 세상이 기울어졌다. 그녀의 몸이 옆으로 쓰러졌다.

눈을 떴을 때는 어둠이었다. 현지는 몸을 일으켰다. 저 멀리 무언가가 빛나는 것을 향해 홀린 듯이 걸어갔다. 가까워질수록 빛은 형태를 띠었다. 여자의 형상 같았다.

더 가까이 가자 형태가 뚜렷이 드러났다. 붉게 달아오른 그것은 뜨거운 공기 사이에서 철 냄새가 났다. 사람이 아니었다. 쇳덩이였다.

시뻘겋게 달아오른 쇳덩이가 눈앞에 드러나 있었다. 어릴 적부터 꿈에서 보이던 그것이었다. 처음에는 미지근한 모래알 같던 그것이, 따뜻한 자갈로 변하고, 뜨거운 돌덩이로 화해, 이제는 불타는 쇳덩이가 되어 현지를 똑바로 바라보고 있었다. 느낄 수 있었다. 그것에는 현지를 향한 눈, 코, 입이 존재했다.

현지는 기듯이 걸어갔다. 나뭇가지가 자라나듯이 양손이 뻗어 나갔다. 고기 익는 냄새와 타들어 가는 열감이 생생할 것이었다. 자신도 모르게 비명을 지를 터였다. 하지만 현지에게 다른 길은 없었다. 이제 남은 게 이것밖에 없다.

그것을 껴안았다.

온몸이 불탔다.

숨이 타들어 갔다.

변주된 로망스를 위하여

인챌라

그대는 내가 누구이며 무엇을 뜻하는지 거의 알지 못하겠지만
그래도 나는 그대에게 좋은 건강이 될 것이며
그대의 피를 걸러주고 살이 되리라
— 월트 휘트먼 「나 자신의 노래」

서윤

슥.

아침마다 잠결에 들려오는 선명한 소리에 집중한다. 슥슥슥. 또각. 슥슥슥. 또각. 일정하게 반복되는 음. 같은 패턴일까? 음악이라고 하기에는 너무 단조롭다. 저절로 떠진 눈이 천장을 향한다. 구석에 하얀 곰팡이. 어디에서 온 걸까? 한참 멍하니 있다가 밤새 뒤척이던 단아를 생각하며 일어난다.

늘 같은 시간이다. 매주 배달되는 흰 상자. 우리 집에도 옆집에도 문 앞에 동일한 규격의 매끈한 상자가 놓여 있다.

지금 당장 확인할 필요는 없지만 상자를 수거하는 일만은 늦추고 싶지 않다. 어제 입고 잔 빛바랜 옷 그대로 현관을 나선다. 반팔 티 아래로 차가운 공기가 스친다. 오톨도톨 올라온 소름. 언제까지 계속될까. 슬리퍼 소리에 단아의 어깨가 움찔한다.

"엄마?"

"응, 더 자라. 택배가 왔을 뿐이야."

입안에 오래 잠겨 있던 말이 마르고 갈라진 소리로 나온다.

쓰윽.

현관문을 밀어내니 하얗고 매끈한 모서리, 두 뼘 크기의 상자가 발치에 놓여 있다. 그 위의 파란 글씨가 눈을 찌른다.

- 오늘도 안정된 하루를
- StableLife™ Microbiome Optimizer
- 미생균 수치 97.3 달성률 - 전국 상위 15%

기나긴 복도 끝까지 줄지어 배달된 상자들. 오늘도 나는 맨 처음으로 상자를 받아든다. 뒤로 돌아서는 순간, 어느 집이 빠졌을까. 하얀 이가 빠지듯 빈 배열의 틈새가 보인다. 인기척이 없는 집. 1207호. 단아 친구 해정이네 집이다.

복도 끝에서 누군가 걸어온다. 정장 차림의 남자. 깔끔하게 빗어 넘긴 머리. 손에 든 투명 패드. 본능적으로 상자를 가슴에 안는다. 남자가 1207호 앞에 서서 문패를 확인하고 투명 패드에 무언가를 적는다. 고개를 들어 나를 본다.

"안녕하세요. 105동 거주민이시죠?"

건조하고 메마른 목소리로 미소를 짓고 있다.

"…네."

"StableLife™ 보건 관리팀 박재현입니다. 1207호 거주자 모니터링 중인데, 혹시 최근에 보셨나요?"

고개를 젓는다.

"일주일 넘게 못 봤어요."

박재현은 다시 투명 패드를 들여다본다. 손가락이 화면을 스치자 빨간 경고등이 깜빡인다.

"투여 거부 가구네요."

그는 내가 안고 있는 상자의 파란 글씨를 보고 미소 짓는다.

"오늘 치 분은 받으셨군요. 좋은 하루 보내세요."

박재현은 돌아서서 복도를 걸어간다. 또각. 또각. 정확한 박자. 1207호의 닫힌 문을 본다. 쌓인 상자들이 문 앞을 가득 메운다.

해정은 늘 예의 바른 아이였다. 단조로운 옷차림에 운동화 뒤축은 닳아서 다른 친구들보다 작아 보였다. 복도를 걸어갈 때면 고개를 숙이고 벽을 타고 스치듯 지나갔다. 혹여 본인의 모습이 들키는 것이 두려운 듯 그렇게 조용히.

학교에 적응하지 못하고 점점 말수가 줄었다고 했다. 선생님은 성격이 조용한 아이라 그렇다며 웃었다. 해정이네 부모는 집에서는 괜찮다며 고개를 끄덕였다. 그 집 앞에 하얀 상자가 쌓이기 전까지는 특별한 점이 없어 보였다.

그러나 어느 날부터인가 같은 시간에 어김없이 마주쳤던 해정의 모습이 보이지 않았다. 문틈으로 새어 나오던 형광등 빛도, 쓰레기봉투가 놓이던 자리도 멎었다. 이틀째, 사흘째에도 1207호의 문은 닫혀만 있었다.

상자가 쌓일수록 하얀 표면 위에 적힌 파란 글씨가 겹쳐 보였다. 미뤄둔 숙제를 포기한 듯 해정이네의 상자들은 흰 복도에 번진 푸른 얼룩처럼 지워지지 않았다. 나는 아침마다 해정네 문 앞 상자를 정리해주며, 몇 번이나 노크를 할까 망설였다. 그래도 단아 친구인데… 별일은 없겠지. 한 달 전 관리실에서 찾아온 사람을 문틈 뒤로 숨듯 피하던 해정 부모의 얼굴이 떠올랐다.

"그래. 굳이"

그날 오후, 단아가 학교에서 돌아왔다. 단아의 어깨가 어제보다 처져 보였다. 머리는 중력에 끌리듯 숙여져 있었다.

"엄마, 해정이가 오늘도 학교에 안 왔어."

"많이 아픈가 보네."

"아니… 해정이 엄마가 단톡방에 올렸대. 재활센터 갔다고."

내 손이 멈췄다. 재활센터. 그 단어를 듣는 순간, 왠지 알 것 같았다. 갈 수는 있지만 돌아올 수 없는 곳.

그래, 그곳에 가는 것은 해정이네의 선택이었을까?

퍼즐처럼 맞붙은 회색 단지. 어느 층, 어느 동을 바꿔치기해도 달라질 것 없는 풍경. 획일화된 모양의 수십 억짜리 고액 아파트들이 바벨탑을 흉내내듯 우후죽순 솟아올랐다.

정부가 20년 장기전세와 반값 분양을 내걸었을 때, 사람들은 각자의 희망을 품고 이곳으로 몰려들었다. 20년 뒤엔 분양 전환, 아이들을 키운 이곳에서 우리도 집을 갖게 되겠지. 그러나 시간이 흐를수록 분양가는 손에 닿지 않는 먼 곳으로 멀어졌고, 누구도 그 가격을 예측하지 못했다.

경제 논리에 발목 잡힌 이들만 이 아파트를 지키고 남았다. 나 역시 진석이 부동산 사기를 당하기 전까지만 해도 이곳을 신혼 초 잠시 머무는 안식처라 여겼다. 아이가 자랄수록 분양아파트와 임대아파트 간에는 보이지 않는 선들이 생겨났고, 그렇게 남겨진 사람들처럼 우리도 이곳에 머물렀다.

진석이 마지막으로 집에 온 건 여섯 달 전이었다. '이번 해만 지나면 돼.' 그는 네 번째 반복하고 있었다. 그러나 급여 명세서를 들여다볼 때마다 가슴이 먹먹해졌다. 잔업 수당, 특근 수당, 위험 수당. 온갖 수당을 더해도 이 25평 임대 아파트를 사기에는 턱없이 모자랐다.

그는 12시간, 14시간을 쉬지 않고 일했다. 시간을 아끼기 위해 패스트푸드와 고열량 음식으로 끼니를 때우고, 말투는 점점 메마르고 거칠어졌다. 그러다 어느 순간 연락이 뜸해졌고, 마치 집에 오고 싶다는 감정마저 잃어버린 듯했다.

혹시 StableLife™ 캡슐을 먹었을까. 무감각하게 변해 가는 그가, 나는 불안하다.

새로운 바이러스가 묻기라도 할 듯 엄지와 검지만을 이용해 상자를 들었다. 집으로 곧장 들어가 수납장 맨 위를 살폈다. 이미 흰 상자로 가득 찬 공간 사이의 틈을 찾아가며 밀어넣었다. 먼지 쌓인 깊은 곳에 하얗고 반듯한 상자들이 칸마다 쌓여 있었다.

지난주 것, 지지난주 것, 3개월 치, 6개월 치. 숫자 대신 간격이 좁아진 숨처럼 차곡차곡 쌓여 있었다. 나는 한 번도 그 속의 물건을 꺼내지 않았다. 늘 그랬듯 다시 수납장 문을 닫아버렸다.

그 상자들을 보며 첫 배달이 떠올랐다.

2055년 11월.

StableLife™ 상자가 처음 배달된 날이었다. 정부는 이를 전 국민 무료 배포 시범 사업이라고 발표했다. 국민 정신건강의 평준화를 위한 조치라며, 사회적 갈등과 불안을 해소할 것이라는 설명을 덧붙였다.

캡슐이 보급되자 상황은 눈에 띄게 달라졌다. 분노에 휘둘리던 시위 군중도, 이유 없는 폭력 사건도 줄었고, 청년 우울로 인한 극단적 선택 역시 급격히 감소했다. 사람들은 사회문제를 해결할 완벽한 치료제라며 무료 배포 확대를 반겼다.

그러나 배포의 전 과정은 정부 보건 네트워크망에 기록되기 시작했다. 복용자의 모든 생체 정보는 물론, 투여를 거부한 사람들까지 '위험 감염 대상자'로 분류되어 감시 명단에 올랐다. 아파트 홈 시스템은 매달 건강검진과 모니터링 결과 제출을 요구했고, 거부할 경우 즉시 경고 알림이 울렸다.

나는 이해할 수 없었다.

왜 모두가 반드시 복용해야 하는지.

왜 다양한 감정이 지워진 자리마다 똑같은 미소만이 남아야 하는지.

무심히 뜯겨진 상자 안에는 가족 수만큼 복용할 수 있는 캡슐이 투명 소재 안에 들어 있었다. 매끈한 손톱을 끼워놓은 듯 안전하게, 흔들림 없이 균일하게 배열되어 있었다.

깨알같이 작은 글씨로 적혀 있는 설명서에는 복잡한 과학 용어들이 가득했다.

- 장내 미생물 최적화
- 세로토닌 생성 조절
- 스트레스 반응 개선

나는 장황하게 써내려간 설명서를 훑어보았다. 굳이 이걸 먹어야 할까? 인간의 감정은 스스로 조절할 수 있는 게 아닌가? 감정에 기복이 있는 건 당연한 게 아닐까?

의문이 들수록 이 작은 매끈한 것들을 받아들일 수 없었다.

캡슐의 냉기가 손가락 끝에 닿는 순간, 25년 전 피아니스트를 꿈꾸던 대학입시 실기 시험장이 떠올랐다.

단 한 번의 실수로 1년을 묵힐 수도, 아니 다시는 기회가 오지 않을 수도 있다는 불안감에 신경안정제를 기준치보다 높게 복용했다. 두근거리는 심장이 고요해졌다. 세상의 모든 것이 떨릴 것 같던 움직임도 피아노 건반 앞에 앉은 순간 단조로워졌다.

〈로망스 드 아모르〉 스페인 어느 마을의 민요, E단조. 기타로 치면 슬프고 피아노로 치면 외로운 곡, 그 외로움을 떠받치는 화려한 반주가 힘을 내주어야 했다.

변주의 아름다움.

나는 그 곡을 사랑했다. 같은 멜로디를 어떻게 해석하느냐에 따라 빠르고 경쾌해지기도, 느리고 애절해지기도 했다. 강렬한 외침이 되기도 속삭임이 되기도 하는 곡. 하지만 그날, 내 손가락은 악보를 정확하게 따라갔다. 템포를 지켰다. 박자를 놓치지 않았다. 연주가 끝났을 때 심사위원들의 표정은 무덤덤했다.

나는 알고 있었다. 모든 변주를 잃어버렸다는 것을. 말끔히 다듬어진 곡으로 변해 있었다는 것을.

망각된 변주.

숨이 없었다. 거친 음이 사라진 리듬. 이건 음악이 아니라고. 이건… 통제라고.

그날의 기억이 손끝에서 되살아났다. 나는 캡슐을 내려놓았다. 진석이 물었다.

"왜 안 먹어?"

"…이상해."

"뭐가?"

나는 그에게 설명할 수 없었다. 캡슐에서 단조로움이 느껴진다 하면 미쳤다고 할 것이다.

"그냥… 느낌이 안 좋아."

"정부에서 주는 건데 괜찮을 거야."

"먹지 마. 단아도 절대 먹이지 말고."

진석은 예민해진 나를 어이없다는 듯 바라봤다. 하지만 공포에 떨고 있듯 흔들리는 내 눈빛을 마주한 순간 그냥 포기한 듯 했다.

"…알았어."

이웃들도 처음에는 나처럼 반대하거나 무시하는 사람들이 있었다. 하지만 한 해, 두 해. 복용하는 사람들은 늘어만 갔다.

1201호 박 과장. 만년 과장.

그는 매일 아침 엘리베이터 앞에서 부동산 앱을 들여다봤다.

"오늘도 또 올랐네."

혼잣말이 점점 작아지더니 어느 날부터는 들리지 않았다.

1203호 청년. 취업 5년 차.

"형, 제 월급으로 이 동네 오피스텔 전세도 안 돼요."

복도에서 전화하던 목소리가 들렸다. 그 다음주부터 그도 미소를 짓기 시작했다.

1205호 편의점 주인.

알바비가 없어서 하루 16시간을 혼자 일했다.

"월세가 또 올랐어요."

그는 투덜대다가 어느 날부터 조용해졌다.

2주 후.

그들의 입가에는 호를 그리듯 일정하게 올라간 입꼬리가 자리 잡았다. 목소리 톤은 감정을 숨기듯 일정하고 맑게 바뀌었다.

사람마다 특유의 발소리만 들어도 그 사람을 알아본다고 했던가? 이제는 제각각이었던 박 과장의 무거운 구두소리, 청년의 질질 끄는 운동화, 편의점 주인의 빠른 슬리퍼 소리마저도 모두 같은 박자로 움직였다.

나는 신발장 앞에 서서 귀를 기울였다. 아침 7시 32분. 건물 전체가 깨어나는 소리. 메트로놈처럼 정확하게 모두가 일제히 문을 열었다. 단체 군무를 나온 병정들처럼 보폭이 자로 댄 듯 균일하게 같은 속도로 걸었다.

나는 귀를 의심했다. 사람들이 음악처럼 움직인다. 아니, 음악이 사람을 움직인다. 변주가 빠진 단조로운 리듬으로.

어느 날 저녁 나는 1207호 앞을 지나가다 멈춰섰다. 문 아래로 푸르스름한 빛이 새어 나왔다. 나는 몸을 숙여 문틈을 들여다봤다. 그림자가 천천히 움직이고 있었다. 빛은 맥박처럼 일정한 간격으로 깜빡였다. 한 번, 두 번, 세 번. 복도 끝에서 형광등이 지직거리며 불안정한 전류 소리를 냈다.

나는 급히 몸을 일으켰다. 1209호로 돌아가 문을 닫았다. 심장이 두근거렸다.

변화가 시작되고 있었다.

하지만 그날 밤, 천장에서 웅웅거리는 소리가 들렸다. 환기구였다. 평소와 다른 저음. 공기가 흐르는 듯한. 나는 천장을 올려다봤다. 구석의 하얀 곰팡이가 어제보다 커져 있었다.

단아

단아는 새벽 3시, 엄마의 얼굴이 떠올라서 잠이 들 수가 없었다. 어딘가 넋이 나간 모습. 엄마는 무엇을 본 것일까? 새벽까지 뒤척이다 겨우 눈을 붙였다.

다음날 학교에 갔을 때 해정의 자리는 비어 있었다. 하지만 학교는 어제와 달라진 게 없어 보였다. 선생님도 아이들도 아무도 그 빈자리를 느끼지 못하는 듯 보였다.

손끝이 떨리기 시작했다. 책상 표면이 희미하게 깜빡이며 내 심박수를 읽어냈다. 어제부터 불편하던 속이 시큼한 위액을 끌어올렸다. 귀 뒤가 후끈 달아오르며 목이 뻣뻣해졌다. 가슴을 타고 내려가는 쓰라림이 바늘처럼 쿡쿡 찔렀다. 배가 뒤틀리며 입 밖으로 묽은 점액이 흘러내렸다.

[심박수 124 bpm - 정상 범위 초과]
[집중도 37% - 학급 평균 대비 -41%]

책상마다 놓인 센서는 손바닥 사이로 흐르는 땀의 전해질 농도를 계산하기 시작했다. 수위를 높이며 붉게 번지는 글씨와 미세한 경보음이 하나둘 아이들의 시선을 끌었다. 곧장 네트워크를 타고 보건실로 오라는 담임 선생님의 메시지 알람이 떴다. 보건실은 무균 상태 유지를 위해 입구에서부터 에어 세척을 하고 내 건강정보를 스캔했다. "반 전체가 안정되어야 해. 고3이잖니."

엄마는 예전부터 이 캡슐을 버리라고 했다. 하지만 나만 다르게 보이고 싶지 않았다. 캡슐을 먹고 나서 처음엔 편안했다. 아니, 기분이 평평해지고 복도에서 해정이가 고개를 숙여 지나갈 때도 아무 감정이 일지 않았다.

2주쯤 지나자 내 발자국 소리가 달라졌다. 친구들과 완전히 같은 박자였다. 일부러 어긋나게 걸어 보려 해도 발은 스스로 리듬을 찾았다. 해정이가 교실 구석에서 혼자 도시락을 먹을 때도 체육 시간에 벤치에 허리를 움켜쥐며 홀로 앉아 있을 때도 나는 한 번도 해정에게 가서 묻지 않았다. 무슨 일이 있는지. 그냥 그런 것들이 신경 쓰이지 않았다.

내가 몰래 숨겨 둔 캡슐을 엄마가 발견한 건 한 달이 지나고 나서였다.

"당장 끊어!"

엄마가 내 방을 뒤져서 숨겨둔 캡슐을 찾아냈다. 일일이 찾아낸 것들을 다시 하얀 상자 속으로 우겨넣었다. 나는 가만히 지켜봤다. 화가 나야 하는데 그조차 귀찮아져서 침대에 누워버렸다. 나와 상관없는 일 같았다.

끊은 지 사흘째, 허리가 계속 당겨서 몸이 저절로 굽어졌다. 닷새째에는 벽이 미세하게 흔들렸다. 일주일째가 되자 머릿속에는 억울함도 슬픔도 없었다. 단 하나의 반복된 리듬만 남았다. 귀를 막아도 소리는 파고들었다.

잠을 편히 잘 수 없었다. 곧게 펴고 누우면 뱃속이 갈라질 듯 깊은 고통이 느껴졌다.

그리고 다시 새벽 3시.

답답함이 밀려왔다. 현관 센서를 지나 어두운 복도로 나갔다.

1201호, 1203호, 1205호. 파란 스티커 - StableLife™ 모범 가구. 1207호 해정이네. 빨간 스티커 - 투여 거부. 1209호 우리집. - 같은 표시.

나의 발걸음은 엘리베이터와 가장 가까운 우리집부터 복도 끝까지 이어졌다. 캡슐을 복용했을 때는 눈치채지 못했던 축축한 냄새가 발끝에서부터 코끝을 찔렀다. 흰 곰팡이 냄새였다.

나는 숨을 멈췄다.

벽 모서리의 하얀 얼룩. 환기구 틈새로 피어나는 가는 실들. 공기였다. 캡슐만이 아니라 매일 마시는 공기 자체가 문제였다. 하얀 균사체가 공조 시스템을 타고 아파트 전체로 퍼지고 있었다.

1207호 앞에 섰다. 쌓인 상자들 사이로 문틈이 보였고 그 안에서 푸른 빛이 예전보다 더 밝게, 더 빠르게 깜빡이고 있었다. 살아 있는 것처럼.

복도 끝에서 익숙한 소리가 들렸다. 그림자가 멈춰 섰다가 균일한 호를 그린 미소가 나와 눈을 마주쳤다. 점점 다가왔다. 그림자가 선명해지더니 내 발끝까지 닿았다.

나는 급하게 몸을 돌렸다. 자동 센서가 작동하기 전에 가까스로 현관문을 밀어 달았다.

해정이다.

희고 고요한 얼굴. 눈은 비어 있는 채로 우리집 현관 모니터 앞을 응시하고 있다.

드륵.

"단아야, 웃어야지. 불안을 없애줄게. 우리는 하나로 연결되어야 해."

감정 없는 목소리. 해정이의 것이 아니다.

드드득.

우리집 현관문을 긁어내는 손톱 밑은 검게 물들어 포자낭을 형성하듯 피어나고 있다.

내가 외면했던 해정.

현관문 센서로 다가가려는 순간 뒤에서 강한 힘이 나를 끌어안는다.

쿵.

"엄마!"

둔한 충돌음이 집 안 공조음에 묻혀 곧 사라졌다. 나를 감싸던 엄마 몸이 중심을 잃고 현관 대리석에 머리를 부딪힌 채 쓰러졌다. 미세하게 떨리는 손끝 사이로 검은 자국이 번져 있었다. 해정이와 똑같았다.

정신을 잃은 엄마를 일으켜 세우는데 몸이 생각보다 가벼워서 순간 가슴이 철렁했다. 언제 이렇게 된 걸까. 눈은 떠 있지만 어디를 보는지 알 수 없었다. 아니, 한 곳을 보고 있었다. 천장. 무섭게 번진 하얀 곰팡이가 있는 그곳을.

"…단아야."

"응."

"걱정 마. 엄마가 지켜줄게."

나는 대답하지 않고 엄마를 소파에 눕혔다. 언제부터였을까? 촉촉하고 부드럽던 엄마 손은 점점 까매지고 굳어져서 차갑게 메말라 있었다. 현관 센서가 깜빡이기 시작하더니 빨간 글씨가 줄지어 떴다가 사라졌다.

[심박수 43 bpm - 위험]
[체온 35.2℃ - 저체온]
[미생균 수치 23.4 - 급감]

나는 센서 전원을 찾아 급히 차단시켰다. 경고음이 한 번 더 울리다가 끊어졌다. 찾지 못한 또 다른 센서가 울릴까 불안했다. 아니, 적막한 고요가 무서웠다. 혼자 있는 내가 무서웠다. 엄마마저 없어질까봐. 천장 환기구는 날뛴 숨으로 거칠게 돌고 있었다.

피아노를 치던 예전의 엄마는 자유로워 보였다. 얽매이지 않은 감정이 있었다. 슬플 때는 위로하듯, 복받치는 감정이 떠오를 때는 폭풍처럼. 움직이던 엄마의 손. 엄마 손이 다시 움직여 생기가 돌아오길.

다음날부터 나에게도 증상이 시작됐다.

아침에 일어나니 허리가 뻐근했다. 책상 앞에 앉으면 등이 저절로 구부러졌고, 바로 펴려 해도 배와 허리에 힘이 없어 금방 다시 굽었다. 거울을 보니 손톱 끝에 희미한 검은 선이 보이기 시작했다. 어제는 없었던 것이었다.
학교 선생님한테서는 매일 메시지가 왔다.

[출석 미달 경고]
[건강 이상 의심 - 면담 요청]

답장하지 않았다. 엄마를 두고 갈 수 없었다.
결석한 지 나흘째 되던 날, 나는 온라인 수업을 신청했다. 화면에는 나를 대신할 아바타를 세워놓았다. 수업 중 민서가 개인 메시지를 보냈다.

[단아야, 괜찮아? 며칠째 안 보이네.]
나는 한참을 화면을 보다가 답장을 했다.
[응. 괜찮아. 엄마 아파서.]
[많이 아파? 병원은 갔어?]
[…응.]

거짓말이었다. 병원에 가면 바로 격리될 게 뻔했다. 해정이처럼. 민서는 눈치챈 듯 더 이상 묻지 않았다. 해정이에게 그랬던 것처럼. 그들은 아무렇지도 않았다.
일주일쯤 지났을까.

집 앞에 쌓이는 하얀 상자를 이제는 정리해야겠다는 생각이 들었다. 늘 그랬듯 수납장을 열었다. 와르르. 문을 열자마자 상자들이 바닥을 덮었다. 도대체 언제부터 여기에 있었을까? 끝없이 쏟아져 나오는 상자들 위로 파란 라벨의 숫자가 눈에 띄었다.

87.4, 89.1, 90.3, 91.8, 93.2, 95.2, 97.3…

매일 기록하는 엄마의 노트를 꺼냈다. 엄마 필체로 날짜들이 빼곡히 적혀 있었다. 환기 점검일. 나는 상자 날짜와 대조하며 그래프를 그렸다. 완만하게 상승하는 곡선이 그려졌지만 몇 군데 급격하게 치솟는 구간이 있었다. 마치 계단처럼. 그 날짜들이 모두 환기 점검일과 일치했다.

책상 서랍 속에는 오래된 고지서들과 함께 다른 서류가 있었다.

105동 재건축 사업 설명회주민 동의율 현황
- 8월 47.3%, 9월 58.9%, 10월 68.9%

나는 두 그래프를 나란히 놓고 비교했다. StableLife™ 수치가 오르는 시기와 재개발 찬성률이 오르는 시기가 완벽하게 겹쳤다. 선 하나가 올라가면 다른 선도 올라갔다.

똑같은 리듬의 패턴이었다.

나는 천장을 올려다봤다. 구석에 번진 하얀 곰팡이가 A4 용지만큼 커져 있었고, 환기구 주변이 특히 짙어져서 검은 포자 씨앗 같았다. 가지처럼 뻗어 일정한 모양을 그리고 있었다. 환기구 쇠

창살 틈 사이로 어둠만 보였지만 서늘한 공기가 계속 들어오고 있었다. 나는 손을 뻗어 환기구 가장자리를 만졌다. 손가락 끝에 하얀 가루가 묻어 나왔다. 마치 그 가루가 살아 움직이는 것 같았다.

열흘째가 되던 날, 나는 아빠에게 메시지를 남겼다.

4년 전 아빠는 지방 공장으로 발령받았다. 처음 몇 달은 매일 영상통화를 했다. "다음주엔 갈게", "이번 달만 지나면." 하지만 초과 근무가 늘어나고, 잔업이 의무화되고, 주말 특근이 기본이 되면서 연락 간격이 벌어졌다. 한 달에 한 번, 두 달에 한 번. 설날에도 "공장 돌려야 해서"라는 메시지만 왔다. 크리스마스마저도.

[아빠. 엄마 많이 아파. 집에 와야 돼.]

메시지는 전송됐지만 읽음 표시가 뜨지 않았다. 아빠 근무지는 통신도 제한되는 모양이었다. 아니면 읽을 시간조차 없거나.

옆방에서 엄마의 가느다란 숨소리가 들렸다.

열이틀째 저녁 7시, 초인종이 울렸다.

나는 인터폰을 확인했다. 정장 차림의 남자가 투명 패드를 들고 서 있었다.

"1209호 맞으시죠?"

내가 말리려 했지만 엄마가 소파에서 일어나 앉았다.

"엄마, 내가 할게."

"아니야. 엄마가 나가야 돼."

엄마는 비틀거리며 현관으로 나가 문을 열었다.

박재현이 들어오면서 홀로그램 명함을 허공에 띄웠다.

박재현 / 도시재생개발공사 시스템 설계부 /
105동 재건축 프로젝트 총괄 / StableLife™ 통합관리자

그는 거실을 둘러봤다. 바닥에 흩어진 상자들을, 내가 그린 그래프를, 두 개의 곡선이 겹쳐진 종이를 봤다. 엄마 노트를 집어 들어 펼쳤다. 노트에 담긴 필체와 통계표를 읽어 내려가던 그의 눈빛이 아주 미세하게 흔들렸다. 그는 그래프를 읽는 눈동자가 멈추지 않는 와중에도, 단 한 번, 아주 짧게 숨을 들이쉬었다. 그리고는 아무 일 없었다는 듯 고개를 천천히 끄덕였다. 그리고 투명 패드를 켰다. 화면에 엄마와 내 이름이 떠 있었고, 옆에 숫자와 단계 표시가 있었다.

서윤 - 3단계 후기 / 단아 - 2단계 중기

"입소 대상자입니다."

박재현이 엄마를 봤다. 검게 물든 손톱을, 굽은 허리를, 초점 없는 눈을.

엄마가 박재현을 똑바로 봤다. 초점 없던 눈에 잠깐 빛이 돌았다.

"…당신들이 한 거죠? 재개발 때문에."

박재현은 대답 대신 창밖을 가리켰다. 40층 신축 아파트가 석양을 받아 유리처럼 반짝이고 있었다. 그의 시선이 건물을 훑었다. 올라가고, 또 올라갔다.

"3일 드리겠습니다."

그가 문 앞으로 걸어가다 멈춰 서서 내 손톱을 힐끗 봤다. 손톱 절반까지 올라온 포자낭을 보며 고개를 끄덕였다.

"1207호 해정 양. 2단계로 안정됐습니다."

문이 닫혔다.

엄마가 그 자리에 무너져 내렸다. 나는 급히 부축했다.

"엄마!"

"괜찮아… 괜찮아."

하지만 괜찮지 않았다. 엄마는 숨을 몰아쉬었다. 한참을 그렇게 있다가 쉰 목소리로 말했다.

"단아야. 엄마… 가야 될 것 같아. 4단계 되면… 너한테 손 댈 수도 있어. 해정이처럼."

나는 크게 숨을 들이쉬었다. 폐 속에서 무언가 뿌리 내리듯 갑갑한 느낌이 들었다. 어제보다, 그제보다도. 공기가 점점 무거워져만 갔다.

"엄마, 나도… 2단계래. 같이 가면 안 돼?"

엄마가 나를 안았다. 뼈만 남은 팔이었지만 힘을 다해 안았다. 엄마 손이 내 등을 쓸었다. 척추가 굽은 곳을 더듬었다.

"안 돼. 너는 아직 2단계야."

"하지만…"

"엄마 혼자 가면 돼."

한참 후 엄마가 나를 놓고 물었다.

"아빠는… 연락 안 됐지?"

나는 고개를 끄덕였다. 읽음 표시조차 뜨지 않았다. 아빠는 아마 지금도 공장 어딘가에서 기계 앞에 서 있을 것이다. 본인이 왜 일하는지 알 수 없이. 또 하나의 부품이 되어 쉬지 않고. 돌아올 힘도, 의지도 바닥까지 소모된 채.

"우리 둘이 하자, 엄마."

"그래. 우리 둘이."

열세 번째 밤, 나는 잠들지 못하고 천장을 봤다.

어둠 속에서도 곰팡이가 환하게 보였다. 악보처럼 번진 하얀 선들. 단조로운 저음이 공기를 타고 흔들렸다. 숨을 참고 싶었지만 결국 숨을 쉬어야 했고, 공기가 폐 속 깊이 들어왔다. 젖은 공기가 보이지 않는 포자들과 함께.

엄마 방에서 신음 소리가 들렸다. 달려가 보니 엄마가 침대 끝에 웅크리고 있었다. 등이 더 굽어 있었다. 손과 발 끝에서 하얀 실들이 돋아나기 시작했다. 마치 뿌리를 내리듯.

"엄마…"

"단아야. 내일… 내일은 가야겠어."

3일 중 이틀이 지나갔다. 하루가 남았다.

나는 엄마 옆에 누워 엄마 손을 잡았다. 얼음처럼 차갑고, 굳은 손. 내 손도 점점 차가워지고 있었다.

창밖으로 신축 아파트의 불빛이 반짝였다. 40층 높이로 솟은 유리 건물. 그 안에서 누군가는 웃고, 식사하고, TV를 보고, 잠들 것이다. 아무것도 모른 채.

엄마가 내 손을 잡고 있었다. 나도 엄마 손을 잡았다. 환기구에서는 계속해서 소리를 멈추지 않고 울려 됐다.

변주의 끝

3일째 되던 날, 엄마는 더 이상 일어나지 못했다. 내가 흔들어도 눈을 뜨지 않았다. 숨은 쉬고 있었지만 가늘고 불규칙했다.

나는 박재현에게 전화했다.

30분 후, '오늘도 안정된 하루를'이라는 파란 글씨가 적힌 StableLife™ 구급차가 도착했다. 나도 함께 탔다.

재활센터 7층 803호.

며칠이 지났지만 엄마는 내내 잠들어 있었다. 손에서, 팔에서,

귀 뒤에서 하얀 실들이 돋아났다. 처음엔 간호사들이 면봉으로 닦아냈다. 하루가 지나자 가위로 잘라냈다. 여섯째 날부터는 더 이상 자르지 않았다. 소용없다는 듯이.

여덟째 날 새벽, 내가 803호에 도착했을 때 방호복을 입은 관리자들이 나와 나를 막았다.
"들어갈 수 없습니다. 5단계입니다."
나는 문틈으로 봤다.
엄마는 형체를 숨기듯 하얗게 변해 있었다. 온몸이 고슴도치처럼 하얀 가시로 뒤덮여 침대를 넘어 바닥까지, 고요한 폭발처럼 피어난 곰팡이의 꽃처럼.
문 위에 파란 센서등이 켜졌다.

[대조균 격리 구역]

박재현이 복도 끝에서 걸어왔다.
"유감입니다."
나는 문틈 너머 엄마를 봤다.
엄마가 연주하던 <로망스 드 아모르>가 떠올랐다. 같은 멜로디가 때로는 빠르게, 때로는 느리게, 크게도, 작게도 울렸다. 끝없는 변주. 엄마 손가락이 건반 위를 달릴 때마다 음이 살아났다. 같은 음이 다른 감정이 됐다.

"단아 학생은 계속 입소해 있어야 합니다."

나는 손가락을 움직여보려 했다. 검지, 중지, 약지. 엄마가 〈로망스 드 아모르〉를 칠 때처럼. 하지만 손가락은 뻣뻣하게 굳어 펴지지 않았다. 더 이상 피아노를 칠 수 없을 것 같았다.

"단아 학생, 어떻게 하시겠어요?"

나는 창밖을 바라봤다. 멀리 뿌옇게 먼지가 피어오르는 철거 중인 105동이 보였다. 저곳에는 엄마가 모았던 상자들이, 엄마의 노트가, 그리고 몇날 며칠을 불안해하며 의심했던 기록들이 묻혀 있을 것이다. 1년 후면 저 자리에 40층이 채워질 것이다. 수십 억의 고층 아파트. 우리는 결코 들어갈 수 없는.

천장 환기구에서 웅웅거리는 소리가 들렸다. 공기가 들어오고 있었다. 쉬지 않고. 규칙적으로.

복도에서 발소리가 들렸다. 누군가 걷고 있었다. 변하지 않은 박자로.

나는 숨을 쉬었다. 차갑고 날카로운 공기가 폐 속 깊이 들어왔다. 보이지 않는 포자들과 함께. 나는 끝까지 숨을 참을 수 없었다.

나는 돌아서 박재현을 스쳐 지나갔다. 끝없는 복도를 따라 걸어갔다. 계단을 내려갔다. 5층을 지나, 4층을 지나, 3층을, 2층을, 1층을.

로비로 나왔다. 새로운 공기가 들어오는 바깥은 신선하게 느꺼졌다. 정오의 내리쬐는 햇살이 나의 굽은 그림자를 하나씩 지워내고 있었다.

단,
변주는 없었다.
Romance de Amor.

노랑의 기억

진하루

나는 우울에게서 도망쳤다. 머리를 식히고 오라는 민수의 권유로 강원도 속초로 혼자 여행을 떠났다. 아니, 도망쳤다.

뉘엿뉘엿 해가 질 무렵, 속초아이 대관람차를 등지고 모래밭에 대충 웅크려 앉았다. 잔잔한 파도 소리와 주황빛 윤슬이 눈 앞에 넘실거렸다. 시간이 어떻게 흘러가는지도 모르게 하늘은 붉은 열기로 물들었다가 이내 10분도 지나지 않아 해는 수평선 아래로 사라졌다. 붉은 열기는 점차 자줏빛으로, 보랏빛으로 스며들었다. 그리고 내 마음처럼 천천히 싸늘하게 식어갔다.

하늘을 한참 바라보던 나는 완전한 어둠이 찾아오기 전에 렌트해 온 차로 돌아갔다. 그리고 시동을 걸고 히터를 틀었다. 해의 온기가 사그러들자 이내 휑하니 바다를 타고 바람이 날아들었고 서늘함에 몸이 덜덜 떨려왔다. 평상시 더위를 많이 타는 나였지만,

어쩐지 바다 바람은 더욱 춥게 느껴졌다.

그렇게 한밤중에 시골길을 달려 들어간 숙소는 별장 같은 독채였다. 주변엔 편의점 하나 없었다. 여기서 무슨 일이 일어나도 모를 만큼 외진 곳이었다. 이 숙소를 예약한 이유는 길냥이와 감성 있는 침구류와 커튼 때문이었지만, 막상 도착하자 그것들은 안중에도 없었다.

숙소의 원형 탁자 위의 화분에는 노란 메리골드가 피어있었다. 메리골드는 흔히 희망과 행복의 상징이라고들 한다. 하지만 그 노란 빛을 보니 오히려 마음 속 깊은 곳에서 불안감이 올라왔다. 희망과 행복이 없어 도망쳐왔는데, 어쩐지 밝음을 강요당하는 느낌이어서 슬퍼졌다.

주변이 고요해지고 어두워졌다. 복층에는 조명 하나만 덩그러니 있었다. 침대의 포근한 이불에 파묻혀 있던 그 순간부터, 이유 없는 눈물이 마구 흐르기 시작했다. 그렇게 시작한 눈물은 멈출 줄을 몰랐다. 그렇게 몇 시간을 울었을까. 새벽이 되었다.

나는 복층에서 내려와 일 층 테이블에 앉아 생각했다.

아침이 밝아오지 않았으면 좋겠어. 아침이 오면 또 하루를 살아내야 하잖아. 그게 너무 두려워. 이렇게 불안하고 위태로운 삶을 언제까지 살아내야 하는거지. 그만하고 싶다. 이제 그만 끝내고 싶다.

그렇게 그만하고 싶다는 생각은 하지만, 삶을 내 손으로 끝낼 용기는 없었다. 숨 죽인 채 조용히도 이틀이 훌쩍 흘러갔다.

나는 차를 몰고 민수와 함께 살고 있던 서울 집으로 향했다. 새벽까지 울다 해가 밝아 오기도 전에 출발했건만, 내게 보이는 시야는 처참했다. 도로 주변의 온갖 풍경들의 색이 하나 둘 회색 빛으로 바래 버려서 색이 보이지 않는 지경에 다다른 것이었다.

붉게 떠올라서 눈이 부셔야 할 해가 그저 회색 빛의 덩어리로만 보였고, 도로의 나무, 다른 차들의 색들이 그냥 회색으로 보였다. 신호등 색이 그나마 희미하게 보여서 운전이라도 할 수 있어서 다행이었다. 색이 이 정도로 안 보이다니 우울이 나를 삼키긴 했구나. 무서웠다.

집에 도착해 문을 열었다. 자다 일어난 민수는 이틀만에 퉁퉁 부은 눈으로 나타난 내 얼굴을 감싸며 말을 걸었다.

"어, 머리 식히고 오랬더니 왜 이렇게 일찍 왔어? 많이 울었나봐? 눈이 왜 이렇게 많이 부었어!"

나를 걱정하는 민수의 품에 안겨 한참을 어린아이처럼 울었다.

"혜원아. 너 이대로 두면 안될 것 같아. 나랑 이따 병원 가자."

나는 고개를 저으며 말했다.

"아니, 싫어. 병원 갈 정도는 아닌 것 같은데?"

민수는 내 어깨를 잡고 내 눈을 쳐다보며 말했다.

"혜원아, 똑바로 말해봐. 너 솔직히 색이 안 보이기 시작했지?"

나는 뜨끔해서 눈동자가 순간적으로 흔들렸지만 애써 침착한 척 대답했다.

"… 다 그렇진 않아!"

민수는 나에게 단호한 어조로 말했다.

"그거, 나도 겪어봐서 알지만. 초기에 한시라도 가서 빨리 치료 받는ㄱ.."

나는 민수의 말을 끊으며 대답했다.

"그렇지만 오늘은 싫어. 병원 갈 정도는 아니라니까. 내 몸은 내가 제일 잘 알아."

민수는 내 고집을 평상시에도 알고 있었지만, 오늘은 꺾어야겠다고 결심했는지 다시 단호하게 말했다.

"아니! 너 오늘 병원 가야 해. 내가 보기엔 오늘 지나면 색 잃어버리는 거 금방이야."

난 민수의 말을 되받아치며 기분이 상했다.

"나 피곤해서 쉬고 싶어. 그리고 오빠, 알겠지만 오늘 내 생일이야. 생일에 꼭 정신과에 데려가야 해?"

민수는 내 손을 거칠게 잡아 끌며 말했다.

"응. 데려가야겠어. 안 가면 너 오늘 집에서 못 쉬게 할 거야."

병원에는 생각보다 평범해 보이는 사람들이 진료를 기다리고 있었다. 그리고 생각보다 사람들이 많았다. 병원에 앉아 있던 사람들 몇 명이 혼란스러운 표정으로 두리번거리고 있었다. 그 이유를 조금은 알 것 같았다. 그들도 나처럼 색이 제대로 보이지 않기 때문인 것 같았다.

문진표 작성과 뇌파 검사를 하고 검사실로 불려 들어갔다. 조명이 어둡고 바깥보다는 온도가 약간 낮은 작은 검사실 안에 의자가 각각 하나씩 있고, 정면에는 평면 스크린이 있었다. 연구원은 검사에 대한 설명을 했다.

"이건 색의 심도 검사예요. 화면에 띄워지는 다섯 개의 점을 보세요."

화면에 다섯 개의 붉은 점이 각각 띄워졌다. 이전 같았으면 단번에 구분했을 것이다. 피처럼 진한 붉음, 분홍빛에 가까운 연한 붉음, 장밋빛 그 중간 정도의 붉음들. 그런데 지금은 모두 같은 톤으로 보일 뿐이었다.

"어떤 색이 가장 진해 보여요?"

나는 스크린을 응시하며 눈을 찌푸리며 말했다.

"모르겠어요… 그냥 같은 색 같네요."

연구원은 고개를 갸웃하며 되물었다.

"예전엔 구분이 됐었나요?"

나는 망설임 없이 대답했다.

"네. 잘 구분했었어요."

순간, 화면이 꺼지며 붉음은 아무런 여운도 없이 사라졌다.

그 사라짐이 너무 빠르고 말끔해서 마치 처음부터 존재하지 않았던 색처럼.

그 짧은 순간이, 내 마음 속의 빛이 꺼진 것처럼 느껴졌다.

의사선생님은 검사 결과지를 보고 증상을 듣더니 이마를 짚으며 심각한 표정으로 살짝 고개를 저으며 말했다.

"이미 증상이 꽤 많이 진행되었네요. 안타깝네요. 조금 더 빨리 왔어야 했는데."

그리고 흠흠, 목소리를 가다듬더니 이어서 설명했다.

"그래도 자신이 사랑하고 좋아하는 것일수록 가장 늦게 색을 잃는다고 보고가 되어 있어요. 흥미로운 건, 어떤 사람들은 애초에 '자신'의 색을 본 적이 없다고도 말하더군요."

그는 잠시 말을 멈췄다.

"약을 드시면 사람에 따라 우울했던 감정이 중간 정도로 올라오고, 색이 이전처럼 보이는 분들이 70% 이상입니다만, 부작용 때문에 색의 채도나 불투명도가 떨어질 수 있습니다. 색 자체는 그대로지만 '생기'와 '무게'가 빠져서 투명하게 느껴질 수 있어요. 색은 있긴 한데 힘이 빠져 보인다고 해야 할까요. 빨간색이라면 투명한 빨강, 그런 식으로요."

나는 이해가 안 되어 다급하게 말했다.

"예를 들면요, 어떻다는 거죠?"

"신호등을 볼 때 빨간 신호등인데, 여전히 신호등이 켜져 있지만 얇은 비닐 또는 필름을 통해 보는 것처럼 빨간색이 멀게 보일 거에요."

의사가 이어서 말했다.

"그리고 약은 단기간 복용으로는 효과를 보기 어려워요. 충분한 효과를 평가하려면 최소 육에서 팔 주 정도 걸립니다. 안정 후에도 육 개월에서 일 년 이상은 재발 방지 목적으로 복용하기도 합니다. 알겠지만 의사와 상의 없이 단약을 하면 안 됩니다. 단약 시기라고 판단이 될 경우 기쁜 마음으로 약을 줄여 드릴 테니, 그 부분은 저를 믿고 따라와 주세요."

의사선생님은 사람 좋은 웃음을 지으며 말했다.

그러거나 말거나 난 억지로 병원에 따라오게 된 것 자체가 불만이었다.

여행기간 동안 며칠을 울며 보냈는데, 생일마저 정신과에서 진료를 받고 함부로 끊을 수도 없는 약을 타서 먹게 되었다는 그 사실이 너무 비참했다. 왜 다른 날 가자고 했는데, 내 말을 귓등으로도 안 듣고 하필 생일날 이런 일을 겪어야 하지. 민수가 너무 미웠다.

내가 약을 먹어야 할 정도의 중증 우울증 환자라고? 그 사실이 제일 믿을 수 없었다. 남들도 다 이렇지 않나? 다 이렇게 힘든거 아닌가? 다 죽지 못해 살고 있지 않나…?

그 후로 민수의 감시하에 아침 저녁으로 약을 꾸준히 먹었다. 육 주쯤 지나자 잃었던 색들이 서서히 돌아오기 시작했다. 하지만 슬프게도, 나는 정상 범주인 70%의 행운에 들지 못한 듯했다. 색은 돌아왔지만 예전 같지는 않았다. 애써 부정하며 팔 주까지 기다려 봤지만, 여전히 의사가 말했던 것처럼 한 겹 필름이 덧씌워진 듯 생기 없는 물 빠진 색이었다.

씁쓸한 마음에 서랍을 열어, 예전에 민수와 함께 찍은 사진을 꺼냈다. 환하게 웃는 나와 민수. 민수는 그때나 지금이나 또렷한 색으로 보였다. 그런데 내 얼굴은 어딘가 빛이 닿지 않는 것처럼 얇게 겹쳐져 있었다. 한참을 들여다보다가 사진의 코팅 때문인가 싶어 그냥 서랍에 넣어 두었다.

그리고 밖을 보았다. 우울증이 심해졌을 때 잃었던 색들이 약을 먹은 뒤 돌아왔다. 분명히 현실인데 나에겐 현실이 아니었다. 당장 창 밖으로 보이는 바깥의 건물들, 길가의 은행나무, 보도블럭, 자동차, 사람들 조차도 다 투명한 유리 너머에 있는 것처럼 보였다.

내가 알던 세상과는 너무 달라서 가짜 같이 느껴졌다.

내가 보는 세상이 과연 진짜가 맞을까?

나도 진짜 색을 보고 싶어.

색이 달리 보일 뿐인데 예전에 알던 세상과 다른 세상에 사는 기분은 나를 더 외롭게 했다. 우울증 환자라는 자각이 나에게 더

스트레스가 되었다. 나는 정작 내가 환자가 아니라고 생각하는데, 아침 저녁으로 약을 먹고 병원을 일, 이 주마다 한 번씩 꾸준히 다닌다는 행위 자체가 내가 환자라는 것을 인정하는 것 아닌가?

우울증은 감기가 나아지고 있다거나 골절된 뼈가 붙는 것처럼 느껴지거나, 그런 류의 몸이 낫는 듯한 치유가 되는 병이 아니어서 억울했다. 의사선생님은 그저 '잠은 잘 자는지, 일상생활은 잘 하는지' 정도만 물었다. 차도가 크게 느껴지지 않는데 진료시간은 무심하고 짧기만 했다.

또, 약을 먹는데 부작용이 있다니? 내가 우울증을 앓기 전의 세상으로 돌아갈 수 없다는 점, 그 온전한 컨디션으로 돌아갈 수 없다는 점 때문에 세상을 다 잃은 기분이었다. 그리고 약을 마음대로 끊을 수도 없었다. 끝도 없는 깜깜한 터널 속을 걷는 듯한 막막함만이 나를 삼켰다. 이런 진퇴양난 같은 병이 있나. 젠장할.

나는 민수에게 화살을 돌렸다. 사실 민수가 병원에 데려다 주지 않았다면 아예 색을 잃었을지도 모르는데. 색을 잃었을 뿐만 아니라 우울이 심해져서 자해를 한다든지, 자살 시도를 해서 생명을 잃었을 수도 있다. 그렇지만 그건 중요치 않았다. 나는 어디에라도, 누구에게라도 탓할 곳이 필요했다.

민수도 예전에 이 년 정도 우울증을 앓은 적이 있었지만, 지금은 우울증 증상도 완치되었을 뿐만 아니라, 잃었던 색을 온전히 찾는 케이스에 속했다. 그 사실이 나는 너무 괴롭고 쓸쓸했다. 나 혼자만 색을 잃어 갔고 그걸 다시 찾지 못한다는 사실이.

"오빠는 다시 색을 보잖아. 다시 정상적인 세상으로 돌아갔는데, 왜 나만 여기에 갇혀 있는 거야."

내가 여느 날처럼 눈물을 흘리며 민수에게 말했다.

"혜원아, 나도 이런 널 보는 마음이 편하지 않아."

민수가 눈물을 글썽이며 말했다.

"오빠는 죽었다 깨어나도 절대 날 이해 못할 거야. 나는 왜 노력해도 안 되는 거야." 나는 울며 주저앉았다.

민수는 한동안 아무 말도 하지 않았다.

그는 손 끝을 떨며, 내 쪽으로 다가오려다 멈췄다.

"혜원아." 그가 낮게 숨을 내쉬었다.

"이런 말, 정말 하기 싫은데."

나는 눈물에 젖은 얼굴로 올려다봤다.

"이제 그만 좀 해. 네가 힘든 건 알겠는데, 나도 이제는 너한테 뭘 더 해줄 수 가 없어. 네 슬픔에 같이 잠겨 있다가 나까지 바닥이 됐어. 그래서 미안하지만…"

그는 목이 메인 듯 말을 멈췄다가 겨우 이어 붙였다.

"이제는 네 우울이 나한테 닿는 게 무서워."

내 귀에 그 말이 꽂히는 순간, 삐- 하는 이명이 들렸다.

차라리 그가 나를 미워하고 화를 냈으면 나았을 텐데.

"…"

"알았어."

잠시의 정적 끝에 내가 겨우 말을 뱉었다.

 그 말이 끝나자, 방 안의 모든 색이 한 톤 더 회색 톤으로 바랬다. 눈물 때문인지 색이 더 흐릿해졌고 민수의 얼굴이 아지랑이가 피듯 번져 보였다. 그렇게 채 팔 년을 채우지 못하고 민수와 결별했다. 그와 같이 보낸 세월이 길었기에 언젠가 가정을 꾸리는 행복한 미래를 상상했는데 허망했다. 시간이 그대로 멈춘 것만 같았다.

'우울증이 완치되어 색이 멀쩡히 보이는 연인'이 이별통보를 했다는 사실보다, '자신에게 우울이 닿는다는 것'을 이유로 이별통보를 했다는 데미지는 생각보다 굉장히 컸다. 우울이라는 것은 그만큼 무서운 것이다. 나는 무엇이 중요했던 걸까? 결국 우울증이라는 것은 나에게서 어떤 것까지 앗아갈 생각인 걸까?

민수가 나간 집에서 혼자 누워서 손하나 까딱하지 않은 지도 벌써 며칠이 지났다. 무기력해서 아무것도 할 수가 없다. 일상생활을 하는 것도 너무 힘이 든다. 일상생활이란 밥을 먹고, 잠을 자고, 화장실에 가고, 씻고, 밖에 나가는 이런 일련의 활동이다. 그래서 의사선생님이 그렇게도 진료시간에 잠은 잘 자는지, 일상생활은 잘 하는지 물었던 걸까?

침대 밖을 벗어나는 것이 이렇게 힘든 일이었나? 화장실을 가려고 겨우 일어나 한 걸음 내딛는데, 시선을 두는 곳마다 민수의 흔적이 가득했다. 좁은 거실 겸 안방이었지만 우리는 참 많은 시간을 함께 보냈다. 민수가 앉아 있던 컴퓨터 의자, 그 의자 너머로 보이는 콘솔 게임기와 컨트롤러 한 쌍. 그리고 도장 깨기 하듯 같이 플레이하던 수 많은 게임 타이틀들이 책장에 꽂혀 있었다.

민수와 즐겁게 웃고 떠들던 모습이 눈앞에 잠시 환영처럼 보이다가 이내 사라졌다. 그리고 다시 눈물이 차 올랐고 어느 새 눈물은 뺨을 타고 뚝뚝 떨어지고 있었다. 내 시야는 회색 빛으로 가득했다. 집에서 나가지 않은 지 며칠이 흘렀을까? 나갈 일이 없어서 씻지도 않았다. 사실 씻을 생각도 기력도 없었다.

화장실에 들어가 거울을 보았다. 민수에게도, 의사선생님에게도, 그 누구에게도 말하지 못했던 사실이 있다. 사실 나는 아주 오래전부터 내 모습이 회색이었다. 우울증 진단을 받기 훨씬 전부터. 그래서 거울을 보는 것이 너무 싫었다. 색을 잃은 것은 세상이 아니라 나 자신이었다.

민수와 그렇게 헤어지고 나서 자책을 많이 했다. 내 자신의 색조차 모르는데, 괜한 열등감에 민수를 괴롭혀서 결국 유일한 내 편인 민수마저 도망가게 한 것 같았다. 이제 나에게 남은 사람은 없다는 생각에 매일매일이 너무 외롭고 세상에 혼자 남겨진 느낌이었다. 살아야 할 이유가 있을까? 버티면 뭐가 달라질까? 이런 날들도 언젠가 추억이 될 수 있을까? 그 질문들만이 나를 겨우 붙잡고 있었다.

그렇게 또 며칠이 흘렀다. 요즘은 잠이 부쩍 늘었다. 끼니를 배달음식으로만 때우고 대충 먹고 밀어놓고 잠들고 또 일어나 배달을 시켜 먹고 한 쪽에 밀어놓고 컴퓨터나 휴대폰을 깔짝거리다가 잠들기를 반복하다 보니 집이 순식간에 더러워졌다. 집이 더러워지니 더 스트레스를 받았는데 치울 기운이 도저히 나지 않았다. 모르는 척 외면하고 또 잠들고 울고 잠들고 울기를 반복했다.

어느 날부터는 집 안에 날파리가 생기기 시작했다. 날파리의 출처를 찾아보니 배달음식을 시켜먹고 밀어 두었던 무더기 어딘가에서부터인 것 같다. 짜증이 났는데 차마 만질 엄두는 안 났다. 음식물 냄새가 집안 곳곳에서 나서 일단 환기를 시키기로 하고 창문을 열었다.

배달음식 반찬 뚜껑을 조심스레 열어 보았다. 윽. 무언가 하얀 벌레들이 가득히 꿈틀거리고 있었다. 우욱. 헛구역질이 나와서 인상을 팍 쓰고 다시 닫았다. 구더기인 것 같다. 구더기라니. 날파리까지는 그렇다 치자. 구더기를 보니 머리가 어지러웠고 너무 충격을 받았다.

충격이 한참을 가시지 않아서 멍 때리며 침대에 앉아 있다가 다시 누웠는데, 단짝 지수에게 전화가 걸려왔다. 중학교 때부터 친구인데, 버스로 십 분 거리에 산다. 자주 만나지는 않지만 오랜만에 만나도 편한 사이다. 내가 알기로는 지수도 사 년 전부터 우울증을 앓고 있다. 병원을 꾸준히 다니고 있고 참, 지수도 이전에 색을 보지 못하는 부작용이 있다고 했었던 것 같다.

지수는 내가 민수와 헤어졌다는 소식을 전해 들은 듯했다. 조심스레 내 안부를 묻더니 내 목소리가 너무 안 좋다며 얼굴 한 번 보자고 내일 집으로 오겠다고 했다. 극구 사양했으나 기여이 집으로 오겠다고 성화여서 알겠다고 대답하고는 약속을 잡았다.

아, 귀찮아. 어쩔 수 없이 집을 치워야겠네.

한숨을 푹 쉬고는 얼마만인지 모를 샤워를 했다. 오랜만에 샤워를 했더니 웃기게도 밖에 나가고 싶어졌다. 집 근처 카페에 가서 아이스 아메리카노를 한 잔 사고, 편의점에서 칠십오 리터짜리 쓰레기봉투와 십 리터짜리 음식물쓰레기 봉투를 사서 집에 들어왔다. 각오는 좋았으나 막상 무질서하게 어지러진 집을 치우려고 하니 너무 막막했다.

왜 우울증 환자들 집이 쓰레기장이 되는지 이해가 된다는 생각이 스쳤다. 다들 진짜 힘들구나. 나도 결국 집에 구더기가 생기도록 방치한 우울증 환자구나. 또 슬픔에 빠져들려던 찰나 너무 늦은 밤이 되어 버리면 청소기를 돌리지 못할까 봐 바닥에 굴러다니는 각종 페트병과 쓰레기부터 주워담아 정리하고 청소를 시작했다. 사람 사는 집 같아질 때까지의 청소는 약 세 시간 정도 걸렸다.

지수는 내 눈을 빤히 쳐다보더니 걱정스러운 목소리로 물었다.

"혜원아, 너 얼굴에 아무 표정이 없어. 괜찮은 거 맞아?"

나는 그런 지수의 눈을 쳐다보다가 끝까지 마주치지 못하고 결국 눈물이 터졌다.

"…"

나는 고개를 저으며 지수의 품에 안겨 울었다.

지수는 나를 조심스럽게 토닥이며 물었다.

"많이 힘들었지? 왜 나한테 연락 안 했어?"

지수의 품에서 내가 훌쩍이며 말했다.

"걱정시키기도 싫고, 말해봤자 이해 받지 못할 것 같아서."

지수가 내 어깨를 잡아 일으켜 세우고 눈을 쳐다보며 다정하게 말했다.

"그래도 들어주는 건 할 수 있어. 힘들 땐 말해도 돼."

내가 눈물을 흘리며 목이 메어 말했다.

"고마워."

그렇게 지수가 시간을 내어 나에게 와 준 덕에 근황 얘기부터 우울증으로 병원에 가게 된 얘기, 약 부작용으로 색이 이전과는 다르게 보인다는 얘기, 민수와 헤어지게 된 얘기, 혼자서 무슨 생각을 하며 지냈는지 그런 얘기들을 털어놓았다. 지수는 그저 내 말을 평가하지 않고, 판단하지 않고 들어주었다.

조용히 듣던 지수는 그래도 우울증 증상이 지나치게 나타나는 건 일상생활하는데 안 좋지 않냐며, 지금도 약을 먹고 있는지 물었다. 나는 병원에 가지 않고 약도 현재 먹고 있지 않다고 고백했다. 지수는 "약의 도움을 받고 일단은 네가 잘 사는 것이 중요할 것 같다"는 개인적인 의견이라면서 진심이 느껴질 정도로 조심스럽게 얘기를 했고 나는 생각해보겠다고 했다.

지수를 보내고 며칠 동안은 집이 깨끗하게 유지되었다. 우울증으로 더러워진 집에는 손님이 방문하는 것이 특효라고 느꼈다. 지수의 말대로 일상생활에 지장이 있으면 좋지 않다는 생각이 들어서 병원에 다시 가보기로 했다. 늘 민수와 같이 가던 병원인데 이젠 혼자 병원에 가니 기분이 묘했고, 썩 유쾌하지 않았다.

몇 주 만에 찾은 병원이지만 참 사람이 많다고 느꼈다. 예약을 하고 갔어도 대기시간은 늘 예약시간이 의미 없으리만큼 길었다. 세상에 마음이 아픈 사람들이 이렇게 많다니 정말 슬픈 일이다. 나도 그 중 하나이지만… 이 사람들도 나도, 다 어떻게 죽지 않고 왔구나.

병원에는 대기실이 몇 군데 있었는데, 그 중 한 곳에서 노란 빛이 새어 나오고 있었다. 노란 빛은 인공 식물재배기 안의 샛노란 메리골드에서 나오는 빛이었다. 빛을 받으며 피어난 꽃이지만 이상하게 온기는 느껴지지 않았다. 메리골드 앞에는 팻말이 붙어 있었다. '반드시 오고야 말 행복.' 나는 그 꽃말을 보고 피식 웃었다.

그리고는 한참 생각에 잠겼다. 나에게도 반드시 오고야 말 행복이 있을까 하며.

이윽고 내 이름이 호명되었고, 의사선생님의 방긋 웃는 미소를 앞두고 의자에 앉았다. 이내 의사선생님은 아주 찰나에 내 얼굴 표정을 살폈다. 그리고 모니터를 뚫어져라 응시하더니 내 눈을 맞추며 말을 꺼냈다.

"혜원씨, 마지막 진료가 한 달 전인 것 같아요. 그때 진료 봤을 때 무기력하거나 우울감, 불면증 같은 증상은 많이 나아졌던 것으로 기억하는데, 아마 색이 이전과 다르게 보인다고 했었죠? 그 이후로 병원에 못 온 이유가 있는 건가요?"

나는 잠시 뜸들이며 작게 한숨을 내뱉으며 말했다.

"많은 일이 있었어요. 이전과 다른 색을 보면서 내가 기억하는 세상과 다른 세상, 그러니까 가짜 세상에 살고 있는 듯한 느낌이 들어서 괴로웠어요. 그래서 남자친구한테 울분을 토해냈던 것 같아요. 남자친구도 이전에 우울증을 앓은 적이 있었는데, 그 친구는 잘 나아서 색도 전과 똑같이 보인다고 해서 제 상황이 더 절망적으로 느껴졌던 것 같아요."

의사선생님은 안쓰러운 표정으로 고개를 끄덕이며 물었다.

"음, 그랬군요. 그래서 약을 먹지 않았나요?"

역시나 의사는 약 생각밖에 없나 싶은 반감이 살짝 들었다. 내가 슬픈 감정을 억누르고 말했다.

"네. 약을 먹지 않았어요. 약이 전처럼 색을 돌려주는 것도 아니고. 사실 그 일로 남자친구와 헤어졌거든요. 그리고 나니 삶의 의미가 없다고 생각했어요. 약도 더 이상 의미가 없다고 생각했고요."

의사선생님이 씁쓸한 표정으로 고개를 끄덕이며 다시 물었다.

"그런데, 혜원씨. 지금은 병원에 왔잖아요. 어떤 생각으로 왔는지 얘기해 줄 수 있겠어요?"

나는 잠시 생각에 잠겼다. 그리고 지수를 떠올리며 말했다.

"사실 일상생활이 힘들었어요. 아침에 일어나서 씻고 바깥에 나가고, 집을 치우고, 빨래를 하고, 청소를 하는 것부터 잠에 드는 것까지요. 우울증을 앓고 있는 다른 친구가 있는데, 그 친구가 일상생활에 지장이 있을 정도면 약의 도움을 받아서 우울증 증상이라도 나아져서 일단 좀 잘 사는 게 어떻겠냐고 얘길 해줘서요."

의사선생님의 표정과 목소리가 한 톤 밝아졌다.

"친구 말도 맞아요. 우울증은 일상생활을 힘들게 하죠. 일단 약의 도움을 받고 일상생활이 잘 되고 에너지가 생기면 잘 살아갈 마음이 생길 수 있어요. 혜원씨, 약 처방해 드릴 테니 일주일 후에 오ㅅ.."

나는 의사선생님의 말을 끊으며 말했다.

"선생님, 근데 궁금한 게 있어요. 약 부작용으로 색이 이전과 다르게 돌아오는 것이라면, 혹시 단약 후에 색을 찾는 경우도 있나요?"

의사선생님은 다시 표정이 진지해졌다.

"아주 드물기는 하지만, 단약 후 자연적으로 이전의 색을 찾는 케이스가 보고되어 있기는 해요. 그런데 앞서 말씀 드렸듯이 아주 드문 케이스입니다."

나는 작게 고개를 끄덕거리며 말했다.

"그렇군요. 알겠어요, 선생님. 다음주에 뵐게요."

병원을 나서며 나는 생각에 잠겼다. 바깥은 어느 덧 가을이 되어 은행나무가 길가에 쭉 서있었다. 아마 저 은행잎 색깔은 내가 기억하는 색이라면 연둣빛에서 노란색으로 변해가는 중이거나 노란색이거나 개나리보다는 톤 다운된 색이겠지? 그런데 내 눈 앞에 펼쳐진 현실은, 회색빛 세상일 뿐이었다.

내가 진짜 원하는 것은 뭘까? 잃어버린 색을 찾는 것? 일상생활을 잘 하는 것? 의사선생님이 분명 단약 후 이전의 색을 찾는 케이스는 아주 드물다고 했다. 어쨌든, 약의 부작용으로 색이 이전과는 다르게 보이는 것이니 단약을 해야만 알 수 있는 것 아닌가? 왜 내가 그 케이스의 주인공이 될 수 있을 것만 같지? 한 달 만에 다녀온 병원에서 약 처방을 받자마자 나는 다른 욕망에 사로잡혔다.

집에 돌아와서도 나는 계속 그 생각에 빠져있었다. 평상시 무기력함이 늘 함께여서 잠으로 도피하기 바빴는데 잠 생각도 나지 않았다. 누워 있다가 문득 지수 생각이 나서 휴대폰을 들고 지수에게 카톡을 했다.

[혜원] 지수야, 바빠?
[지수] 혜원아, 왜?
[지수] 나 안 바빠ㅋㅋ
[혜원] 나 오늘 병원 다녀왔어.
[지수] 오, 다녀왔구나? 잘했어! 의사선생님이 뭐래?
[혜원] 그냥 내 근황 좀 얘기하고, 약 처방해 주더라 일주일 치.
[지수] 그게 다였어? 별 얘긴 없었고?
[혜원] 내가 약 부작용으로 색이 이전과 다르게 보이는 거잖아. 너도 그렇고. 근데, 의사선생님한테 혹시나 단약 후에 색이 이전처럼 보이는 경우가 있냐고 물으니까 아주 드물긴 하지만 그런 케이스가 있다는 거야! 넌 단약에 대해 어떻게 생각해?
[지수] 그래도 단약은 좀 위험한 것 같은데… 나는 부작용이 있더라도 약 때문에 그나마 일상생활이 돼서 이제는 약 없이는 이 생활을 유지하지 못할까봐 오히려 겁이 나더라고. 그때도 너한테 말했지만, 일단은 살고 봐야 하잖아.
[지수] 너 설마, 단약할 생각인 거야? 별로 좋지 않은 것 같은데.
[혜원] 나는 솔직히 내가 이전과 다른 색을 보는 게 가짜 같아서 싫어. 가짜 세상에 살고 있는 것 같아. 그럴 바엔 그냥 회색 세상이 나아. 그게 현실이니까.
[지수] 나는 네가 그 드물다는 케이스에 너를 던지지 않았으면 좋겠어.

지수와 카톡을 하고 나서 오히려 마음이 심란해졌다. 지수가 약에 의존하면서 살아갈 줄이야. 나와는 생각이 달라서 한편으로는 당황스러웠다. 내가 전부터 약을 먹는다는 사실과 우울증 환자라고 인정하는 것에 대해 반감이 있어서 그런가. 애초에 약을 먹기 시작한 계기가 내가 내 발로 병원에 찾아가지 않아서 그런 것인지도 모른다.

지수의 말도 일리는 있다. 일단은 내가 살고 봐야 일상생활도 할 테니. 그러면 이렇게 해보면 어떨까. 약을 먹고 일단 무기력과 우울 같은 증상이 나아지고 일상생활이 가능하게 되면 그때 단약 시도를 해보는 거다. 물론 의사선생님에게 얘기하면 말리거나 시간이 오래 걸릴 게 분명할 것 같으니 시기는 내가 결정하는 걸로.

약을 다시 먹기 시작하자 색이 돌아왔다. 근데 그 약 먹고 보이는 특유의 기분 나쁜 투명 필름이 씌워진 색감으로 보였다. 역시 부작용을 겪고 있는 것이 틀림없다고 느꼈다. 이 부작용은 한 번 생기면 사라지지는 않는구나. 아니, 30%가 겪는 부작용이 이렇게 심각한데. 이런 부작용을 견디면서 약을 먹어야 하는 거야? 다들 진심인 건가? 내가 이상한 건가?

무기력과 우울 증상이 약을 먹고는 어느 정도 개선되었다. 아침에 침대에서 일어나 커튼을 걷고, 샤워를 하고, 집을 청소할 수 있는 정도까지는 되었다. 인터넷에서 우울증에는 밥 잘 먹고, 제때 일어나고, 잠 푹 잘 자고 이런 별 것 아닌 일상적인 것이 일단 잘 굴러가야 된다고 했는데, 과연 그렇다고 생각했다.

우울증 증상은 개선되었다지만, 이 적응 안 되는 일상 속 시야의 풍경들에 넌더리가 났다. 아침에 커튼을 열고 건너편 빌라의 벽돌을 봤는데, 벽돌색이 무슨 게임에 나올 것 같은 분홍 젤리색처럼 보였다. 내 방 침대 파스텔톤의 노란색과 파란색 스트라이프가 들어간 침구는 색이 희미해 거의 보이지 않았다. 눈에 보이는 것들이 참 낯설었다.

특히 마트에 한 번 장을 보러 갔을 때는 기함을 했다. 식료품 코너에서 오이나 단호박을 봤는데, 짙은 초록색이어야 하는 채소가 생기라고는 없는 물 빠진 시들한 희미한 연두색처럼 보였다. 빨개야 하는 사과나 주황색이어야 하는 오렌지는 또 어떤가. 필름이 씌어진 것처럼 보이는 색감 때문에 답답했다. 인간은 적응의 동물이라지만 이건 왜 적응이 안 되는 건지.

시야에 보이는 것들은 인공적으로 느껴졌다. 그리고 볼 때 기분이 나빠서 평상시에 가던 곳만 갔던 것 같다. 사람이 없는 시간에 인적이 드문 곳만 골라 다니거나, 장은 인터넷으로 보거나. 뭔가 알록달록한 것을 보는 게 내겐 큰 스트레스였으니까.

그렇게 약을 한 달 가까이 먹자 에너지가 많이 올라왔다. 혹시 … 단약하면 색이 돌아오는 케이스에 내가 들 수 도 있는 걸까? 그 생각이 아주 작은 씨앗처럼 마음 한 구석에 걸렸다.

하루 이틀 단약하는 것으로는 다행히도 우울증 증상이 올라오지 않았다. 그런데 한 이 주 정도 지나자 슬슬 무기력이 고개를 들기 시작했다. 침대에 누우면 일어나기가 싫고, 점점 누워 있다가 잠드는 시간이 많아졌다. 그렇게 시도 때도 없이 잠을 자니 생활 패턴이 깨지기 시작했고, 방에만 있을수록 여러 옛날 생각과 기억들이 나를 괴롭혀왔다.

집이 다시 더러워지려고 할 때쯤 지수가 전해줄 물건이 있다며 갑자기 들이닥쳤다. 문 앞에서 계속 두드리는 소리가 끊이질 않아 결국 문을 열었다. 지수는 현관문 앞에서 내 머리부터 발 끝까지 훑어보더니 말 한마디 하지 않았다. 내가 문을 잡아끌 새도 없이 문 손잡이를 낚아채서 현관 안으로 들어왔다. 그리고는 당황해하는 나를 엄청난 힘으로 집 안으로 밀쳤다. 나는 옆으로 넘어졌다.
나는 상체만 일으킨 채로 지수에게 화를 냈다.
"야, 뭐하는 거야! 왜 마음대로 들어와!"
지수가 기가 찬 표정으로 나에게 손을 내밀며 말했다.
"내가 너 이러고 있을 줄 알았어. 걱정돼서 왔다, 왜!"
나는 넘어진 채로 얘기하고 싶지 않아서 일단 지수가 내민 손을 잡고 일어났다. 그리고는 현관문을 향해 손짓을 하며 쏘아붙였다.
"그렇다고 이렇게 갑자기 오면 어떡해! 나가, 빨리!"

지수는 알 수 없는 표정으로 내 어깨를 밀치고 집 안으로 걸어 들어와 소파에 앉아 말했다.

"널 이대로 두고는 못 가지. 일단 옆에 좀 앉아봐."

화가 치밀어서 복도 옆의 내 방에 그냥 들어가 문을 쾅 닫았다.

아, 짜증나. 왜 날 가만히 두질 않는 거야. 그리고 이렇게 더러운 집구석, 아무리 친한 친구여도 보여주고 싶지 않은데. 침대에 앉아서 저 불청객이 어떻게 해야 나갈까 고민했다.

지수가 끌어낸다고 제 발로 나갈 애도 아니고. 딱 보니 뭘 가져온 것도 없는 것 같은데. 진짜 내가 걱정돼서 왔나?

방 바깥에서 사부작사부작 뭔가 분주한 소리가 났다.

지수 얘 뭘 하는거지?

불안했는데 지금은 지수 얼굴을 보고 얘기하고 싶지 않은 마음이 더 컸다. 나는 에라, 모르겠다 싶어 침대에 누웠다. 방에서 안 나오면 기다리다 지쳐 돌아가지 않겠나 싶어서 그냥 이불을 머리 끝까지 올렸다. 포근한 온기가 전해지자 피곤에 절어 있던 나는 어느 순간 잠에 빠져들었다.

눈을 뜨고 휴대폰 시계를 보니 오후 열 시 반이었다. 아까 지수가 집에 온 게 여섯시 오십 분 쯤 되었으니까 세 시간 넘게 지났다. 바깥이 조용해 슬쩍 문을 열었다. 그리고 거실로 갔더니 지수가 소파에 잠들어 있었다. 아직 있네? 이런 젠장. 그런데 둘러보니 집안이 말끔하게 정리되어 있었다. 내가 잠든 동안 집을 치우다 잠든 모양이었다.

바닥에 널브러져 있던 옷가지부터 뜯지 않은 택배상자 등이 정리되어 있고, 굴러다니던 머리카락이나 머들머들한 먼지가 없는 것을 보니 청소기도 돌린 듯 했다. 건조대에는 빨래까지 널려 있었다. 싱크대 안엔 내가 먹다 남은 피자를 데워 먹은 접시와 컵 등 설거지를 일주일 넘게 방치했는데 그마저도 정리되어 있고, 쓰레기봉투도 버리고 분리수거도 다 한 것 같았다.

지수한테 미안한 감정이 훅 올라왔다. 아, 이런 걸 바란 게 아닌데. 지쳐 잠든 것만 같은 지수를 차마 깨울 수는 없어서 거실의 커튼을 치고 담요를 덮어주고는 다시 방으로 들어왔다. 날이 밝으면 지수와 얘길 해야겠다고 생각했다. 지수도 우울증을 앓다 보니 그래도 남들보다는 나를 잘 이해하고 공감해주는 느낌이어서 든든하긴 했다.

방에 돌아와 침대에 누워 휴대폰으로 쇼츠를 계속 봐서 그런지 잠이 안 왔다. 휴대폰 화면을 잠깐 끄니 바로 잠들었다. 일어나보니 아침 아홉 시 사십팔 분이었다. 방 밖으로 걸어 나와 거실에 갔더니 지수가 컴퓨터를 하는 뒷모습이 보였다. 지수는 인기척에 뒤를 돌아봤고 나는 멋쩍게 웃었다.

내가 먼저 입을 뗐다.

"어젠 미안해. 네가 허락 없이 집에 들어왔는데 집이 정리가 안 되어 있다 보니 화가 났었어."

지수가 컴퓨터 의자를 내 쪽으로 돌려 앉으며 말했다.

"괜찮아. 너 집 내가 허락 없이 청소했는데, 그것도 화나는 건 아니지?"

나는 픔 웃으면서 머뭇거리며 말했다.

"괜찮아. 고마워. 너한테는 이런 모습 보여주고 싶지 않았는데."

지수는 어제처럼 다시 한 번 내 머리부터 발끝까지 스캔하더니 말했다.

"음, 이런 모습이면. 일단 씻어야겠는데?"

나는 아차 싶어 떡진 머리를 감싸며 화장실로 뛰어 들어갔다.

화장실 변기는 어제까지의 더러운 그 상태 그대로였다. 엄마야. 샤워하는 김에 이것도 해치워야겠구나. 나는 샤워를 하며 화장실 청소를 했다. 그리고는 나와서 몸단장을 하고 소파에 앉았다. 지수는 내 옆으로 와서 지난번처럼 또 수다를 떨었다. 어젯밤 잠들기 전 지수가 과연 내 계획을 이해해줄까가 걱정됐던 게 떠올랐다.

내 계획이란, 일상생활이 가능할 때까지는 약을 먹다가 가급적 그 상태가 최상으로 유지되었을 때부터 약을 끊고 최대한 일상을 지켜보는 것이다. 단약을 해봐야 부작용이 없을 테니 그때되어서야 내가 이전처럼 색을 찾을 수 있는지 알 수 있을 테니까.

물론 약을 계속 먹고 유지해서 우울증이 완치돼 단약한다는 가정도 있겠지만. 얼마나 걸릴 지도 모르고, 이 우울이 단순히 특정 계기로 생긴 것은 아닌 것을 알고 있기에 쉽게 고쳐질 거라 생각하지 않았다. 그리고 무엇보다 애초에 약을 시작하는 것도 내 의지가 아니었지 않은가. 또한 약에 의존한다는 느낌이 드는 것도 싫었다.

지수가 이해하든 말든 나는 내 계획을 강행할 생각이었다. 지수와 생각이 달라서 사이가 틀어지게 된다고 해도 그건 어쩔 수 없다고 생각했다. 그래서 지수에게 솔직하게 계획을 다 얘기해 주었다. 지난번에 얘기하지 못했던, 누구에게도 한 적 없던, 나는 내 색을 예전부터 본 적이 없다는 얘기도 했다.

지수가 내 계획에 대해 또 전처럼 조심스럽게 의견을 주겠지 생각했는데, 지수는 눈물이 맺힌 채로 나를 보며 목이 메어 말했다.

"혜원아. 너의 그 말 뜻은, 자기 자신을…"

지수가 말을 끝맺기 전에 나는 지수의 품에 와락 안겼다. 그 말을 도저히 타인의 언어로 들을 자신이 없었다. 가슴이 너무 아려왔고 뜨거운 눈물이 뺨을 타고 흘렀다.

지수는 그런 나를 그냥 말없이 안아주고 토닥였다. 그리고 딱 한마디 했다.

"혜원아, 너 하고 싶은 대로 해."

지수에게 위로를 받고 난 후, 약에 대한 생각을 다시 해보았다. 약을 먹으면 확실히 편해진다고 생각했다. 세상은 보기엔 불편하지만 덜 흔들렸고, 마음은 덜 무너졌으니까. 그런데 어느 순간부터 기쁨도 슬픔도 같은 온도로만 느껴졌다. 화창한 날도 흐린 날도, 다 똑같은 회색빛이었다. 그 안에서 나는 안정됐지만, 동시에 조금씩 사라지고 있었다.

약을 끊고 싶다는 생각이 들었다. 치료를 거부하겠다는 뜻이 아니라, 나를 다시 느껴보고 싶어서였다. 아직 내 안에 무언가 살아 있는지 — 그걸 알고 싶었다.

나를 믿어주는 단 한 사람이 있다는 것만으로도 세상을 살아가는 데 의미가 있다는 생각이 들었다. 덕분에 버틸 수 있었다. 오히려 마음을 굳게 먹으니 목표의식이 생겨서인지 다시 에너지가 올라온 후 단약을 해도 이전보다는 기분도 괜찮았고 의욕도 있었다.

일상생활을 유지하는 데 많은 노력을 했다. 진짜 딱 기본만 해보자. 일단 밥 잘 먹고, 잠을 제때 잘 자는 것부터. 그렇게 기본적인 것을 하고 이후에는 부가적인 것을 했다. 일어나면 커튼은 항상 걷고 집은 더러워질 것 같을 때마다 구더기가 생겼을 때 받았던 충격을 생각하면서 바닥에 물건을 쌓지 않았다.

그리고 집 안에만 박혀 있지 않고, 혼자 있지 않으려고 노력을 했다. 괜스레 버스나 지하철을 타고 나가 쇼핑을 한다든가 원래 같으면 지수와 연락을 달에 한 번 할까 했는데, 일, 이 주에 한 번씩 한다든가. 계절을 온몸으로 느껴보려 밖에 나가서 공원을 걷고 오거나, 혼자 영화를 보러 가거나.

그렇게 한 달이 지나 있었다. 약효가 다 빠졌는지 부작용도 없어져서 세상이 회색으로 보이기 시작했다. 색이 회색으로만 보이면 절망에 빠지거나 우울할 것만 같았는데 그렇지만은 않았다. 왜냐면 내가 선택한 것이고 적어도 내가 진짜라고 느끼는 세상에 살고 있으니까.

 색이 이전처럼 제대로 보일 것이라는 기대도 어느 순간부터는 중요하지 않았다. 일상이 색 빼고는 내가 노력하는 대로 흘러가니 마음이 평온했기 때문이다. 노력이 버거울 때는 있었는데, 그렇다고 부작용이 있는, 어렵게 끊은 약을 다시 먹기는 싫어서 꾸준히 하루하루를 살아갔다.

 떠올려보건대, 내겐 삶을 살면서 선택권이 있던 적이 없었다. 학원도, 친구도, 대학조차도 내 의지보다는 부모님의 눈치를 보며 선택해 왔다. 그래서 성인이 되자마자 도망치듯 집을 떠나 혼자 살았다. 하지만 관성처럼 부모님 눈치를 보지 않으니 남의 눈치를 보며 살아왔다.

 어쩌면, 내게 예전부터 그림자처럼 붙어 있던 우울은 그 때문이었는지 모른다는 생각이 들었다. 그래서 매 순간 내 자유의지대로 선택을 하는 것은 소소한 기쁨이었다. 내 취향대로 원하는 음식을 먹고, 원하는 곳에 가고, 원하는 영화를 보고, 원하는 사람을 만나고. 온전히 내 의지대로 선택하는 매 순간이 즐거웠다.

 내가 선택하고 결정한 대로 살아가면서. 그러니까 능동적으로 살아가면서, 나라는 사람에 대해 많이 알게 되었다. 예전 같으면 내가 가치 없는 사람이라고 느꼈는데 이제는 그렇지 않다. 사랑하는 연인이든 친구든 누군가가 옆에 없으면 안 될 것 같았지만 이제는 그렇지 않다. 나는 나여도 괜찮다는 생각이 들었다.

나는 나와 더 친해지고 싶다. 내가 무엇을 좋아하는지, 무엇을 할 때 행복한지, 무엇이 내게 중요한지 찾아서 행동하고 싶었다. 내가 진짜 세상을 살고 싶다고 내 기준으로 판단해서 회색 세상을 선택한 것처럼. 얼마 안 되지만 요 몇 달 산 것처럼 능동적으로 남에게 피해를 주지 않는 선에서 눈치 보지 않고 살다보면, 어쩌면 진짜 나를 찾을 수 있지 않을까?

가을이 다시 왔다. 수많은 은행잎을 밟으며 걷다가 상가 앞 화단의 메리골드를 보았다. 이상했다. 늘 회색이던 세상 속에서 그 꽃만은 분명히 샛노랗게 빛나고 있었다.

눈을 비볐다. 다시 봐도 틀림없었다.

그 순간 일년 전, 병원의 인공 재배기 속 메리골드가 떠올랐다. 그 곁에는 팻말 하나가 있었다. '반드시 오고야 말 행복.' 그땐 너무 인위적이라며 피식 웃었는데, 지금은 그 꽃말이 다르게 느껴졌다. 지금 내 눈 앞에는 자연스럽게 피어난 메리골드가 있었기에.

나는 빙그레 웃으며 혼잣말을 했다. "행복이 오긴 오는구나." 그 말을 입 밖으로 내뱉자 마음 속 깊은 곳이 따뜻하게 녹았다. 그리고 이유 모를 눈물이 흘렀다. 나는 그 날, 나를 처음으로 안아 줬다.

햇살이 잘 들던 날, 나는 작은 화분에 메리골드 씨앗을 심었다. 내 손글씨로 쓴 '반드시 오고야 말 행복'이 쓰여진 팻말을 화분 앞에 꽂아넣었다. 그리고 내 마음속에도 같은 씨앗 하나를 심었다.
언젠가 꽃이 피면, 그건 나의 이야기일 것이다.

내게 흩날렸던 도시

남예진

도시가 하얀 입김을 내쉬고 있었다.

러시아인들은 이상기후 탓에 요즘 겨울이 예전 같지 않다고들 했지만, 백은 그 말을 쉽게 믿을 수 없었다. 며칠 전 처음 모스크바 땅을 밟은 새내기 유학생에게 이곳은 그저 차갑게 얼어붙은 세계였다. 그는 한국에서 가져온 롱패딩 지퍼를 단단히 끌어올렸다. 바람을 곧잘 막아주었으나 이런 외투를 입은 사람은 도시를 통틀어 자신뿐인 듯했다.

막 다리를 건너온 참이었다. 정교회 성당의 금빛 지붕 위로 눈이 소복이 내려앉았고, 도시를 가로지르는 강은 깊은 유리처럼 얼어 있었다. 다리 아래로 관광객들을 태운 쇄빙 유람선이 얼음을 밀어내며 천천히 지나갔다. 근사한 광경이었지만, 백은 멈춰 서서 구경할 여유가 없었다. 브로커를 만나기로 한 시간이 다가오고 있었다.

그의 본명은 백승찬, 이곳에서는 이미 백이라고 불렸다. 노문학을 전공 중인 그는 다가오는 새 학기부터 모스크바에서 교환학생을 시작할 예정이었다. 한국과 달리 겨울 방학이 짧은 탓에, 수업이 시작되기 전 생활을 정비하느라 분주히 돌아다녀야 했다. 오늘은 서류 하나를 구입하기로 한 날이었다.

불법 거래였다. 백은 외국에 나오자마자 범법을 저지를 만큼 대담한 사람은 아니었지만 이번만큼은 달랐다. 정상적인 루트로는 도무지 그것을 구할 수 없었던 것이다. 기숙사 헬스장을 이용하려던 것이 발단이었다. 담당 매니저는 입구에 들어서는 그를 막아 세우더니, 등록 전 의사 소견서 를 제출해야 된다고 쌀쌀맞게 말했다. 당황한 백이 어디서 발급받을 수 있냐고 묻자, 매니저는 모른다는 듯 어깨를 으쓱할 뿐이었다. 할 수 없이 그는 근처 병원들을 돌며 무작정 문을 두드렸다. 그러나 접수대 직원들은 하나같이 고개를 저었고, 출입문 옆의 보안요원은 험악한 눈길로 그를 주시했다. 백은 잡상인이 된 기분을 느끼며 번번이 돌아서야 했다.

매니저의 요구에 슬슬 의구심이 들 무렵, 헬스장에서 막 운동을 마치고 나오는 또래들이 눈에 띄었다. 며칠 새 냉대에 익숙해진 백은 반쯤 체념한 채로 다가가 말을 걸었다.

"실례합니다, 질문이 있습니다."

어색한 말투에 밝은 머리칼의 슬라브 남자가 백을 힐끔 쳐다봤다.

"말씀하세요."

"이곳을 이용하고 싶습니다. 의사 소견서를 어떻게 구할 수 있나요?"

그는 차가운 인상과 달리 친절했다. 본인을 미하일이라 부르라던 남자는 본래 이 학교 학생들을 위한 지정 병원이 있지만, 여기서 멀 뿐더러 이미 신청 기간이 끝났을 것이라고 일러주었다. 백이 낙심한 표정을 짓자 그가 태연하게 덧붙였다.

"하지만 인터넷에서 돈을 주고 살 수도 있습니다."

미하일은 휴대폰에 텔레그램을 설치하라고 일렀고, 곧이어 링크 하나를 보내더니 구입 절차까지 알려주었다. 백은 그가 일부러 또박또박 느리게 말해주고 있다는 것을 눈치챘다. 설명이 끝나고 고맙다고 말하자, 그는 잘 해보라는 듯 어깨를 툭 치곤 성큼성큼 사라졌다. 백이 러시아에서 처음 사귄 친구였다.

「30분 뒤에 도착합니다.」
「알겠습니다. 검은색 외투를 입은 아시안 남자를 찾으세요.」

백은 브로커와 주고받았던 문자를 다시 한번 확인했다. 거래는 주로 지하철역에서 이루어지는 듯했고, 차마 기숙사 코앞에서 일을 벌일 순 없었던 그는 세 정거장 떨어진 곳을 거래 장소로 신청해 두었다. 백 년 가까이 운행되고 있다는 메트로는 입구에 들어서기도 전에 퀴퀴한 냄새가 났다. 처음 와보는 역이었다.

그는 주머니 속 미리 준비한 현금을 만지작거렸다. 자신이 외국에 나오자마자 이런 일을 하고 있다는 게 믿기지 않았다. 발각된다면 비자는 곧바로 정지될 것이다. 하지만 정말 그렇게 쉽게 걸릴까? 모두가 이렇게 하고 있는 것 같았는데. 바람이 통로를 따라 휘돌며 흩어진 전단지를 들었다 놨다 했다.

몇 분 뒤, 에스컬레이터에서 인파가 쏟아져 나왔다. 양쪽으로 흩어지는 행인들 사이에서 밤색 코트를 입은 여자가 사람들을 헤치며 다가왔다. 플랫폼 기둥에 기대 있던 백은 무의식적으로 몸을 바로 세웠다. 둘둘 만 스카프로 하관을 감싼 여자는 눈빛을 낯설게 반짝였고, 손에는 얇은 봉투 하나가 들려 있었다.

"Справка[1]?"

그녀가 조용히 다가와 물었다. 백이 어색하게 고개를 끄덕였다. 여자는 긴가민가한 듯 잠시 그를 살피더니, 스카프를 내리고 입 모양이 보이게 또박또박 물었다.

"검은색 외투를 입은 아시안 남자, 당신 맞죠? 러시아어 할 줄 알아요?"

"네, 제가 맞습니다."

백이 허둥지둥 답했다.

"러시아어, 조금 할 수 있어요."

백은 그녀의 눈을 피하려다 다시 마주쳤다. 막연히 나이가 있을 거라 생각했던 것과 달리, 눈앞의 브로커는 또래처럼 보였다. 몇 살이나 됐을까? 생김새로 보아 슬라브는 아니었다. 그녀는 경찰들이 서 있는 쪽을 흘깃 살피더니, 딴생각에 빠진 백을 잡아끌고 기둥 뒤로 데려갔다. 매끄럽고 조용한 동작이었다.

인파를 등진 그녀는 확인해 보라는 듯 서류를 내밀었다. 얇고 각이 반듯한 흰 종이에 의사 직인이 찍혀 있었다. B-P-A-Ц². 더듬더듬 알파벳을 읽어 내려간 백은 잠시 머뭇거리다 현금을 건넸다. 익숙한 손놀림으로 지폐를 센 여자는 돈을 주머니에 찔러 넣고는, 백을 향해 고개를 끄덕였다.

입안이 약간 말랐다. 백은 자리를 뜨려는 여자에게 조심스레 물었다.

"그런데 이거, 불법 아닌가요?"

이번에는 영어였다. 어설픈 러시아어를 길게 내보이고 싶진 않았다. 막 돌아서려던 그녀는 잠시 백에게 시선을 던졌다.

"So what?"

퉁명스러운 대꾸였다. 이어서 또렷한 목소리로 말했다.

"Everything in Russia is illegal."

백은 그녀가 영어를 꽤 능숙하게 구사하는 것을 보고 놀랐다. 러시아식 악센트가 짙게 밴 영어였다. 그녀는 백을 한 번 더 살피더니, 달랑거리는 종이를 그의 손에 밀어넣으며 짧게 웃었다.

Good luck. 좌우로 길게 뻗은 눈매가 부드럽게 휘어졌다.

백은 종이를 손에 쥔 채 그녀가 인파 속으로 사라지는 것을 바라보았다. 눈발이 바람을 타고 플랫폼 안으로 흩날렸다.

"성공했구나. 제법인걸."

미하일이 백이 내민 종이를 보고 씩 웃었다. 그는 도장만 찍힌 빈 종이에 중년 남자 필기체를 흉내내 짧은 코멘트를 휘갈겨주었다. '이상 소견 없음.' 백이 가슴을 졸이며 위조된 서류를 제출하자, 매니저는 그를 무성의하게 훑더니 비슷한 종이들이 쌓여 있는 상자에 집어넣을 뿐이었다. 그날부로 백은 헬스장에 드나들 수 있게 되었다.

생활이 조금씩 자리를 잡는 것 같았다. 백은 휴대폰에 얀덱스 앱[3]을 깔았고, 탄산수와 일반 생수를 구분해 사는 버릇이 들었으며, 분리수거를 하지 않아도 되는 생활에 서서히 적응해 갔다. 기숙사 공용 부엌에서 직접 식사를 챙기며 한국 집에서는 한 번도 써보지 않았던 오븐에 음식을 구워냈고, 딜과 사워크림 향에 익숙해졌다.

수업도 시작되었다. 아시아인이 적다는 말을 듣고 등록한 학교에는 외국인 유학생이라 해도 대부분이 유럽인이었다. 백은 배정된 반에서 유일한 동양인이었는데, 그 때문인지 강사는 그를 유난히 정중하게 대하는 듯했다. 백의 러시아어가 빠르게 늘어가는 것과 달리, 강사는 그의 이름을 발음하는 것에 좀처럼 난항을 겪었다.

가끔 같은 반 친구들과 어울리기도 했으나 그들끼리의 화제가 나오면 백은 한 쪽으로 비켜서 말을 아끼는 편이었다. 이따금 그들은 백을 신기한 눈으로 바라보았고, 그건 백도 마찬가지였다. 갓 스물이 된 친구들은 쾌활하고 친절했지만, 밥 위에 치즈와 아보카도를 올려놓고 스시라고 부르는 일에 백은 동조할 수 없었다.

기숙사에서 열리는 파티에 참석한 것은 그 때문이었다. 새로운 친구를 사귈 수 있지 않을까 했던 것이다. 노스 올 싸우스,라고 번번이 물어오는 사람들에게 자신을 소개하기란 여간 번거로운 일이 아니었다. 백은 눈 묻은 신발을 신고 아무렇지도 않게 실내에 들어오는 이들을 함께 못마땅해 할 누군가가 필요했다.

"아시안은 정말 어려 보이는구나."

이탈리아에서 왔다는 여자애가 백이 맥주병을 들고 있는 걸 보며 말했다. 낯선 얼굴들과 인사를 나누다 이내 벽 쪽으로 물러선 참이었다. 평소 강의실로 쓰이던 홀에는 책상과 의자가 한쪽으로 밀려 있었고, 어둑한 조명과 값싼 장식들이 달랑거렸다. 술에 취한 사람들은 흥이 잔뜩 올라있었다.

여자는 얇은 종이에 담뱃잎을 돌돌 말아 불을 붙였다. 저걸 그대로 피우나? 엄청 독할 거 같은데. 신기하게 쳐다보는 백을 향해 그녀가 다시 말을 건넸다.

"어디서 왔어? 중국?"

"한국, 남한."

"아, 싸우스 코리아. 남쪽 사람이면 태어날 때부터 마셨겠네."

여자가 흰 연기를 내뿜으며 킬킬거렸다. 얼굴이 벌게져 있었다. 천장 아래에 담배 연기가 고이는 것을 보며 백은 슬슬 방으로 돌아가야겠다고 생각했다. 머리가 지끈거리는 것 같았다.

그녀가 고개를 돌리며 손짓했다.

"리아나! 이리 와봐, 여기 친구가 있네!"

"그럼 소개해 줘야지."

문 쪽에서 맑은 목소리가 들렸다. 백은 무심코 고개를 돌렸다. 사람들 사이로 검은 머리의 여자가 다가오고 있었다. 순간, 백의 손끝이 굳었다. 낯익은 얼굴이었다.

여자도 그를 알아본 듯했다. 잠시 정적이 흘렀다. 음악과 웃음소리, 술 냄새가 멀게 느껴졌다.

"안녕."

그녀가 순식간에 굳은 표정을 지우고 인사했다. 백은 잔을 쥔 채 꼼짝하지 못했다. 먼저 아는 척을 할까? 아니면 시치미를 떼야 하나? 그녀가 선수를 쳤다.

"그때 그 서류는 잘 써먹었어?"

"…응. 덕분에."

한쪽에서 웃음소리가 터졌다. 그녀가 병을 들어 올리며 미묘하게 입꼬리를 올렸다. 헐겁게 묶은 머리카락이 어깨로 흘러내렸다.

"좋네. 잠깐 시간 좀 내줄래?"

"너희들 친구였어?"

"그레타, 얘랑 할 이야기가 있어서."

그레타가 눈썹을 까딱하며 담배를 물었다.

"검은 머리는 나만 남겠네."

둘은 복도로 나왔다. 문이 닫히자 음악이 멎었다. 리아나가 담배를 꺼내 불을 붙이자, 불빛이 잠시 두 사람의 얼굴을 스쳤다.

"이 학교 학생이었구나, 어쩐지."

그녀가 짧게 숨을 내쉬듯 웃으며 말했다. 백은 무슨 말을 해야 할지 몰라 가만히 있었다.

"앞으로 조심해야겠는걸. 어쨌든, 잘 써먹었다니 다행이네요, 고객님. 시스템이 꽤 구식이지?"

그녀가 담배를 문 채로 미소를 흘렸다.

"소련 시대적 관행이야. 강제하는 건 아닌데, 기숙사 같은 데선 아직도 요구해. 덕분에 난 용돈벌이가 쏠쏠하지. 그래서, 어디서 왔어? 일본?"

"한국, 남한에서 왔어. 백이라고 불러."

"한국인이구나! 난 리아나야. 아르메니안이고. 나고 자란 건 타슈켄트지만."

백은 그게 무슨 뜻인지 잘 몰랐다. 타슈켄트가 우즈베키스탄의 수도라는 것만 어렴풋이 떠올랐다. 아르메니아? 거긴 또 어디더라. 이럴 땐 조용히 있는 게 나았다. 그녀는 묘하게 들뜬 기색이었다.

"어릴 때 다닌 학교에 한국 친구들이 있었어. 다들 좋은 사람들이었는데. 나, 젓가락질도 잘 한다?"

리아나가 어린아이처럼 활짝 웃으며 말했다. 한국인을 만난 게 정말로 반가운 듯했다. 백은 미심쩍었다. 타슈켄트 학교에 한국인들이? 고려인들인가 보지?"

"친구 어머니가 돼지고기 요리를 자주 해줬거든. 뭐라더라, 소이소스라고 했는데. 진짜 맛있었어! 그걸 먹으려고 젓가락질을 배웠다니까."

"…너 돼지고기 먹어도 돼? 무슬림 아냐?"

백이 알기로 우즈베키스탄은 이슬람 문화권이었다. 담배 연기 사이로 리아나의 눈빛이 또렷해졌다.

"난 Армянка⁴야. 아르메니안, 크리스천이고."

그녀가 잠시 숨을 고르더니 덧붙였다.

"아르메니아는 세계에서 제일 먼저 기독교를 믿은 나라라고! 노아의 방주가 멈춰선 산, 알아?"

"그렇구나. 미안해, 잘 몰랐어."

백은 순순히 사과했다. 문화적 몰이해라면 그 역시도 지긋지

굿했다. 한편으론 방주와 산, 그런 식의 이야기가 근사하게 들리기도 했다.

그러고보니 눈 앞의 여자애는 확실히 캅카스 계통의 얼굴이었다. 그쪽 나라들에 미인이 많다든가, 백은 생각했다. 언젠가 미하일과 친구들이 남쪽 여자들에 대해 이야기하는 것을 들은 것도 같았다.

잠시 정적이 흘렀다. 리아나는 담배를 비벼 끄더니, 다시 장난스러운 표정을 지었다.

"너 요리 잘 해? 한국 남자들은 다들 집에서 요리한다는데."

"조금? 할 줄만 알아."

"잘됐다. 다음에 한국 요리 가르쳐 줄래? 소이소스 있으면 조금 나눠줘."

백이 대답하기도 전에 그녀가 눈을 가늘게 떴다.

"그리고… 그 서류는, 비밀로 해줄 거지? 부탁해."

알고 보니 리아나의 방은 바로 위층이었다. 둘은 부엌에서 종종 마주쳤고, 백은 환승을 세 번 해야 갈 수 있는 작은 아시안 마트에서 간장과 불고기 양념을 사 왔다. 그녀는 자랑하던 대로 젓가락질을 제법 능숙하게 했다. 대체 그 돼지고기가 얼마나 맛있었길래, 백은 웃지 않을 수 없었다.

이따금 부엌을 지나가는 사람들이 그 모습을 신기하게 바라봤다. 여자애들은 흥미로워했고, 남자애들은 마뜩잖아하는 식이었다. 그들에게 요리란 마치 치마를 두르고 거리를 활보하는 일처럼 여겨지는 듯했다. 백도 요리 실력이 썩 좋은 편은 아니었지만, 다 큰 어른이 달걀 하나도 못 삶는 건 그다지 자랑스러운 것 같지 않았다.

어느 날, 그중 하나가 부엌문 가에 기대어 있었다. 이름이 뭐였더라. 평소 부엌에 있는 백에게 아니꼬운 눈빛을 보내는 남자였다. 시비를 걸어도 무시해야겠다고 백은 생각했다.

"우리의 한국인은 오늘도 부엌에 있네. 백, 개고기 구워 먹냐?"

백이 칼질을 하다 말고 멈췄다. 인상이 저절로 찌푸려졌다. 저 새끼가, 칼 잡고 있는 거 안 보이나? 날선 반응을 읽은 리아나가 눈을 동그랗게 떴다.

그녀는 잠시 백과 남자를 번갈아보더니 이내 대신 받아쳤다.

"그 입 닫지 않으면 얘가 너도 잡아먹을걸."

남자를 노려보던 백이 리아나 쪽으로 고개를 돌렸다. 헛웃음이 터졌다. 이상하게 나쁘지 않은 대사였다.

백도 덧붙였다.

"오븐에 넣어버리기 전에 꺼져."

남자는 어깨를 으쓱하더니 문을 닫고 나갔다. 오븐 안에서 기름이 작게 튀었다. 리아나가 먼저 웃음을 터뜨렸고 백도 빙그레 웃었다.

백은 리아나와 많은 시간을 보냈다. 어느새 그는 수업이 끝나면 허겁지겁 기숙사로 돌아와 그녀에게 연락할 구실을 만들기 위해 궁리하곤 했다. 대개는 러시아 생활에 익숙하지 않다는 점을 핑계로 모르는 척 도움을 청하는 식이었다. 학교에서 이 서류 작성해 달라는데, 도와줄래? 혹은 유럽에서 제일 큰 스케이트장이 있다던데, 나 좀 데려가 줄래? 명분은 늘 충분했다. 그는 낯선 세계에 떨어진 이방인이었으므로.

리아나는 도움을 청해오는 외국인에게 약했고, 동시에 훌륭한 도슨트였다. 우주항공박물관의 두 팔 벌린 유리 가가린부터 트레차코프 미술관에 박제된 이반 뇌제, 크렘린 앞 광장에 잠들어 있는 레닌에 이르기까지— 백이 처음 마주하는 모든 것들에 생생한 해설을 덧붙였다. 백은 리아나의 러시아어를 완벽하게 이해하진 못했지만, 그녀가 애정과 호기심이 뒤섞인 빛으로 말을 이어갈 때마다 시선을 떼지 못했다.

시간이 흘러 모스크바에도 따뜻한 공기가 돌기 시작했다. 추위가 조금씩 물러나자 거리의 나무들은 묵은 먼지를 털어내듯 연둣빛 잎을 틔웠다. 어릴 적 백은 러시아 사람들은 일 년 내내 털코트를 입고 다닐 줄로만 알았으나, 바보 같은 생각이었다. 창문 틈으로 스며드는 바람이 오래된 커튼을 부풀렸고, 길거리에는 먼지와 꽃가루, 녹아내린 눈 냄새가 났다.

둘은 가벼워진 차림새로 함께 마트에 발걸음했다. 리아나는 생활비를 아끼기 위해 가끔 과일 몇 알로 끼니를 대신하곤 했고, 그 사실을 알게 된 백은 그녀가 장을 보러 갈 때마다 짐을 들어주겠다는 핑계로 따라나섰다. 진열된 물건들을 가리키며 이것저것 묻는 척하다가 계산대 앞에서 자연스레 지갑을 꺼내는 식이었다. 저렴한 루블 덕에 백은 넉넉하게 생활할 수 있어서 마트 물가쯤은 큰 문제가 되지 않았다.

"부자 친구 생기니까 좋네. 근데, 안 그래도 돼."

"혹시 불편해?"

백이 물었다.

"네가 항상 이것저것 알려주잖아. 그게 고마워서 그래."

"그래도, 이렇게까지 할 필요 없어. 나 이런 거 익숙하지 않거든."

리아나는 잠시 생각하다가 덧붙였다.

"그리고 너도 학생이잖아."

백은 잠자코 있었다. 그즈음 그는 문화 체험이라는 명목으로 남아도는 용돈을 아낌없이 쓰고 있었다. 갖고 싶었던 책의 금박 양장본 원서를 산다든가, 자주 외식을 하며 여러 나라의 술을 시켜본다든가, 리사이틀이나 발레 공연을 보러 다니는 일도 잦았다. 편한 옷차림으로 갔다가 입장을 못 할 뻔한 날에는 백화점에 들러 구두 한 켤레를 사기도 했다. 그를 돈 많은 중국인으로 생각했는지는 모르겠지만 직원들은 몹시 정중했다.

  백은 리아나에게도 그런 시간을 보여주고 싶었다. 그녀는 도시에 해박했지만 그 같은 모스크바에는 익숙하지 않은 듯했다. 한자리에서 느긋하게 식사를 즐기거나 공연을 보고 볼쇼이 앞 분수대에서 함께 물방울을 맞는 상상도 곧잘 했다. 밤이 긴 도시는 언제나 화려한 일루미네이션으로 가득했고, 노란 불빛과 음악, 밤공기에 둘러싸인 채 나란히 걷다 보면 슬쩍 손을 잡아볼 용기가 날 것도 같았다.

  그러나 티켓값을 검색한 리아나는 번번이 고개를 저었다. 그녀는 위조문서를 유통해 생활비를 충당하면서도, 이유 없는 호의는 받지 않았다. 그 단호한 눈빛을 떠올린 백은 잠시 침울해졌다. 리아나가 위험한 일을 하지 않았으면 했지만, 그런 이야기가 나올 때마다 그녀는 불편한 기색을 감추지 못했다. 심지어 백과 함께 다니면 검문에 더 잘 걸린다며, 지하철역에서는 따로 나가고 싶어 하기까지 했다.

  아무 말 없는 그를 힐끗 바라본 리아나가 짐짓 명랑한 투로 말했다.

  "초콜릿까지는 받을게. 어제 숙제 도와준 값이야."

  단 것을 좋아하는 그녀가 계산대 옆의 군것질거리를 하나 집었다.

기숙사로 돌아온 두 사람은 차를 우렸다. 오래된 전기포트가 끓는 소리를 내는 동안 백은 봉지를 열어 그날 산 물건들을 정리했다. 따뜻한 향이 퍼지자 둘 다 동시에 숨을 들이켰다. 리아나가 찻잔을 건네며 웃었다.

"굴럇쯔[5], 그리고 티타임. 너도 이제 훌륭한 루스끼가 됐구나."

그녀는 봉투에서 중앙아시아식 빵을 꺼내 반으로 갈랐다. 커다란 화덕에서 갓 구워낸 전통빵은 무척 맛이 좋아 나오는 시간에 맞춰 곧잘 사오곤 했다. 갈라진 틈에 조각난 버터를 넣자 천천히 녹아들며 고소한 냄새가 퍼졌다. 이건 내 차일드후드 메모리야, 리아나가 그를 한입 베어 물며 중얼거렸다.

그날 그녀는 많은 이야기를 들려주었다. 이를테면, 아주 착하고 영리하다는 자신의 여동생에 대해서. 원래는 함께 모스크바에서 공부할 예정이었으나, 한 남자와 교제한다는 소문이 돌아 성인이 되자마자 결혼할 수밖에 없었다는 이야기였다. 백은 아직도 그런 일이 있는가 싶었지만 덤덤한 표정을 지으려 애썼다.

리아나의 부모는 그 일로 크게 상심했고, 무슬림의 피가 섞였다는 이유로 하나뿐인 손녀가 태어났을 때도 끝내 얼굴을 보지 않았다. 이 일이 있고 나서 리아나 역시 모스크바에 오지 못할 뻔했다고도 말했다. 젊은 시절 고향을 떠나온 그들은 새로운 터전에 뿌리를 내리려 애쓰면서도, 마음 한편에서는 여전히 조국을 놓지 못했다.

"아르메니아는 어떤 곳이야?"

백이 물었다. 리아나는 잠시 그를 바라보다가, 한참을 생각한 끝에 고개를 천천히 저었다.

"글쎄, 나도 잘 몰라. 여름엔 덥고, 산이 많대. 사람들은 노래를 좋아하고, 잔소리가 심하고…"

그녀는 말을 이어가다 멈췄다.

"사실, 나 한 번도 가본 적 없어."

그녀는 남은 빵조각을 접시 위에 내려놓았다. 녹은 버터 자국이 천천히 흘러내렸다.

"있잖아, 한국 역사는 잘 모르지만, 너희도 비슷한 일이 있었다며? 학살, 강제 이주, 그런 거. 소냐가 말해줬어."

소냐는 그녀의 어릴 적 이야기에 종종 등장하는 고려인 친구였다. 리아나가 타슈켄트 어귀의 좁은 골목에서 함께 재잘댔던 여자애들을 말할 때면, 백은 처음 그녀가 왜 그렇게 자신을 반가워했는지 알 듯했다.

"아르메니아도 마찬가지야. 우리 할머니는 사막을 걸어서 살아남았대. 우리집 어른들은 아직도 그 시절을 악몽처럼 살아가."

차의 김이 천천히 식어갔다. 백은 아무 말도 하지 않았다. 리아나의 얼굴에 오래 눌러둔 망망함이 스쳤다.

"가끔은… 그 사막이 아직도 끝나지 않은 것 같아."

그녀의 시선이 창가에 머물렀다. 먼 기억이 덮쳐 오는 듯했다.

그로부터 며칠 뒤, 여름 방학이 시작되었다. 안탈리아니 후르가다니 하는 곳으로 휴가를 떠난 친구들과 달리, 딱히 갈 곳도 없었던 백과 리아나는 모스크바에 남아 한가로이 방학을 보냈다. 둘은 거리의 벤치에 앉아 아이스크림을 먹으며, 코트를 벗은 음악가들이 색소폰을 부는 모습을 한참이나 구경하곤 했다.

짙은 선글라스를 낀 채 잔디밭에 드러누운 사람들, 분수대 옆에서 웃음을 터뜨리는 아이들의 소리가 거리를 가득 채웠다. 햇빛 아래서 리아나의 머리카락이 옅게 빛나자 백의 마음이 이유 없이 일렁였다. 그녀가 무언가를 가리키며 손짓할 때마다, 그 빛이 여름 공기 속으로 천천히 번져나가는 것 같았다.

"다음번에는 한국에 와."

백이 불쑥 그렇게 내뱉었을 때, 자신조차도 왜 그런 말을 꺼냈는지 알 수 없었다. 리아나는 잠시 그를 바라보다가 미소 지었다.

"갈 곳이 또 하나 생겼네."

그는 알 수 없이 가벼워진 마음으로 그녀를 마주보았다. 머리 위로 초록잎들이 드리웠고, 하늘은 손에 닿을 듯 가까웠다. 백은 모스크바에 처음 왔을 때의 풍경이 떠올랐다. 낯설고 차가웠던 공기가 부드럽게 흩어지자 모든 것이 잠시 머물다 지나가는 것처럼 느껴졌다.

새 학기가 가까워지자 기숙사 복도에는 들뜬 공기가 돌았다. 하루에도 몇 번씩 캐리어 바퀴가 바닥을 긁는 소리가 들렸고, 낯선 언어가 뒤섞인 목소리들이 층층이 울렸다. 방 문 앞에 새로운 이름들이 하나둘 붙는 걸 보며 백은 시간이 제법 흘렀음을 실감했다. 어느덧 그는 길을 물어오는 이들에게 도움을 주는 축이 되어 있었다.

백은 신입들에게 이런저런 조언을 건넸다. 가끔 검문이 있으니 늘 여권을 가지고 다니라든가, 입국한 순간부터 받은 종이는 절대 버려선 안 된다든가, 러시아에 온 지 일주일 안에는 꼭 거주 등록을 해야 한다는 말도 덧붙였다. 낯선 절차에 익숙하지 않은 이들은 자주 기간을 놓쳐서, 울며 겨자 먹기로 국경 밖으로 나갔다가 다시 돌아오곤 했다.

"친구 놈 하나가 그걸 까먹은 거야. 내가 그렇게 말했는데."

그날도 둘은 부엌에서 야식을 만들어 먹고 있었다. 오늘의 메뉴는 블린[6]이었다. 리아나는 노릇하게 익은 반죽에 과일과 잼을 올려 먹는 것을 좋아했고, 백은 그녀를 위해 여러 종류의 베리를 사 오곤 했다.

"그래서?"

리아나가 흥미롭다는 듯 고개를 기울였다. 그녀가 팬을 들고 솜씨 좋게 손목을 돌리자 반죽 물이 얇게 퍼지며 둥글게 익어갔다.

"다른 방법이 없잖아. 제일 가까운 핀란드 공항으로 가서 두 시간 동안 앉아 있다가 다시 입국했대. 어차피 나가야 하면 여행이라도 하고 오지."

백이 옆에서 한 조각을 떼어 입에 넣었다.

"하여튼, 번거롭기 짝이 없다니까. 이게 뭐 하는 짓이람. 이것도 소련 시절의 유산이지?"

"그렇지 뭐. 구 소련권 국가들은 다 비슷해."

그녀가 접시를 내려놓으며 아무렇지 않게 말했다.

"나한테 말하지 그랬어. 그거 돈 주면 살 수 있는데."

백이 놀란 눈으로 고개를 들었다.

"거주 등록증을? 너 그것도 거래하는 거야?"

"응, 최근에 시작했어. 돈이 좀 더 되거든. 네 친구니까 특별 디스카운트 해줬을 텐데, 물론 밥은 사야 하지만."

그녀가 씩 웃으며 말했지만 백은 따라 웃을 수 없었다. 거주등록증은 고작해야 대충 흘깃하고 마는 소견서 따위가 아니었다. 여권과 함께 늘 휴대해야 하고, 길거리 검문에서, 심지어 러시아를 떠날 때 출입국 심사대에서도 요구할 수 있는 문서였다.

백은 공항 직원이 기숙사에 전화를 걸어 실제 여부를 확인한다던 소문을 떠올렸다. 만약 위조가 들통난다면? 혹은, 조직적으로 유통하고 있다는 사실까지 드러난다면? 벌금이나 추방 같은 처분으로는 끝나지 않을 것이다. 리아나가 아무 말 없는 백에게 한 번 더 농담을 건넸다.

"나처럼 훌륭한 브로커를 친구로 두고도 써먹을 줄 모르는구나. 다음번에 이런 일이 생긴다면 기억해 주겠어? 부자나라 고객님?"

"리아나, 그건 불법이야."

"새삼스럽게. 네가 전에 사 간 것도 불법이야."

"그것보다 더 심각한 일 같은데. 혹시 걸리기라도 하면…"

"이미 말했잖아. 백, 여기선 모든 게 불법이야."

리아나는 조리대를 치우다 말고 몸을 일으켰다.

"너도 저번에 그랬잖아. '러시아는 되는 것도 없고, 안 되는 것도 없는 나라다.' 나는 한국인들이 유머가 있다고 생각했는데."

백은 침묵했다. 말을 고르려 했지만 입 안에서 굳어졌다. 이 나라에서는 재판이나 처벌이 어떻게 이루어지는지 아는 바 없었다. 그러나 피의자가 좋은 대우를 받을 리는 없을 것 같았다. 그는 형사 처벌을 러시아어로 어떻게 말하는지 기억하려고 애썼으나 떠오르지 않았다. 배운 적 없는 단어일지도 몰랐다.

"리아나, 나는 잘 모르지만, 이건 훨씬 위험하잖아. 소견서 같은 거랑은 다르다고. 혹시라도 문제가 생긴다면… 너는, 끔찍한 일을, 당할 거야."

백이 한 번도 만들어본 적 없는 문장을 더듬더듬 내뱉었다. 리아나의 표정에 불쾌함이 스쳤다. 백은 항상 이런 식이지, 나를 아무것도 모르는 어린아이 대하듯 굴어. 정작 아무것도 모르는 것도,

어린아이처럼 말하는 것도 자기면서. 오늘따라 백의 악센트가 유난히 거슬리는 듯했다. 그녀는 인내심을 잃지 않으려고 애썼다.
"백, 나는 너보다 여기서 훨씬 오래 살았어. 경찰한테 잡히면 어떻게 되는지를 나한테 알려줄 필요는 없어."
백은 답답했다. 이렇게 영리한 사람이 위험 앞에서 이토록 무감각하게 구는 게 믿기지 않았다. 이것도 문화적 차이일까? 아니면 내가 쓰는 단어들이 너무 단순한 걸까? 가끔 그녀에게는 그 어떤 일도 심각하지 않은 것처럼 보였다.
"나는 너를 비난하는 게 아니야, 너를 걱정하는 거야."
"그러니까…"
리아나가 짧게 한숨을 내쉬었다.
"왜 네가 나를 걱정하냐고. 넌 내가 아니면 진단서 하나도 못 구하는데."
백은 말문이 막혔다. 방금 전만 해도 웃음기가 돌던 부엌에 얼음장 같은 공기가 내려앉았다.
"…방금은 실수였어, 미안해."
리아나는 고개를 저으며 그릇을 챙겼다. 잠시 백을 쳐다본 그녀는 무어라 말하려다 그만두고 조용히 자리를 떴다. 텅 빈 테이블 위에는 미처 닦이지 않은 물방울들이 흩어져 있었다.

남겨진 자리에 백은 멍하니 앉아 있었다. 그제야 온몸이 서늘해졌다. 리아나는 그를 제힘으로는 아무것도 못 하는 얼간이쯤으로 여기는 게 분명했다. 더 끔찍한 건, 그게 완전히 틀린 말도 아니라는 사실이었다. 실제로 그는 아무 반박도 못 하지 않았나. 수치심이 천천히 몸 안으로 스며들었다.

그는 리아나가 자신을 조금은 의지하길 바랐고, 가끔은 정말 그럴지도 모른다고 믿었다. 늦은 시간 귀가하는 그녀를 역으로 데리러 갈 때면, 이럴 필요 없다며 손을 저으면서도 반가움을 숨기지 못했다. 이내 그녀가 백을 향해 웃음을 터뜨리면 설명할 수 없는 감정이 가슴 속에서 피어올랐다.

그러나 그녀에게 자신은 여전히 낯선 세계의 손님일 뿐이었다. 심지어 그는 그녀의 삶에 발을 들일 여지도, 이해할 자격도 없었다. 백은 자신의 어색한 발음과 서툰 문장이, 끝내 이방인으로 남는 일이 이토록 비참하게 느껴질 줄은 몰랐다. 잊고 있었던 외로움이 다시 어깨를 무겁게 짓눌렀다.

그때 발소리가 복도에 울렸다. 양손에 컵을 든 리아나가 부엌으로 다시 들어왔다.

백은 고개를 들었다.

"그대로 자러 간 줄 알았어."

"자러 가?"

리아나가 힘없이 웃었다.

"머리 좀 식히려 했어."

그녀는 다시 식탁에 앉아 컵 하나를 백에게 건넸다. 컵 안에서 얼음이 서걱거렸다.

"사과하러 왔어. 그렇게 말하면 안 됐었는데, 미안해."

백은 무슨 말을 해야 할지 알 수 없었다. 마음 한구석이 놓이는 동시에, 무언가가 다시 멀어지는 기분이었다. 리아나는 물을 한 모금 마시더니 다시 입을 열었다.

"그렇지만 일은 계속해야 해. 네가 생각하는 것만큼 심각하지 않아. 걱정하지 마."

백은 손가락으로 컵을 천천히 굴렸다. 얼음이 부딪히는 소리가 부엌에 울렸다.

"그 일을 안 할 수는 없는 거야?"

"백, 나는 돈이 필요해."

백은 가만히 그녀를 바라보다가, 천천히 고개를 끄덕였다.

"응."

"가족 문제야. 상황이 더 안 좋아졌어."

리아나의 목소리는 조용하지만 단단했다. 백은 대답하지 못했다. 그 사정이란 것을 상상해 보려 했으나 그녀의 삶을 한 톨도 짐작할 수 없었다. 무슨 상황이길래 저토록 단호할까. 불명예스럽게 학업을 중단하고 타국에서 처벌받는 위험을 감수하면서까지 해야만 하는 이유가 대체 무엇이란 말인가.

백은 모스크바에서의 생활을 간신히 감당하고 있을 그녀에게 선택지가 많지 않다는 걸 알았지만, 범법자가 되어 추방당한다면 그마저 모두 사라질 것이 분명했다. 타슈켄트로 돌아간 리아나는 아마 서둘러 결혼해야 할 테고, 다시는 대학에 오지 못할 텐데. 그녀의 가족들은 이런 상황을 알까? 그리고 리아나는 정말로 무섭지 않은 걸까?

백은 리아나를 뚫어지게 응시했다. 검은 머리에 검은 눈동자, 유려하게 그려진 눈썹, 유난히 중안부가 발달한 특유의 얼굴 골격은 그녀가 아르메니안임을 떠올리게 했다. 옛 모자이크 속에 나올 법한 짙은 눈매를 백은 대단히 아름답다고 생각했지만, 지금 그 눈에는 이미 모든 결정이 내려져 있는 것만 같았다.

"리아나, 그럼…"

"그만해."

그녀의 목소리가 낮게 흔들렸다.

"넌 이해 못 해."

"이해 못 한다고?"

백이 숨을 몰아쉬었다.

"이해를, 못 한다고? 그럼 이해되게 말해! 아무 설명도 없이 걱정하지 말라고만 말고."

목소리가 점점 무거워졌다.

"지금 이 상황에서, 그런 말로 납득할 수 있을 것 같아? 그렇구나, 걱정 안 해도 되는구나… 그렇게 말할 수 있을 것 같냐고."

두 사람 사이에 잠시 침묵이 흘렀다. 백은 시선을 거두지 않았다.

"말해봐. 너는 정말 괜찮은 거야? 잘못될까봐 두렵지 않아? 정말로?"

정적이 흘렀다. 리아나는 여전히 담담한 표정이었지만 눈 안에서 무언가가 솟아올랐다. 이윽고 그녀는 손에 쥔 컵을 천천히 내려놓으며 입을 열었다.

"전쟁이 터질지도 몰라."

"Война? 전쟁?"

"응. 엄마 아빠가 아르메니아에 있는 가족들에게 계속 돈을 보내고 있어. 상황이 점점 안 좋아지고 있대. 그리고 나는… 어떻게든 대학을 마치고 싶어. 그게 전부야."

"하지만… 전쟁이라니. 어느 나라와?"

"이것 봐, 백."

리아나는 짧게 숨을 내쉬었다.

"일부러 말 안 하려던 건 아니야. 그냥… 설명하기가 너무 어려웠어. 미안해, 오늘은 사과를 참 많이 하네."

그녀가 희미하게 웃었다.

"그렇지만… 뭐랄까, 넌 한국인이잖아."

"그게 무슨…"

백이 발끈했다.

"그렇게 말하는 건 부당해. 한국은 여전히 휴전국이라고. 심지어 난 군대도 다녀왔어 우리가 전쟁의 무게를 모른다고 생각해?"

"그런 뜻이 아니야, 난 단지…"

리아나가 고개를 저었다. 잠시 숨을 고른 그녀의 목소리가 낮게 떨렸다.

"너는 몰라. 넌 이전까지 아르메니아가 어디 있는지도 몰랐잖아."

그녀의 눈동자가 흔들렸다. 억눌러 왔던 감정이 터져 나왔다.

"우리집 사람들은 지금 밤마다 뉴스만 보고 있다고. 적어도 네 나라에서는 당장 폭격을 맞을까 두려워하는 사람은 없겠지. 그뿐이야? 너희는 아프면 병원에 가고, 누구나 글자를 읽고, 심지어 돈이 없어도 대학에 갈 수 있잖아. 모두가!"

리아나는 하던 말을 멈췄다. 괜찮냐고? 당연히 괜찮지 않지. 그녀는 자신이 불안 속에 살아왔다는 사실을 처음으로 알아차렸다. 언젠가부터 그녀는 지하철 출입구의 경찰들 앞을 지나갈 때마다, 움츠러들지 말라고 스스로에게 속삭여야 했다. 검문을 피하기 위해 짧고 공손한 러시아어로 미리 인사를 건네는 요령도 이미 몸에 배어 있었다.

그러나 그녀는 그 모든 것을 감내해야 했다. 어차피 자신은 늘 같은 불안을 안고 살았다. 언제든 다시 쫓겨날 수 있다는 두려움, 붙잡을 것이 아무것도 없는 공허함. 그녀는 스스로 조국이라 믿는 곳을 한 번도 밟아본 적 없지만, 그럼에도 나는 아르메니안이라고 말하지 않으면 자신이 공중에 흩어져버릴 것만 같았다.

리아나는 눈 앞의 친구를 바라보았다. 흔들림 없는 눈빛, 단단히 딛고 있는 땅을 한 번도 의심해본 적 없는 사람이 지닐 법한 표정. 그 굳건함 앞에서 자신이 흐릿해지는 것을 느끼자 그녀는 한없이 슬퍼졌다. 그는 좋은 사람이었지만, 그녀로 살아간다는 일이 무엇인지 결코 알 수 없으리라.

"너는 나를 이해 못 해. 알아, 그건 네 잘못이 아니지."

그녀가 힘없이 웃었다. 억지로 올린 입꼬리에 피로와 체념이 내려앉아 있었다.

"두렵지 않냐고? 두려워. 그렇지만…"

리아나가 천천히 고개를 들고 그와 눈을 맞췄다.

"살다보면 어쩔 수 없는 일들이 있잖아. 그런 거야."

백의 얼굴이 어두워졌다. 그녀의 얼굴에 희미한 슬픔이 번지고 있었다.

"그래, 무슨 소린지 알겠어. 그렇지만 나는…"

그가 잠시 입술을 다물었다가, 이내 말을 이었다.

"그러면… 내가 근처에 있게만 해줘. 혹시 무슨 일이라도 생기면…"

"맙소사, 백."

리아나가 말을 끊었다. 눈빛이 단숨에 차가워졌다.

"멍청하게 굴지 마. 길거리에 나가면 넌 에일리언이야. 바로 눈에 띈다고. 나란히 붙잡혀 추방당하고 싶어?"

"그렇지만…"

"제발."

리아나의 목소리가 낮게 떨렸다.

"네가 나를 위해 해줄 수 있는 건 아무것도 없어. 그냥 날 내버려둬."

"내가 너를 도와줄 순 없을까? 네 말대로 난 부자나라에서 왔잖아. 조금이라도 보탬이 될 수 있다면…"

"필요 없어."

리아나가 단호하게 끊었다. 그녀의 얼굴에 순간적으로 피멍 같은 감정이 스쳤다. 백은 자신이 실수했다는 걸 알았다.

"이 이상 무례하게 굴지 마. 이제 자러 갈래."

리아나는 뒤돌아보지 않고 부엌을 성큼성큼 나갔다. 모든 게 피곤했다. 이제는 정말 아무 말도 하기 싫었다.

현대이 쏠라리스가 천천히 고속도로로 진입했다. 운전석의 니키타는 백미러로 뒷좌석의 두 사람을 흘깃 보았다. 오늘의 첫 손님은 묘한 조합이었다. 중국인으로 보이는 아시안 남자와, 캅카스인 여자. 애송이들이었다. 둘은 택시에 올라온 이후로 한마디도 하지 않고 있었다. 라디오에선 건조한 뉴스 멘트가 흘러나왔다.

"…남캅카스 일대에서 다시 총성이 울렸습니다. 교전은 국경 인근 다수 지역으로 확산되고 있으며, 민간인 대피가 이어지고 있습니다…"

니키타는 조용히 볼륨을 낮췄다. 여자가 눈을 감으며 창문에 이마를 기댔다.

싸움 이후, 둘 사이는 어색해졌다. 어쩌다 복도에서 마주쳐도 서로 고개만 끄덕일 뿐이었다. 백은 몇 번인가 늦은 밤 부엌 불이 켜져 있는 걸 본 적 있었다. 문틈 사이로 보이는 리아나의 뒷모습은 전보다 말라 보였고, 그럴 때면 문을 열고 들어가 무슨 말이라도 건네고 싶었지만, 결국 망설이기만 하다 돌아서곤 했다.

그는 한동안 잠을 설쳤다. 자신이 무언가를 망가뜨린 것만 같았고, 수치심과 죄책감이 뒤섞여 머릿속을 떠나지 않았다. 며칠 뒤, 뉴스에서는 같은 장면이 하루종일 되풀이됐다. 산자락을 따라 피어오르는 검은 연기, 누군가의 핸드폰으로 찍은 듯 흔들리는 영상. 화면 아래로 자막이 흘렀다. 아르메니아, 아제르바이잔, 국경, 교전, 사상자.

백은 다시 그녀의 방 문을 두드렸다. 밤을 지새운 얼굴에는 초조한 표정이 그대로 드러나 있었다. 리아나의 모습이 보이자마자, 그는 숨 고를 틈도 없이 말을 쏟아냈다. 네 말이 맞다고, 미안하다고, 자기가 주제 넘었다고. 그렇지만 여전히 네가 걱정된다고. 애써 억누른 간절함이 말끝마다 번져 있었다.

그는 정리되지 않은 문장들을 잡히는 대로 꺼냈다. 한국에 오라고 했던 거, 기억나? 위험한 일을 하지 않아도 계속 공부할 수 있어. 내가 도와줄게. 나는 언제 졸업을 하고, 언제쯤엔 어떤 일을 할 거고, 그 무렵이면 얼마 정도를 모을 거고… 애처롭게 말을 이어간 그가 간신히 한 마디를 덧붙였다.

"…그러니까, 나와 함께 한국에 가자."

무너지듯 내뱉은 말에 리아나는 끝내 대답하지 못했다. 책상 한쪽에 켜진 노트북 화면에는 불타는 집들이 끝없이 흘러나오고 있었다. 그 순간까지만 해도, 백은 아직 무언가를 되돌릴 수 있으리라 믿었다. 그러나 방 안에 놓인 캐리어를 봤을 때, 그는 더 이상 아무 말도 할 수 없었다. 그녀는 돌아가야 했다.

달리는 택시 안은 고요했다. 백은 리아나의 옆얼굴을 흘끗 바라보다가 곧 창밖으로 시선을 돌렸다. 차창에 비친 불빛이 얼굴 위를 스쳐 지나갔다. 어쩐지 오래된 것만 같은 기억이 불쑥 떠올랐다. 아마도 여름, 여느 때처럼 광장을 걷다 돌아와 부엌에서 함께 식사 준비를 하던 날이었다.

"어릴 때 소냐네 집에서 김치를 먹은 적 있어."

리아나가 칼끝으로 당근을 썰며 말했다.

"당근으로 만든 거였는데."

당근으로 만든 김치? 아하, 백은 뭔지 알겠다는 듯 고개를 끄덕였다. 가끔 마트에 가면 한국식 김치라는 이름으로 양념된 당근 샐러드를 팔고 있었다.

"Морковча[7], 맞지? 여기저기서 많이 보이더라."

"응, 너도 그거 좋아해? 한국인들은 김치를 끼니마다 먹는댔는데."

백은 호기심 가득한 얼굴로 물어오는 그녀를 보며 웃었다.

"김치가 한국 음식은 맞는데, 그 당근 김치는 아직 안 먹어봤어."

"안 먹어봤다고?"

"응. 그거, 진짜 한국에는 없어."

"아."

리아나가 무언가를 깨달은 듯 나지막이 중얼거렸다.

"진짜 한국에는 없구나."

그 말은 아주 먼 곳으로 흘러가듯 사라졌다. 리아나는 여느 때처럼 웃었지만, 미소는 이내 물에 젖은 휴지처럼 힘없이 녹아내렸다. 그때 백은 그녀의 얼굴에 스친 희미한 표정을 이해하지 못한 채 바라봤었다. 그가 천천히 숨을 내쉬었다. 돌이켜보면 놓쳐버린 것들 투성이었다.

차창 밖으로 흐릿한 풍경들이 흐르고, 곧 공항 진입로에 들어섰다. 택시에서 내린 두 사람은 희미한 새벽빛 아래 짐을 끌며 천천히 걸었다. 유리 벽 너머 활주로의 불빛이 옅게 깜박였고 하늘은 서서히 밝아지고 있었다. 바쁘게 오가는 사람들과 캐리어 바퀴 소리가 넓은 홀을 잔잔히 메웠다.

백은 무슨 말을 해야 할지 몰랐다. 며칠 새 수없이 연습했던 문장들이 하나도 입 밖으로 나오지 않았다.

"언제 돌아올 거야?"

그가 어렵게 물었다.

"모르겠어."

리아나는 애써 담담하게 말했다. 눈 밑에 피로가 드리워져 있었다. 다시 볼 수 있을까… 그 물음이 목구멍 끝까지 올라왔지만 백은 끝내 입을 뗄 수 없었다. 심장이 먹먹하게 가라앉았다. 그는 정말이지, 자신이 모스크바에서 누군가를 떠나보내게 될 줄은 몰랐다.

백은 무거운 가방을 들어 통로 옆에 내려놓았다. 리아나는 고맙다는 말 대신 어깨를 가볍게 두드렸다.

"백."

"응."

"승—찬—백."

그녀가 천천히 이름을 불렀다.

"내 친절한 친구, 고마워. 네 덕분에 즐거웠어."

리아나가 백을 향해 부드럽게 웃었다. 그는 대답하지 못한 채 고개를 끄덕였다. 그녀는 잠시 그를 바라보다가 천천히 몸을 돌렸다. 자동문이 열리고 캐리어 바퀴가 매끄럽게 미끄러졌다. 백이 마지막으로 본 것은 빛에 잠긴 그녀의 뒷모습이었다.

그녀가 시야에서 사라진 뒤에도, 모스크바는 오랫동안 그의 안에 머물렀다. 승찬은 한국으로 돌아와 겨울을 몇 번이나 보내고도 여전히 그곳의 공기를 떠올렸다. 진한 향수 냄새와 차가운 금속 난간, 방울지듯 솟아오른 정교회 돔 지붕들과 눈 덮인 강 위로 울리던 차의 진동음. 그 모든 것들이 때때로 불현듯 되살아났다.

그는 그때 생긴 취미를 여전히 이어가고 있었다. 어느 날에는 공연장 앞에 선 채로, 문득 몇 년 전 그날을 떠올렸다. 편한 복장으로 공연을 보러 갔다가 하마터면 입장을 거부당할 뻔한 날. 결국 백화점에서 구두를 한 켤레 사고, 그 일을 리아나에게 이야기하며 투덜거렸던 날.

기억 속에서 리아나가 꺄르르 웃음을 터뜨렸다.

"이 사람들은 전쟁 중에도 공연을 보러 다녔어. 심지어 쇼스타코비치를 들으러 갔는데 그랬단 말이야? 너, 레닌그라드 교향곡 몰라?"

말끝마다 웃음이 새어 나와 그녀의 눈가가 사랑스럽게 접혔다. 그러다 이내 머쓱해하는 백을 보고 덧붙이는 것이다.

"그래도 좋은 구두를 샀구나. 이제 입구에서 제지당하는 일은 없겠네요, 신사분."

승찬은 그렇게 말하던 리아나와 결국 공연 한 번 보러 가지 못한 것을 오래도록 후회했다. 고집을 부리더라도 한 번쯤은 데려가야 했는데, 그때는 그게 얼마나 간단한 일이었는지 몰랐지. 그는 천천히 객석 안으로 들어섰다. 불이 꺼지고 조명이 무대 위를 물들였다. 그는 계속해서 그녀를 떠올렸다.

어느덧 상상 속의 리아나는 얼굴을 가리고 암거래를 하던 모습도, 부엌에 마주 앉아 있던 익숙한 모습도 아니었다. 검은 머리를 틀어 올리고 발목까지 내려오는 원피스를 입은 그녀가 은빛 귀걸이를 달랑거렸다. 그러고는 여전히 해사한 웃음을 지으며 그에게 말하는 것이다.

'전쟁 중에도 사람들은 공연을 보러 갔어. 구두를 닦고, 귀걸이를 걸었지.'

승찬은 숨을 삼켰다. 무대 위의 오케스트라가 연주를 시작했다. 낮은 현악기의 음이 흘러나오자 그는 천천히 눈을 감았다. 음악이 들려왔다. 그리고 그 안에서 리아나의 웃음소리가 멀고도 또렷하게— 그곳의 눈발처럼 흩날리고 있었다.

미주

1. Справка : 증명서. 특정 사실이나 상황을 공식적으로 증명하거나 확인하는 문서를 지칭
2. Врач : 의사
3. 얀덱스(Yandex) : 러시아의 대표적인 포털·IT 기업. 검색엔진
4. Армянка: 아르메니안 여성
5. 굴랴쯔(гулять): 산책하다
6. 블린(блин) : 러시아의 전통 팬케이크로 밀가루 반죽을 얇게 부쳐 먹는 음식
7. Морковча : 중앙아시아 고려인들이 만든 당근 김치. 채 썬 당근을 양념에 버무린 샐러드형 김치로, 러시아와 중앙아시아 전역에서 '한국식 당근(корейская морковь)'이라는 이름으로 먹는다.

작가와 작품 소개

▶ 유염(侑染) | 탄원서

담임 선생님의 권유로 컴퓨터 공학을 전공했지만 작가가 꿈이었던 평범한 직장인입니다. 화장실에서 읽게 되는 샴푸통의 뒷면보다 나은 글을 쓰고 싶습니다. 제 이야기에 조금이나마 스며들게 되시길 바랍니다.

○ 작품 소개

가족의 종말 속 홀로 살아남은 자식은 어떤 선택을 하는 것이 선일까요? 이 이야기를 통해 각자의 사정과 신념에 맞는 선을 찾아가 봤으면 합니다.

#탄원서 #유염 #가족 #드라마 #범죄 Instagram | @yoo_yeom

▶ 이해린 | 화성으로 간 강아지

황금가지 전자책 앤솔러지 『열린 문으로 그분이 오신다』에 「전기제한」 작품으로 참여. 웹소설 연재 사이트 브릿G에서 '매미 상과'라는 닉네임으로 연재 중.

2024년 3월 '밀리의 서재' 앱에서 「리시안셔스 보이」 작품으로 창작 지원 프로젝트 조회수 Top 10으로 당선.

공포 장르 전문 출판 레이블 '괴이 학회' 소속.

○ 작품 소개

화성에 갈 수 있는 민간 우주선이 생긴다면? 그 우주선에 화성에 간 주인을 그리워하는 강아지가 탄다면? 이 호기심에서 쓰인 소설입니다. 요즘 유기견 봉사를 해서인지, 동물권에 대한 관심이 커졌습니다. 미래에는 로운과 같이 우주선에 못 타는 동물이 없길 바랍니다.

#SF소설 #화성 #동물

▶ 퇴근한PD | 선을 넘은 선

퇴근을 하지 못해 퇴사를 했습니다.
세상 만물이 모두 재밌습니다.
○ 작품 소개
정의가 언제나 옳은 것일까?
옳은 일을 하더라도 방법이 틀리면 누군가는 다친다.
아무리 옳은 일이라도 상대방을 존중하지 않으면 또 다른 폭력이 될 수 있다는 것, 때로는 내가 '맞다'고 확신하는 순간이 가장 위험할 수 있다는 것을 보여주고 싶었습니다.

#맞는말 #직장인 #그림자

▶ GOOSIPAL | 개가 짖어도 기차는 간다

많은 걸 배워가고 있는 디자이너 겸 크리에이터입니다. 하나에만 집중해야 하는 시대에 음악, 책, 영화 등 다양한 걸 배우고 싶은 욕구를 누르기란 쉽지 않습니다. 하지만 그 어리석음이 제 인생의 모토이기도 합니다. 앞으로도 다양한 곳에서 만날 수 있기를 바랍니다. 이 글을 읽으며 오늘도 좋은 하루 보내세요.
○ 작품 소개
'개가 짖어도 기차는 간다'라는 말이 있습니다. 중동 지역의 속담으로 '개들이 짖어도 캐러밴은 간다'에서 변형되어 '역사는 비난이

가해지더라도 앞으로 묵묵히 간다'는 의미입니다. 이 문장을 어디선가 듣고 양화대교를 걷고 있던 중, 멀리서 2호선 기차가 지나가는 걸 멍하니 10분 정도 바라봤습니다. 그때 느꼈던 감정은 '앞으로 묵묵히 간다'보다는 '내가 아무리 여기서 울든, 소리를 치든, 저 멀리 보이는 기차는 갈 것이다'라는 것입니다. 그걸 토대로 서툴게 글을 써 내려갔습니다. 재밌었으면 좋겠습니다.

#goosipal #98 #개가 #짖어도 #기차는 #간다
Instagram | @goosipal

▶ 권은강 | 타는 호흡으로

남이 흘리는 피 한 방울보다 내 등에 결리는 완두콩 한 알이 더 신경 쓰이는 못난 직장인입니다.

몸이 곧 더 안 좋아질 예정이라 도피성 글을 써보았습니다. 주인공이 저 대신 아파준 것 같아 매우 감사합니다.

S대병원에서 있었던 일은 실화입니다만 이렇게 박제해 버릴 수 있어 뿌듯합니다. 이런 것에 만족하다니 역시 저는 못난 놈인가 봅니다.

이런 글을 썼지만 그래도 이 책을 펼쳐 든 모두가 건강하고 행복했으면 좋겠습니다.

○ 작품 소개

'고통이 나를 놓지 않는 것이 아니라, 내가 고통을 놓지 않는 것이다.' 부처님의 말씀에서 시작점을 얻었습니다. 그렇지만 고통에서 시작해 고통으로 끝날 사람에게는 그것조차 전부가 아닐까요.

#무당 #오컬트 #굿 #난치병 #대수대명
Instagram |@kwon.eungang

▶ 인챌라(Inchalla) | 변주된 로망스를 위하여

끝없는 독서로 세상을 이해하며, 일상에서 먹먹하게 다가오는 일들을 저만의 세계로 이야기하려 합니다. 변주의 아름다움을 즐깁니다.

○ 작품 소개

이 작품은 '마이크로바이옴'이 감정을 조절한다는 과학적 사실에서 출발합니다. 만약 더 나은 안정성과 건강을 위해 기술이 개발된다면 과연 우리의 삶의 다양성과 특이점은 존중될까, 다른 통제로 귀결되지 않을까 하는 궁금증에서 시작됐습니다.

소설 속의 허구적 시스템 StableLife™는 바로 이 불안정 해소를 넘어선 감정의 획일화를 강요합니다. 이는 날로 치솟는 부동산과 경제에 대한 불안으로 하루하루를 버티는 현재 우리의 모습과 연결됩니다.

저는 이러한 시스템과 단일화된 성공 가치 속에서 진정한 행복이란 무엇인가를 묻고자 했습니다. <Romance de Amor>의 곡은 가장 단조로운 음으로도 연주할 수 있지만 왼손의 변주가 있을 때는 화려하고 다양한 감정을 나타낼 수 있습니다. 우리의 마음도 획일화되지 않고 다양한 꿈을 가질 때 각자의 삶이 풍부해지지 않을까 합니다.

#변주된로망스를위하여 #작가인챌라 #마이크로바이옴
Instagram | @inchalla.writer

▶ 진하루 | 노랑의 기억

하루 속 진심을 기록하는 사람.
현실과 상상의 틈에서 이야기를 찾으며,

일상의 작은 따스함을 놓치지 않으려 합니다.
○ 작품 소개
잃어버린 자신을 천천히 다시 찾아가는 이야기입니다. 메리골드의 꽃말인 '반드시 오고야 말 행복'이 있다는 믿음을 담아 조용하지만 작은 위로와 희망을 전하고자 합니다.
당신에게도 그 따뜻함이 오래 남기를 바랍니다.
#노랑의기억 #반드시오고야말행복 #메리골드 #우울증
Instagram | @jinharu55

▶ 남예진 | 내게 흩날렸던 도시
대학에서 노어를 공부했지만 지금은 전공과 상관없는 삶을 살고 있습니다. 이제는 끼릴 문자를 겨우겨우 읽어 내려가는 서울의 직장인이 되었지요. 그럼에도 출퇴근 시간 9호선에 갇혀 있으면, 가끔 그때 그 모스크바의 메트로에서 들리던 방송— ≪Уважаемые пассажиры…≫로 시작하던 안내음이 불쑥 떠오르곤 합니다.
Instagram | @yezinam
○ 작품 소개
아르메니아라는 나라를 아시나요? 혹은, '디아스포라'라는 단어를 들어보신 적 있나요? 저는 스물 초반, 모스크바에서 난생 처음 해외 생활을 하며 이 이름들을 접했습니다. 이 쾌활하고 따뜻한 사람들은 낯선 세계에 떨어진 어린 아시안 여자애한테 좋은 친구가 되어 주었지요. 그 즐겁고 애틋한 기억의 한 귀퉁이를 담아보았습니다.
처음 써 본 소설이라 많이 서툴지만, 잠시나마 당신이 또 다른 세계의 공기를 함께 느껴주길 바라며!
#이방인의도시 #디아스포라 #흩날린인연

한쪽이 너무 유리한 게임

퇴근 후 작가 되기 소설집
ⓒ 2025 심너울・유염・이해린・퇴근한PD・GOOSIPAL
권은강・인챌라・진하루・남예진

초판 1쇄 발행 | 2025.12.20

지은이 | 심너울・유염・이해린・퇴근한PD・GOOSIPAL
　　　　권은강・인챌라・진하루・남예진
펴낸이 | 전미경
디자인 | 꽃향기나나

펴낸곳 | 위시라이프
등록 | 2013.8.12 /제2013-000045호
주소 | 서울 강서구 양천로30길 46
전화 | 070-8862-9632
이메일 | wishlife00@naver.com
ISBN | 979-11-93563-14-4
정가 | 22,000원

- 이 책은 저작권법에 의해 보호를 받는 저작물이므로 저자와 출판사의 허락 없이 내용의 일부를 인용하거나 발췌하는 것을 금합니다
- 파본은 구입처에서 바꿔 드립니다